Einaudi Tasca
57

Valerio Evangelisti

Metallo urlante

Einaudi

La sezione Vertigo è curata da Daniele Brolli

www.einaudi.it

ISBN 88-06-15023-5

Metallo urlante

Venom

1. *Metallo nero*

La prima orda di guerrieri uscí urlando dal tempio di pietra che chiudeva l'accesso alla caverna di Kitum. Il frastuono fu tale che Clarisse Lévy dovette coprirsi le orecchie, per quanto glielo permettevano le dita d'oro che avevano preso il posto di quelle rose dal virus. Il binocolo le cadde sul petto, ma non c'era alcun bisogno di ingrandire la visione per coglierne tutto l'orrore. I giganti neri e luccicanti scaturiti dalle grotte avevano ben poco di umano, e i rari tratti di pelle scura che conservavano si confondevano con l'acciaio brunito bioattivo da cui erano avvolti.

Vide che il Kalenjin che la scortava cercava di parlarle, e fu costretta a scoprire un padiglione, mettendo a rischio l'integrità del timpano. L'africano le sfiorò l'orecchio con le labbra tumide, inoculate di alluminio.
– Non abbia paura, dottoressa! – gridò, cercando di superare il clangore. – Sono grandi e grossi, ma non possono resistere all'elettromagnetismo!

Una conferma di queste parole si ebbe un attimo dopo. Dalle colline su cui era attestata la quindicesima semibrigata della Legione Straniera, aggregata all'Euroforce, si alzò un gigantesco arco voltaico, crepitante e minaccioso. Un'estremità di quell'arcobaleno incandescente si sollevò dal suolo e scattò in direzione dei difensori del tempio. L'avanguardia dei giganti neri ne fu solo lambita, ma la carezza infuocata fu sufficiente. Vi fu un lampo, poi un'esplosione talmente forte da cancellare ogni rumore.

La massa inferocita arretrò come se fosse stata raggiunta dall'impatto di una percossa invisibile. Clarisse non poté scorgere i dettagli, ma immaginò i guerrieri tra gli alberi osservare terrificati le componenti metalliche dei loro corpi che si raggrinzivano di colpo, poi si ingobbivano in tumescenze pulsanti, infine si stiravano fino a schiacciare e ledere gli organi interni, o quanto meno quelli di carne e plastica.

La moria che seguí fu rapida e spaventosa. I giganti si contrassero in un unico grappolo, come se un magnete nascosto nel suolo li costringesse a unirsi. Il metallo bioattivo scricchiolò impazzito, ribellandosi alla carne cui era saldato. Il suo fragore superò in volume le urla terrorizzate di chi non aveva avuto la fortuna di morire subito. Mentre l'acciaio nero si appallottolava in una sfera mostruosa, recidendo arti e teste, un fiume di sangue scuro e oleoso dilagò per la foresta in rivoli ribollenti, mescolandosi al terriccio.

Il dottor Wagner scese dalla propria jeep, saltò nella trincea e corse accanto a Clarisse. Vedendola madida di sudore, prese dalla tasca destra dei jeans un fazzoletto e glielo accostò al viso. La ragazza sembrò apprezzare il gesto, ma lo arrestò stringendogli il polso. – No, grazie, – bisbigliò. – Sto bene –. Si passò le dita sugli occhi. – Mai visto nulla di tanto orrendo. Vorrei solo sapere come è cominciato.

Wagner strinse gli occhi miopi. – Il problema non è «come», ma «quando».

Il Kalenjin annuí gravemente e distolse lo sguardo. In basso, ogni rumore era cessato, e il metallo accartocciato palpitava come un cuore stanco.

Le esecuzioni di massa non avevano mai procurato a Eymerich alcun particolare turbamento, purché il giudizio fosse stato giusto e la colpevolezza dei prigionieri provata al di là di ogni ragionevole dubbio. Del resto, non aveva mai consegnato al braccio secolare, se non per farli semplicemente frustare, bambini di età inferiore ai nove anni, né aveva mai escogitato i supplizi macchinosi tanto cari al suo collega Gallus di Neuhaus e agli altri inquisitori dei principati tedeschi. Onestamente, non aveva nulla da rimproverarsi.

Piuttosto, lo inquietava sottilmente quel vago senso di piacere, misto a raccapriccio, che talora lo sfiorava mentre i condannati si agitavano urlando tra il fuoco che bruciava le loro carni. Razionalmente diceva a se stesso che, dei due sentimenti, era il raccapriccio a essere censurabile. Provare piacere mentre un eretico espiava e si purificava sul rogo era dovere di ogni buon cristiano. Nemmeno il fatto che la sensazione fosse leggermente piú intensa quando la «vittima» era una donna gli pareva abnorme. Una donna schiava dell'eresia univa alla colpa innata propria del suo sesso la minaccia di poter generare altri eretici. Godere del suo sacrificio, senza nulla togliere all'umana pietà, era naturale e giusto.

Eppure rimaneva un remoto rodimento, inspiegabile e malsano. Contemplò quindi con fronte aggrottata le lingue di fuoco che, sul rogo allestito di fronte al palazzo dei conti di Barcellona, quasi di fianco alla cattedrale, stavano avvolgendo nella loro fulminea vampata i ventidue eretici, di ogni sesso e di quasi tutte le età, incatenati ad altrettanti pali. Le urla prima articolate, poi acute, poi stridule, e infine rantolanti che si levarono dall'interno del gigantesco cofano di fuoco lo fecero trasalire involontariamente. Per distrarsi, sfogò la propria inquietudine aggredendo il rappresentante della Generalitat che gli era al fianco, sul palco di legno che ospitava le autorità. – Conte de Luna, sappiate che sono profondamente insoddisfatto, – gli sussurrò con voce rancorosa. – Una cerimonia cosí solenne avrebbe richiesto la presenza di altri nobili. Oltre a voi vedo solo tre Consoli del Mare, tutti di basso lignaggio. Nemmeno i semplici *richshomnes* si sono degnati di venire.

Il conte, che con un lembo del mantello di velluto rosso si copriva il naso per difendersi dal lezzo di carne bruciata, sorrise con gli occhi scuri e cordiali. – Che volete, padre Eymerich, – mormorò col suo timbro un poco femminile. – È risaputo che re Pietro il Cerimonioso, pur avendovi in simpatia, disapprova le esecuzioni troppo frequenti a cui lo costringete. Molti nobili preferiscono non dispiacere al nostro sovrano.

– Una volta l'aristocrazia catalana era meno pavida.

– Sí, ma i tempi sono cambiati. La spedizione in Sardegna che si preannuncia per l'anno prossimo porterà oro e commerci per tutti. È difficile chiedere coraggio a chi pregusta un arricchimento facile e rapido –. Il conte dovette interrompersi. La folla dei curiosi, che riempiva le strade fin quasi alle mura e alla cosiddetta Porta del Vescovo, aveva superato l'emozione iniziale e ora seguiva gli ultimi guizzi d'agonia dei condannati con grida entusiaste e feroci. Dovettero intervenire i domenicani schierati ai lati della piazza a intonare il *Salve Regina,* per cercare di sovrastare il frastuono. – Del resto, nemmeno il vescovo è presente, – continuò il conte de Luna, quando tornò una parvenza di calma. – Siete proprio sicuro di avere il suo consenso?

– Ho il consenso del vescovo di Saragozza, tra l'altro vostro parente, e tanto mi basta –. La fronte di Eymerich si rannuvolò. – L'episcopato di Barcellona non ha nulla da obiettare sull'esecuzione di questi begardi. Almeno credo. Invece mi ha impedito di portare sul rogo i due negromanti che trattengo in cella, e che il vostro vescovo, influenzato da quello di Lerida, vorrebbe liberi.

– Un uomo e un ragazzo, non è vero?

– Sí, e per di piú giudei. Il piú anziano si chiama Astruch da Biena, mentre il ragazzo non mi ha nemmeno confessato il proprio nome, malgrado le *quaestiones* a cui sottopongo il suo corpo... Ma vedo che la cerimonia è terminata.

Ormai i cadaveri inceneriti degli eretici, simili a scuri pezzi di legno, si stavano frantumando come rami secchi. La catasta che li reggeva era implosa in cenere fumigante, percorsa qua e là da veloci fiammelle leggere. Il lezzo che invadeva la piazza e le vie adiacenti, acuto e dolciastro, umettava le labbra della folla, ora intenta a pregare in coro sotto la guida dei domenicani. Schiocchi secchi e un po' misteriosi si udivano sotto le dense esalazioni che si levavano dal rogo in via di spegnimento.

– Devo andare, – disse Eymerich, aggiustandosi sul capo il cappuccio nero foderato di bianco.

– Scommetto che tornate ai vostri prigionieri, – commentò il conte, con aria sottilmente maliziosa.

– E dove, se no?

L'inquisitore si fece largo tra i dignitari di basso rango che affollavano il palco e scese la scaletta di legno fino all'acciottolato della piazza, ora coperto da petali di cenere. Schivò un paio di confratelli, rivolse un cenno di saluto al notaio anziano e si immerse nelle viuzze che conducevano al porto. A Barcellona l'Inquisizione aveva sempre avuto sede in un'ala del palazzo dei conti. Le prigioni, invece, erano ubicate in un torrione, forse di origine romana, che fiancheggiava i Drassanes, cioè i mastodontici cantieri fatti costruire da Giacomo I in vista della conquista delle Baleari.

Eymerich vi si diresse fendendo con fastidio la calca dei marinai e dei perdigiorno che, sui moli, osservavano l'ingresso nella darsena di una gigantesca galea. La nave scivolava sull'acqua oleosa e scura con tutti i remi alzati, in un silenzio rotto solo dagli ordini degli *aliers* e dei nostromi. Malgrado la distanza, l'inquisitore riconobbe il capitano, in piedi sul castello di poppa davanti alle barre dei timoni. Era Ramon de Senesterra, discendente, con i fratelli Bernat e Francesch, da un'antica stirpe catalana di uomini di mare. Li si sapeva impegnati in traffici col gran sultano dei Mamelucchi, e per suo tramite con i misteriosi regni a sud dell'Egitto, da cui portavano ogni tanto uomini neri quanto la pece da adibire a lavori servili o da mostrare come curiosità. Eymerich, però, non aveva tempo da dedicare allo sbarco.

Il torrione, a pianta circolare e incrostato di cristalli di sale, non era alto, ma si accedeva all'ingresso tramite una tozza scalinata. Il resto del suo corpo era sprofondato nel mare, come se il terreno avesse ceduto sotto il peso dei massi, o come se fosse stato costruito in tempi in cui il livello dell'acqua era forse piú basso. Alghe brunastre, dall'odore acuto e sgradevole, si attorcigliavano alla mole dell'edificio, oscillando alla risacca.

Un servo armato di spada, che sostava in cima alla rampa di scalini, salutò l'inquisitore e gli cedette il passo. Per entrare Eymerich, che era di alta statura, dovette chinarsi un poco. L'atrio semicircolare era spazioso ma buio, e invaso dal fumo acre delle torce. Un giovane domenicano, che sedeva a un tavolo coperto di carte e compulsava un registro in compagnia di un notaio, si alzò tanto in fretta che quasi rovesciò il candeliere di stagno che aveva davanti. – Benvenuto, padre Nicolas, – mormorò ossequioso. – Il Signore sia con voi.

– E con voi, padre Vidal. Qualcuno dei prigionieri ha confessato?

Il giovane allargò le braccia. – No, purtroppo. Erano già reticenti in vostra presenza. Quando mancate voi, si chiudono in un silenzio ostinato.

Eymerich corrugò la fronte. – Dunque l'aggravamento del *murus arctus* non è servito a nulla.

L'inquisitore si riferiva all'espediente che aveva adottato nella speranza di indurre i prigionieri alla loquacità. Le Clementine proibivano che le *quaestiones*, le sessioni di tortura, si prolungassero oltre la mezz'ora. Come se non bastasse, facevano divieto di sottoporre il detenuto a piú di una *quaestio*. Ciò non costituiva un problema grave: era consuetudine degli inquisitori registrare a verbale ogni *quaestio* non come nuova sessione, ma come semplice prosecuzione della precedente. Nemmeno il limite della mezz'ora era di ostacolo. Bastavano pochi istanti per sospendere alla corda l'imputato e slogargli gli arti, oppure per bruciare le sue carni con un ferro rovente. Era la durata del supplizio vero e proprio che veniva misurata, non la durata complessiva dell'interrogatorio. Astruch da Biena e il suo ignoto amico erano sottoposti a tortura ormai da un paio di settimane, eppure la mezz'ora era lungi dall'essere raggiunta.

Sta di fatto che Eymerich avvertiva le Clementine come un pesante ostacolo all'adempimento dei propri doveri. Aveva allora approfittato del fatto che nessuna prescrizione papale si opponeva al carcere duro, il *murus arctus*, raccomandato anzi dalla prassi e dalla dottrina del Santo Uffizio quale utile strumento di dissuasione. Aveva quindi dato ordine che le celle in cui si trovavano i due prigionieri venissero riempite di scorpioni e ragni, tanto numerosi da coprire il pavimento di terra battuta e buona parte delle pareti. Per una settimana gli uomini al suo servizio, orripilati ma obbedienti, avevano frugato i sotterranei sotto la torre, alla ricerca di insetti. Il risultato di quell'attività, contenuto in alcuni sacchetti agitati da moti frenetici, era stato riversato nelle celle. Astruch da Biena era sembrato impazzire; il suo compare, di solito impassibile e svagato, era impallidito.

Adesso si trattava di raccogliere i frutti di quell'espediente. Solo che Eymerich nutriva per gli insetti di qualsiasi specie una patologica ripugnanza. Del resto, aveva modellato il supplizio prendendo a base le proprie paure. Ma ora non poteva entrare nelle segrete infestate.

– Fatemi condurre qua Astruch, – ordinò seccamente. La voce gli si incrinò un poco quando aggiunse: – Prima però controllate che non abbia addosso qualche bestiaccia.

Sia il domenicano che il notaio, anch'egli molto giovane, corsero verso la porticina che si apriva nell'unica parete non curva della saletta. – Sarete obbedito, *magister*, – assicurò padre Vidal, dalla soglia del pertugio.

Trascorse un bel po' di tempo. Eymerich ne approfittò per sfogliare la pila di carte contrassegnata dal nome del piú importante dei suoi prigionieri. Per lo piú si trattava di pergamene legate a formare fascicoli, vergate con un inchiostro nero che si era solidificato in minuscoli cristalli argentei. Ma tra un tomo e l'altro c'erano anche i documenti sequestrati nella casa dell'imputato. Uno era un libro sottile, rilegato in pelle. L'inquisitore lo afferrò e lo portò sotto una delle torce infisse nella parete.

Quando lo aprí, dal volume si sprigionò una nuvoletta di polvere, che strappò a Eymerich un colpetto di tosse. Il titolo, scritto con mano insicura ma con calligrafia non priva di eleganza, gli era ben noto: *Thesaurus necromantiae pontificis Honorii*. Ne scorse rapidamente le pagine ricche di disegni elementari: pentacoli, cerchi magici, lettere ebraiche riprodotte alla meglio. Un foglio gli cadde, ma non si curò di raccoglierlo.

Il suo esame fu interrotto da un tintinnio di catene. Due guardie, sbucate dalla porticina, spinsero Astruch da Biena al centro della saletta. Dietro apparvero il notaio e padre Vidal. Fu quest'ultimo a dire: – Ecco l'uomo che aspettavate, *magister*.

2. *Figlio dell'inferno*

Nella saletta centrale dell'ospedale cingolato, Clarisse si abbandonava alle ultime contrazioni dell'orgasmo. Con molta delicatezza, il dottor Wagner ritrasse il fallo in rame rivestito di lattice dalla sua vagina e si girò a riporlo su una scansia. Poi si chinò su di lei e le posò un bacio soffice sulle labbra. – Ti è piaciuto? – le chiese un po' incerto.

– Sí –. Clarisse si stirò, socchiudendo gli occhi. – Piuttosto, mi dispiace che tu non abbia potuto provare nulla.

Wagner alzò le spalle. – Non preoccuparti per me. Mi piace vederti godere. Piú tardi cercherò di stimolare quel che resta del mio apparato genitale con la corrente elettrica. Talvolta dà sensazioni piacevoli.

– Se penso a tutto quello che abbiamo perduto, mi viene voglia di piangere –. Clarisse si mise in piedi con uno scatto di reni e cominciò a raccogliere gli indumenti sparsi ai piedi del lettino. – Vestiti anche tu. Dobbiamo pensare al Marburg, in attesa del nuovo attacco.

– E a tutto il resto, – borbottò Wagner. Sollevò i jeans sul ventre vuoto, placcato in argento e percorso da tubicini a fior di pelle. Mentre stringeva la cintura, pensò come sempre al giorno terribile in cui la mucosa intestinale gli si era staccata con uno strappo e gli era uscita dal retto. Fino a ventiquattro ore prima poteva ancora coltivare l'illusione di non avere contratto il virus, malgrado l'annerimento dei suoi genitali raggrinziti. Ma la perdita della mucosa era un sintomo inequivocabile. Non rimaneva che ricorrere agli innesti di metallo bioattivo, arricchito con chitina, prima che la pelle cominciasse a staccarsi dalle ossa e a cadere a brandelli.

Clarisse stava allacciandosi il camice quando il portello si aprí con un soffio raschiante. Fece appena in tempo a coprire un seno innervato d'oro. Il colonnello Reiner, uscito dalla doccia di ultravioletti, vide la scena e scoppiò a ridere. – Mi sembrate due conigli. Pensate solo a scopare.

– Non sono affari tuoi,– replicò Wagner, aggressivo, mentre si aggiustava la camicia. – Che cosa vuoi? C'è un nuovo attacco?

Reiner, tornato serio, alzò le spalle. – No, ormai la fortezza è nostra. Possiamo entrare nelle grotte quando vogliamo. Ora stiamo ammazzando gli elefanti –. Abbozzò un ghigno. – Una volta erano l'attrazione di questa regione del Kenya.

– Non sono gli elefanti la causa del virus Marburg, o di ciò che è diventato –. Ormai vestita da capo a piedi, Clarisse si sentiva piú sicura. – E nemmeno le scimmie. Te lo abbiamo già detto.

Reiner spinse indietro il kepí bianco sul cranio fasciato di peltro. – Sí, ma non mi avete fornito una spiegazione alternativa. Come mai il virus dell'Aids si è fuso col virus Marburg? Perché il Marburg, che è di tipo diverso, ha cominciato a propagarsi per via sessuale come l'HIV? Da dove è iniziata la catastrofe? Finché non avrò una risposta, continuerò a tirare sugli elefanti.

– Ho molti dubbi che un virus dell'Aids sia mai esistito, – rispose Wagner, cercando il camice bianco nel groviglio dei lenzuoli impregnati di varechina. – Per decenni, gli stessi sintomi sono stati classificati come Aids quando era presente l'HIV, e derubricati quando non c'era.

– Non è l'unica contraddizione, – rincarò Clarisse. – Come mai quel virus, prima della trasformazione, uccideva gli eterosessuali in Africa, e gli omosessuali in America e in Europa? Non ha senso.

Reiner fece una smorfia annoiata. – Senso o non senso, sarete d'accordo che l'HIV esiste. Ma da cinque anni in qua il nostro problema si chiama Marburg-HIV. Anzi, si chiama Ogun.

A quel nome, Clarisse fu percorsa da un brivido, che si propagò alle parti metalliche del suo corpo, facendole scricchiolare. – Lo hai visto?

– Visto? – Reiner spalancò la bocca incrostata di rame in una risata secca e amara. – È qua fuori. Riempie tutto il cielo. E vi giuro, non è una vista piacevole.

Eymerich posò il libro nell'alveo di una minuscola feritoia e contemplò il prigioniero. Se lo ricordava fiero, sprezzante, pieno di bile e di orgoglio. Invece, quella che adesso aveva di fronte era una larva in forma umana. Il corpo massiccio sembrava ingobbito, e i polsi slogati, stretti dalle catene, erano un'unica piaga purulenta. Lo stesso per le magre caviglie, lasciate scoperte da pantaloni ridicolmente corti. Il viso, poi, era quasi inguardabile, coperto com'era da pustole vermiglie, certo prodotte dalla coda degli scorpioni che cadevano dal soffitto durante la notte, o da una qualche infezione dovuta all'umidità e alla privazione della luce solare. La barba aveva l'aspetto di uno straccetto miserevole, che non conservava nulla della passata, dignitosa fioritura.

– Dovreste vedervi, Astruch da Biena, – commentò Eymerich con cattiveria. – Non sembrate nemmeno piú un uomo. Assomigliate piuttosto agli insetti che vi hanno tenuto compagnia.

– Nemmeno voi mi sembrate un uomo, – replicò il prigioniero con inattesa prontezza. La sua voce era catarrosa, ma ben udibile. – Nessun uomo farebbe a un suo simile ciò che voi mi state facendo.

Benché un po' sconcertato, Eymerich non perse la propria sicurezza. Rivolse un cenno nervoso a padre Vidal. – Procurategli uno sgabello. No, non una sedia. Quello sgabello là, addossato al muro –. La scelta era deliberata e perfida. Per ordine dell'inquisitore, Astruch era stato *levatus in aculeum*, cioè sottoposto al feroce supplizio del cavalletto. Un sedile scomodo era l'ideale per riattizzare il dolore.

Eymerich attese che il prigioniero si fosse seduto, in un tintinnio di catene. Poi avanzò verso di lui, le mani incrociate dietro la schiena. Una delle guardie, che si era posta di fianco al sedile, fece qualche passo indietro.

– Questo non è un interrogatorio secondo le regole, *mossen* Berenguer, – disse Eymerich al notaio, vedendo che frugava tra le carte alla ricerca del calamaio e della penna d'oca. – Non ci sarà giuramento né verbale. Del resto, questo miserabile si è sempre rifiutato di giurare.

Astruch da Biena, sofferente ma non intimidito, guardò l'inquisitore di sbieco, aprendo il piú possibile gli occhi arrossati e lacrimanti. – Voi volete farmi giurare sulla legge di Mosè, come se aveste l'autorità per impormelo. Non nego il vostro potere sui cristiani, ma non posso riconoscervelo per noi ebrei –. Un rivolo di muco gli colò dal naso e si disperse tra i baffi incolti.

Eymerich aggrottò le sopracciglia. – Guarda che la mia è stata una concessione. Se non abbiamo ancora cancellato la stirpe giudaica, assassina di Cristo, è solo perché essa testimonia ciò che esisteva prima dell'avvento del Salvatore. Fare giurare gli ebrei sui Vangeli sarebbe esortarvi allo spergiuro. Per questo vi accordiamo di pronunciare il vostro impegno alla verità in nome della legge in cui credete.

– Che comunque non è la vostra.

– È anche la nostra, in certa misura. Ma adesso basta –. Eymerich si stava innervosendo. Era inconcepibile, ai suoi occhi, che quell'uomo sessantenne, dopo quindici giorni di supplizi che avrebbero fiaccato un giovane nel pieno del vigore, si comportasse con dignità. Decisamente Satana, a cui il giudeo aveva votato la sua esistenza, lo ricompensava proteggendolo dal dolore. – Voglio da te non una confessione, ma un semplice chiarimento. La tua colpa è evidente: demonolatria. Ho però già avuto occasione di dirti che non è cosí grave. Si sa che gli ebrei invocano i diavoli. Se dovessi arrestare tutti i tuoi correligionari che si macchiano di quella colpa, non saprei davvero dove rinchiuderli.

Astruch tentò una risposta, ma un accesso di tosse gli impedí di parlare e gli bagnò le labbra di bava rossastra. Eymerich si ritrasse un poco. La gente malata lo disgustava e lo inorridiva, quale che fosse la malattia. Temette che qualche gocciolina di saliva potesse raggiungerlo, e solo quando fu sicuro che non vi era quel pericolo riprese la parola. – Che tu praticassi la negromanzia è ormai accertato. Basterebbe a provarlo il libro del sedicente papa Onorio trovato in casa tua...

– Onorio III era un papa cristiano, – obiettò Astruch, quando riuscí ad articolare la voce. – Quel libro di magia è opera di cristiani.

Eymerich sogghignò. – Dici? Peccato che Onorio III si occupasse di tutto salvo che di negromanzia. Crederei piuttosto a un'attribuzione all'antipapa Onorio II, il famigerato vescovo Cadalo, che Pier Damiani definí «ignominia del sacerdozio» e «fetore del mondo» –. Scosse il capo. – Ma non parlarmi di magia cristiana. Quando nel libro si invocano i quattro re, Magoa, Egym, Baymon e Amaymon, sono nomi giudaici. Cosí quelli di tutti gli altri sovrani infernali.

– Pensatela come volete. Tanto, nessuna mia argomentazione riuscirebbe a farvi cambiare idea.

Eymerich fu nuovamente oltraggiato dalla sicumera di quell'uomo. Malgrado i tormenti, il detenuto conservava lucidità e prontezza. Del resto, aveva goduto fama di sapiente, e le resistenze di Romeu Cescomes, vescovo di Lerida, a consegnarlo all'Inquisizione potevano trarre origine da quella nomea, non disgiunta, forse, da una certa stima.

No, il terreno su cui affievolire le difese del prigioniero non poteva essere quello del capo d'accusa principale. Meglio tastare la sua sicurezza su un altro tema. – Lasciamo perdere, – disse l'inquisitore, intrecciando le mani dietro la schiena. Finse di interessarsi al crocifisso di fattura visigota appeso al muro, dietro il tavolo occupato dai due giovani assistenti. Poi bruscamente osservò: – Il ragazzo arrestato con te rappresenta un enigma. La tua demonolatria è accertata, la sua no.

Sembra che per confessare aspetti un tuo segnale. Chiaramente tu eri il maestro e lui l'allievo.

Astruch trasalí leggermente. – Come sta? – chiese, sforzandosi di soffocare una nota ansiosa nella voce, già incrinata dal dolore.

Eymerich colse l'inflessione tremula ed esultò. Ecco scoperto il punto debole. Ma il giovane domenicano anticipò la sua risposta: – È ridotto nel tuo stesso stato, aggravato da un fisico piú debole. Però non sembra...

Padre Vidal si interruppe. Eymerich gli aveva scoccato un'occhiata di una ferocia inaudita, carica di minacciose promesse. Spaventato, il giovane chiuse la frase con un balbettio incomprensibile.

– ...non sembra poter resistere ancora a lungo, – concluse per lui l'inquisitore. – Temo seriamente per la sua vita. Quando il carceriere l'ha visto, poco fa, era coperto di scorpioni. Gemeva e non riusciva a tenersi in piedi.

Eymerich si aspettava uno scoppio d'ira, ma rimase deluso. Gli occhi di Astruch si offuscarono, e dagli angoli gli uscirono due lacrime, che scivolarono lungo il profilo scabro del viso. – Perché gli fate questo? – sussurrò il prigioniero, frenando nuovi colpi di tosse. – Quel ragazzo è molto debole. Non può resistere a nessuna infezione, a nessuna malattia. Se vi serve un capro espiatorio, usate me.

– Un capro espiatorio? – Eymerich fu tanto indignato dall'insinuazione che la voce gli tremò. – Credi forse che sia questo che cerco, sordido giudeo? Credi che la mia fede sia fatta di convenienze? – Cercò lo sguardo del notaio e di padre Vidal, ma entrambi si fingevano distratti.

Astruch abbassò il capo. – No, onestamente non lo credo. A vostro modo siete una persona retta. Proprio per questo oso supplicarvi. Risparmiate quel ragazzo.

– Perché dovrei farlo? – chiese Eymerich, volutamente sussiegoso. – Dimmi un solo motivo, ma che sia credibile.

La risposta di Astruch si percepí a malapena. – Perché lo amo.

L'inquisitore trasalí. – Che cosa vuoi dire? – domandò concitato. – Che lo ami come amico, o finalmente ammetti che hai commesso con lui il peccato di sodomia?

Prima della risposta trascorse un lungo intervallo, turbato solo dallo sfrigolio della resina delle torce. – L'ho amato anche carnalmente, se è questo che volete sapere.

Benché sapesse che quel capo d'accusa pesava sull'ebreo, Eymerich fu impietrito dall'orrore di udirlo confessare con tanta naturalezza. Non vi era colpa piú grave della sodomia. La Chiesa tollerava la prostituzione, piaga di tutte le taverne, consapevole del fatto che il seme maschile andava comunque irrorato a intervalli ravvicinati. Farlo nel corpo di una donna, sia pure mercenaria, obbediva a leggi di natura ed era meno grave della vergogna dell'onanismo. Ma commettere peccato tra uomini era la suprema bestemmia, l'oltraggio piú grave ai comandamenti di Dio. Ed ecco che un giudeo, per di piú demonolatra quasi confesso, ammetteva con leggerezza la piú oscena tra le colpe.

– ...ma non è per questo che vi supplico di avere pietà, – riprese Astruch, balbettando un poco. – Quel ragazzo è molto malato. Il suo corpo non sa resistere a nessun morbo, a nessuna infezione. Credo che il fine dell'Inquisizione non sia far morire i prigionieri, no?

Il ribrezzo di Eymerich verso quel giudeo sodomita che ora piagnucolava accucciato sul suo sgabello stava facendosi intollerabile. Avvertiva l'impulso di percuoterlo a morte, di dare fuoco alle sue vesti e lasciarlo incenerire sotto i suoi occhi. Ma non poteva permettersi alcuna forma di emotività. Il fatto che il prigioniero attizzasse sentimenti aggressivi acuiva il suo odio.

– Non permetterti di discettare sui fini dell'Inquisizione! – urlò. – La tua sporcizia morale farebbe vomitare un porco! – Cercando di contenersi, si girò verso padre Vidal, che aveva sul viso delicato un'espressione disgustata quanto la sua. – È vero ciò che dice questo figlio del demonio? Il ragazzo sarebbe malato?

Il giovane annuí. – Sí, almeno credo. Ha il corpo coperto di pustole. Voi non ve ne siete accorto perché ha il viso intatto.

– E la sua malattia quale sarebbe? Spero che lo abbiate fatto esaminare da uno speziale.

– No, ma mastro Francesch, il carnefice, si intende un poco di medicina. Non ha saputo riconoscere la natura dell'affezione. Ha solo parlato dell'inquinamento di qualche fluido corporeo. Probabilmente il flegma, visto che il recluso sembra avere un temperamento flemmatico. Chissà quali impurità lo contaminano.

Eymerich si volse verso Astruch, che ora singhiozzava apertamente e cercava di portare agli occhi i polsi incatenati. – Tu devi sapere di che malattia soffre il tuo drudo. E da quando ne soffre. Se hai giaciuto con lui, in dispregio ai comandamenti di Dio, deve esserci stato un tempo in cui era sano. A meno che, nella tua abiezione, tu non amassi persino le sue pustole infette.

L'ebreo alzò il capo, senza cercare di nascondere le lacrime. – Credo che sia nato cosí, forse perché figlio di consanguinei. La sua malattia non ha nome perché le comprende tutte. Il suo fisico non può resistere a nessun morbo e a nessun veleno.

– Se cosí fosse, sarebbe morto fin dall'infanzia. Tu stai cercando di mentirmi.

– Non vi mento, lo giuro! – Astruch giunse le mani, facendo tintinnare gli anelli che gli congiungevano i polsi. – Quando l'ho conosciuto era sano, ma doveva essere predisposto. Non c'è altra spiegazione. È solo da pochi mesi che la sua debolezza si è manifestata.

Eymerich girò le spalle al prigioniero e mosse in direzione di padre Vidal. – A questo punto, è d'obbligo che io dia un'occhiata all'altro detenuto –. Represse un brivido, pensando alla fauna formicolante che lui stesso aveva ordinato di introdurre nei sotterranei.

Il domenicano si inchinò. – Volete che ve lo faccia portare, *magister*?

Eymerich ci pensò un attimo, poi scosse negativamente il capo. – No. Se è davvero tanto sofferente, farlo spostare aggraverebbe la sua condizione. Accompagnami tu –. Ne avrebbe fatto volentieri a meno, ma non poteva sottrarsi a un dovere, per quanto sgradevole e contrastante con le sue piú intime fobie.

Il giovane fece cenno al notaio, che si era alzato, di restare dov'era. Mosse verso una porticina a sesto acuto, orlata di muschi dovuti a una misteriosa umidità. Eymerich lo raggiunse. Oltre la soglia un piccolo pianerottolo dava accesso a una scala tortuosa che scendeva tra pareti irregolari, illuminate da bugie sistemate in piccole nicchie.

3. *In nomine Satanas*

Clarisse, che si era rifiutata di salire sulla torretta dell'ospedale cingolato, attese che Wagner scendesse. Si aspettava di vederlo sconvolto, ma non fino a quel punto. – È cosí orribile? – chiese ansiosa.

Wagner si ravviò i capelli sintetici, poi, col dorso della stessa mano, si asciugò il sudore della fronte. – No, non è cosí orribile, – disse con voce spezzata. – È proprio questo che fa paura.

– Ma a cosa somiglia? – domandò Clarisse.

Piano piano il colorito ritornò sulle guance di Wagner. Gli ci volle però un minuto buono, prima di riuscire a rispondere: – È il viso di una donna. Una donna dagli occhi sbarrati. Grande quanto l'orizzonte.

– Santa Barbara?

– Credo di sí.

– Scendiamo in cabina –. Clarisse scortò Wagner fino alla botola a cui era appoggiata la scaletta di ferro, ritraibile in caso di pericolo. Al piano inferiore del cingolato era tutto un viavai di infermieri, intenti a muoversi tra le corsie da cui provenivano i gemiti dei soldati feriti negli scontri dei giorni precedenti. Volute di nebbia azzurrognola, umide di disinfettante, rendevano il quadro irreale. Guerrieri Kalenjin, dignitosi e marziali, sostavano immobili agli incroci.

I due medici si sottoposero al consueto bagno ultravioletto. Quando fu nella propria cabina, confortevole e bene arredata, anche se impregnata dell'odore acuto della varechina, Clarisse si lasciò cadere sul lettino.

– Siediti da qualche parte e ascolta, – disse a Wagner. Prese una lavagnetta elettronica fitta di appunti, abbandonata accanto al cuscino. – Ho qui i risultati delle ricerche di Françoise e del suo gruppo. Nella seconda metà dell'Ottocento, a Cuba, uno schiavo di colore che si chiamava... – consultò la lavagnetta, – ...si chiamava Andrés Facundo Cristo de los Dolores Petit, terziario francescano, fondò nell'isola la Regla de Palo Mayombe, o anche Regla de Palo Monte. Andrés eccetera aveva fatto parte in Africa della società segreta Abakuà, che professava i culti Bantú. Andrés fuse questi ultimi con i culti Yoruba, che fin dal 1820 erano praticati clandestinamente dalla Società di Santa Barbara...

– La matrice della cosiddetta Santeria –. Wagner si agitò sullo sgabello, un po' spazientito. – So qualcosa degli studi di Françoise. Interessanti, non c'è dubbio, solo che oggi il nostro problema...

– Lasciami finire. Il collaboratore piú stretto di Andrès eccetera si chiamava Pedro Nkisi. Si trasferí in Messico e predicò là il Palo Mayombe. Suo figlio, soprannominato Pantera, fece anni dopo la stessa cosa ai confini del Texas. Ebbe a che fare con il mesmerismo, che rappresentò, se vogliamo, una prima forma di dialogo tra l'uomo e il metallo. Fu allora che si parlò per la prima volta di un'incarnazione concreta delle divinità Bantú e Yoruba. Verso il 1870, in una zona del Texas vicina a Fort Worth...

– Conosco l'episodio. È stato attribuito a un'intossicazione da peyote.

Clarisse aggrottò le sopracciglia. – Forse che noi prendiamo peyote? Prendiamo ibocaina, ma è un alcaloide molto piú blando. Se non sbaglio, là fuori tu hai visto qualcosa che non poteva essere un'allucinazione.

Wagner sospirò. – È vero. Era qualcosa di dannatamente concreto.

– Sí. Santa Barbara esiste. O qualsiasi cosa si nasconda dietro il suo viso. La gente dentro la fortezza agisce in suo nome. O nel nome di...

Ogni componente di metallo del corpo di Clarisse fu percorsa da un lievissimo sussulto. Wagner dovette avvertire la medesima sensazione, perché scattò in piedi. – Sono i cannoni elettromagnetici della Legione. Dev'essere cominciato l'assalto finale.

Una scossa lo fece ricadere sullo sgabello. Il gigantesco ospedale cingolato si era mosso, e le sue paratie vibravano tutte.

– ...o nel nome di Satana, – concluse Clarisse.

Scendere la scala, intagliata nel sasso, fu impresa faticosa. I gradini, apparentemente di marmo, erano resi scivolosi dall'acqua che impregnava tutta la galleria. La pressione del mare sulla parte sotterranea della torre si manifestava in un fiorire di infiltrazioni, che lasciavano cadere dalla volta una rada ma costante pioggia di goccioline. Le torce appese a intervalli regolari lungo la roccia fumavano e friggevano, agitando la fiamma. Eymerich aveva comunque ordinato che di notte, quando le guardie dei sotterranei si ritiravano, le fiaccole venissero spente. Sia per disperdere il fumo addensatosi durante il giorno, sia per aumentare il terrore dei prigionieri, consegnati a un'oscurità umida e malsana. Se *murus arctus* doveva essere, che lo fosse fino in fondo.

Giunsero in una specie di botte in muratura, molto sotto il livello del mare. Un soldato armato di picca, che fungeva anche da carceriere, sorvegliava l'accesso a un lungo corridoio costellato di pozzanghere, su cui si aprivano dodici celle. Attualmente, eccetto una, erano tutte vuote. Tolto Astruch, chi le aveva occupate ora volteggiava in forma di cenere sul cielo terso di Barcellona.

Eymerich marciò sicuro fino all'ultima cella del corridoio, e attese che padre Vidal avesse fatto scattare la grossa serratura del cancello. Fremette d'orrore allo spettacolo che si presentò ai suoi occhi. Le pareti dell'antro erano corse da scorpioni (non troppo grossi, non li aveva voluti velenosi) con la coda alzata, che si inseguivano e si combattevano tra loro. Ragni pelosi avevano iniziato a tendere in ogni angolo e sotto ogni anfratto tele elaborate, e si lasciavano cadere fino a terra appesi ai loro fili argentei, per poi risalirli con frenesia.

Sotto quel formicolio, stava rannicchiato un ragazzo dai capelli biondi, col viso nascosto nell'avambraccio. Il paglericcio sul quale era accucciato era lambito da un velo d'acqua melmosa, in cui galleggiavano fili di paglia e carapaci di insetti morti. Escrementi sparsi un po' dovunque formavano sul liquame isole e promontori ripugnanti.

Eymerich si arrestò sulla soglia della cella, paralizzato non tanto dalla sua lordura, quanto dalla vita animale che ne popolava le superfici. Dovette deglutire piú volte, prima di riuscire a sussurrare al suo accompagnatore: – Svegliami il prigioniero.

Padre Vidal strappò una torcia dal muro e si accostò al ragazzo biondo. Lo scosse, ma dovette ripetere il gesto piú volte, prima che il detenuto desse segno di vita. Si udí un lamento soffocato, poi il giovane si raddrizzò e si sedette sul paglericcio, guardandosi intorno come se non capisse dove si trovava.

Era di una bellezza singolare, un po' femminea. Lineamenti morbidi, guance rosee leggermente cascanti, bocca piccola e vermiglia, occhi azzurri vagamente acquosi. Proprio il tipo d'uomo che a Eymerich causava un istintivo raccapriccio. Quando fece cenno al ragazzo di raggiungere la soglia, l'inquisitore dovette trattenere l'odio spontaneo che gli gonfiava il petto. – Vieni, accostati a me, – invitò mellifluo. – Ho una bella sorpresa.

Il giovane spalancò gli occhi chiari. Dovette capire ciò che Eymerich voleva da lui. Scacciò con indifferenza uno scorpione che gli correva lungo la spalla della camiciola che indossava, si rizzò faticosamente in piedi e gli si avvicinò, muovendo i passetti che le catene strette alle caviglie gli consentivano. Era alto di statura, e molto magro. Non mostrava pustole evidenti, ma l'inquisitore le indovinò sotto la stoffa e rabbrividí.

Cercò di celare il proprio nervosismo. – Tra poche ore sarai libero, – annunciò, sforzandosi di abbozzare una specie di sorriso. – Il tuo compare Astruch ha confessato. È lui che ti ha indotto alla sodomia e al commercio col diavolo. Lo consegnerò al braccio secolare perché abbia la punizione che merita. Ma la tua sorte sarà diversa. In quanto succube di quello stregone, basta che tu confessi e sarai libero. A patto, ovviamente, che mi giuri di sfuggire in futuro altre occasioni di peccato.

Il ragazzo sulle prime sembrò non comprendere una parola, e rimase a fissare l'inquisitore con aria perplessa. Poi, dopo un lungo intervallo, il significato di ciò che aveva udito dovette farsi strada nella sua mente intorpidita. – Siete voi il principe Fernando di Aragona? – chiese con voce gutturale.

Eymerich fu tanto meravigliato dalla risposta da dimenticare per un attimo tutto il proprio autocontrollo. – Il fratello di Pietro il Cerimonioso? Ma sei impazzito? – esclamò sbalordito.

Il ragazzo non fece caso a quel tono. – È con lui che devo essere donna, – disse con semplicità. – Ma ancora non l'ho incontrato.

Eymerich si girò di scatto verso padre Vidal. – Negli interrogatori che ho condotto di persona non ho mai udito nulla del genere. Costui si limitava a tacere o a lamentarsi. Ha reso altre confessioni, in mia assenza? Mi è stato per caso nascosto qualcosa?

L'ultima domanda fu pronunciata con una voce tagliente come una lama di rasoio. Il giovane frate prese a tremare vistosamente. Le parole gli uscirono di bocca accavallate e confuse. – Credetemi, sono stupito quanto voi... Questo giovane mi sembrava un mentecatto, o forse uno straniero, che non capisse la nostra lingua... L'apparenza è quella di un normanno.

Eymerich scrutò il prigioniero, che se ne stava sulla soglia un po' curvo. Se si fosse raddrizzato per intero, la sua statura avrebbe forse eguagliato quella dell'inquisitore, che era notevole. – Già, un normanno... Può darsi. L'ho fatto rubricare come giudeo perché è circonciso, ma in effetti non vuol dire... – Puntò l'indice verso il ragazzo. – Ascolta, tu hai appena dimostrato di conoscere il catalano. Dunque puoi intendermi benissimo. Perché mi parli del principe Fernando? Cos'hai a che spartire con lui?

D'improvviso, il viso del ragazzo assunse un'espressione maliziosa e folle, assurda a vedersi. Dalle labbra gli uscí una risata stridula. – Questo ho da spartire –. Piroettò su se stesso e sollevò la camiciola, mostrando le terga. – Questo.

Il disgusto di Eymerich fu tale che un conato di vomito gli salí alla gola. Ma il ribrezzo fu travolto dalla vampata d'odio che gli invase la mente. Stava per colpire l'oscena marionetta che aveva di fronte, e già sapeva che, se lo avesse fatto, avrebbe continuato fino a spegnerne la vita. Per fortuna padre Vidal, indignato quanto lui, si precipitò sul giovane. Gli percosse il collo con violenza, obbligandolo a girarsi. Poi lo spinse verso il paglericcio. Il ragazzo vi cadde di peso, continuando a ridere.

Ci volle parecchio perché Eymerich tornasse padrone di se stesso. Quando riuscí a parlare, la voce gli uscí strozzata dalla collera. – Tu patirai tutte le pene dell'inferno! – scandí. – E le patirai da vivo, prima di assaggiare quelle escogitate dal demonio tuo padrone. Nessun tormento ti sarà risparmiato. Parola di Nicolas Eymerich.

Detto questo si scosse, come se volesse districarsi da un torpore morboso che lo stesse avviluppando. – Andiamo! – disse brusco a padre Vidal. – Usciamo da questo letamaio infetto!

Risalí le scale come una furia. Nella stanza superiore, quando il notaio gli si fece incontro, lo scostò con brutalità. Marciò verso Astruch, reclinato sul suo scranno. Gli fece alzare il volto tirandogli la barba caprina. – Maledetto servitore di Satana! – gridò, senza riuscire a controllarsi. – Quale abominio hai macchinato? Rispondimi, circonciso, o tra pochi istanti stringerai in pugno la tua stessa lingua mozzata!

La replica di Astruch fu flebile quanto un sospiro. – Non gli avrete fatto del male? No, vero? – C'era genuina ansietà in quella domanda.

Misteriosamente, Eymerich sentí la propria forza affievolirsi. L'uomo che gli era di fronte doveva proprio essere guidato da Satana, per suggerirgli il torbido sentimento della compassione. Ma fu lo smarrimento di un attimo. L'inquisitore si riprese quasi subito, e la sua voce tornò alla consueta, pacata durezza. – Il tuo drudo ha parlato. Ora so tutto del principe Fernando e dei tuoi loschi piani. La tua colpa è di quelle che non ammettono perdono.

Un lampo di disperazione attraversò le pupille di Astruch, fino a quel momento spente e lontane. – Vi ha detto questo? – bisbigliò angosciato. – Allora sono perduto.

– Sí, lo sei. A meno che tu non ripeta spontaneamente le cose che già so –. Eymerich fece un cenno al notaio. – *Mossen* Berenguer, la giuria non è legalmente costituita, ma non importa. Scrivete tutto ciò che verrà detto da questo momento.

4. *Mille giorni a Sodoma*

Il portone gigantesco che serrava l'ingresso alla fortezza di Efor, costruita nelle grotte di Kitum, si appallottolò come un foglio di carta stagnola. Il frastuono fu terrificante, e fece vibrare gli abitacoli dei carri della Legione che convergevano sull'obiettivo, seguiti a distanza dall'ospedale cingolato. I primi titani neri che scaturirono dal suolo furono falciati senza pietà dalle armi convenzionali. Ma altre orde urlanti, di carne e di metallo, emersero dalle gallerie e si gettarono invasate contro gli aggressori. Nessuno ormai faceva piú caso al volto femminile, dolente e trasognato, che dominava l'intero orizzonte e buona parte del cielo.

Di nuovo scoccò il lampo, incandescente al centro, azzurrognolo ai lati, delle batterie elettromagnetiche della Legione. Di nuovo i guerrieri bardati di metallo provarono la stretta crudele dell'unica energia capace di fiaccare la volontà delle loro corazze. Si accartocciarono in branco, fissando increduli i getti di sangue che schizzavano dalle parti umane dei loro corpi. I piú fortunati morirono subito. Il frastuono fu raccapricciante, cosí come il coro di antiche grida che invocavano chissà quali divinità.

Clarisse, coperta di sudore, abbandonò il periscopio e si asciugò la fronte col dorso dorato della mano. – Se avessi pensato di dover vedere un giorno una cosa simile, mi sarei suicidata da piccola.

Credeva di avere di fianco Wagner, ma invece scorse Françoise Leblond, ritta accanto a lei a braccia incrociate. – Il tuo amico è andato a un altro periscopio, – spiegò la ricercatrice, con una nota acida nella voce. La sua antica passioncella per il medico, quando ancora credeva che fosse uomo a tutti gli effetti, era risaputa. – Hai avuto modo di leggere i miei appunti?

Clarisse accennò di sí. – Non ho avuto il tempo di arrivare alla fine, ma ho trovato parecchie osservazioni che coincidono con le mie. Specie la periodizzazione.

Françoise indicò la scaletta che conduceva ai piani inferiori. – Vieni con me. Qui c'è troppo fracasso.

Scesi i gradini, la ricercatrice fece strada nelle corsie, ora quasi deserte. Buona parte degli infermieri erano al piano di sopra, intenti a spiare dai periscopi gli esiti della battaglia. Una nuvola di vapori di varechina copriva l'uscio del suo cubicolo. Girò la maniglia e cedette il passo a Clarisse. – Entra. Dentro si respira meglio.

La prima cosa che Clarisse notò, nella cabina, fu l'assortimento di falli rivestiti di lattice che faceva mostra di sé su una mensola. Ne raccolse uno, l'unico dotato di falsi testicoli. – Come si fa? Li si stringe?

– Sí. Dopo averli riempiti di latte caldo. Simula lo sperma.

– Sperma? – Clarisse ripose l'oggetto. – Allora anche tu hai la vagina –. Dieci anni prima la domanda sarebbe apparsa assurda. Ma il virus Marburg assaliva anzitutto i genitali, avvizzendoli e distruggendoli. Se c'era un qualche legame percettibile col cugino e alleato HIV, era proprio in questo accanimento contro l'attività sessuale umana. Come se un giustiziere misterioso avesse voluto punire una nuova Sodoma.

Françoise accennò di sí con un certo orgoglio. – Sí, ho la vagina, ed è ancora sensibile. Forse potrei anche partorire bambini.

Clarisse rabbrividí. Ricordò il momento orrendo del suo parto, quando, dopo atroci dolori, aveva udito il suono di un grumo informe di metallo e di sangue che cadeva in una cassetta di latta, seguito poco dopo da una placenta brunita e spigolosa. Cercò di oscurare la propria memoria parlando d'altro. – Il momento decisivo, secondo te, sarebbe ai primi del nostro secolo. Quando si cominciarono ad applicare i nuovi materiali da sutura.

Françoise annuí. – Sí. Si iniziò con la colla cianoacrilica, inventata alla fine del Novecento. Pochi lo ricordano, ma con quella colla fu costruito un intero carcere brasiliano, chiamato Sepultura. Poi venne il Norian SRS, capace di integrarsi all'idrossiapatite che forma la parte minerale delle ossa. Colla cianoacrilica come pelle, Norian come ossatura.

– Il Norian, – rifletté Clarisse ad alta voce, rigirando tra le dita d'oro un pene roseo e lunghissimo. – Ne ho sentito parlare da piccola.

– Monocalcio fosfato monoidrato, a-tricalcio fosfato e carbonato di calcio. Piú soluzione di fosfato di sodio per la componente liquida. Ideale per riparare le fratture.

– Poi venne il metallo.

Françoise fece cenno di sí. – Esatto. Poi venne il metallo. Con la chitina, estratta dal carapace di ragni e scorpioni, come collante.

Uno scossone fece cadere di mano a Clarisse l'oggetto che stringeva. Subito dopo gli altoparlanti diffusero la voce esultante del colonnello Reiner. – Ci siamo! Stiamo entrando nelle grotte! Preparatevi a sbarcare!

Eymerich si curvò su Astruch, godendo segretamente alla vista del tremito nervoso che si era impadronito delle membra del giudeo. – Parla, dunque. Solo una piena confessione potrà risparmiare la vita a te e al tuo amichetto. È vero che hai idolatrato il demonio?

Astruch non piangeva piú, ma aveva gli occhi pieni di lacrime. – È vero, ma non per mia volontà, – mormorò, quasi senza muovere le labbra.

– Ah, sí? E per volontà di chi?

Il detenuto sollevò il viso, mostrando sorpresa e un recondito sollievo. – Dunque Svein non vi ha detto tutto! – esclamò.

La bocca sottile di Eymerich si socchiuse in un ghigno. – Notaio, prendete nota! L'altro imputato si chiama Svein! Normanno, suppongo –. Poi aggiunse, stringendo le palpebre come un felino. – Astruch da Biena, era la sola cosa che il tuo androgino mi avesse taciuto. Adesso so anche quella. Su, non perdere altro tempo. Dimmi i dettagli del complotto.

Astruch si afflosciò sullo sgabello. – Se Svein ha dato tutta la colpa a me, è solo perché conosce soltanto una parte della verità –. Alzò per un attimo gli occhi stanchi e lacrimosi. – Ma forse voi mi state ingannando. Forse il vostro è un espediente per indurmi a rivelarvi il segreto. Svein non può avervi parlato del vescovo –. Nella sua voce rotta vibrava una lieve traccia di speranza.

La mente di Eymerich vagliò velocemente i dati in suo possesso. Con quale vescovo avevano potuto avere rapporti i due? Be', la risposta sembrava chiara. – Certo che Svein mi ha parlato del vescovo di Lerida, – azzardò, fingendo sicurezza. Alzò le spalle. – Non ti chiedo le linee generali del complotto. Le conosco già. Ti chiedo i dettagli.

Fu chiaro che Astruch era definitivamente vinto. Le sue pupille opache vagarono nel vuoto, come se cercassero di visualizzare ricordi smarriti da tempo. – Dettagli, dite? Quale dettaglio, se non l'infamia illimitata di quell'uomo? – L'ebreo tossí piano. – Quando fummo condotti davanti a lui, con l'accusa di sodomia, rimasi stupito per la sua esultanza. Ne capii la ragione solo durante il secondo interrogatorio, quando mi scagliò contro il *Thesaurus pontificis Honorii* e disse che il capo d'accusa era divenuto quello di demonolatria. Era la prima volta che vedevo quel libro, che lui asseriva di avere trovato a casa nostra. Ma non sapevo ancora che il demone era lui, e che da quel momento saremmo stati in sua balia.

– C'era un inquisitore presente all'interrogatorio? – chiese Eymerich, pur consapevole che la domanda sarebbe parsa trascurabile.

– No, – rispose Astruch, un po' stupito. – Mi risulta che il vescovo appartenga al Reale Ordine Militare della Mercede, e che abbia il potere di...

– Sia l'accusa di sodomia che quella di stregoneria avrebbero potuto condurti alla prigione, se non al rogo. Perché temevi la seconda piú della prima?

– Perché il vescovo minacciava di estenderla a tutti gli ebrei di Lerida, incluso il rabbino –. Astruch abbassò un poco la voce, come se avvertisse il peso di un'umiliazione profonda. – Lo so, con la mia condotta immorale ho tradito la legge giudaica e disonorato la mia gente. Ma resta la mia gente, malgrado tutto.

Eymerich fece un gesto nervoso, a far capire che quel genere di argomentazioni non lo interessavano, e anzi lo infastidivano. – Torniamo ai fatti concreti, – incalzò. – Cosa accadde dopo?

– Supplicai il vescovo di fare del male a me, se lo voleva, ma di non farne agli altri ebrei, e soprattutto a Svein, che già mostrava i segni della propria malattia –. Astruch aveva ripreso a piangere, e ciò, anche se gli arrochiva la gola, sembrava dargli sollievo. Ma forse quest'ultimo sentimento dipendeva dall'opportunità di potersi liberare del fardello che lo aveva tormentato chissà per quanto. – Divenimmo di fatto suoi schiavi. Lo assistemmo durante l'uccisione del gallo nero, e poi durante la messa degli angeli e la cerimonia del cero. Tremammo di paura dentro i circoli magici, mentre attorno a noi si agitavano le figure gigantesche dei sovrani infernali che il vescovo evocava. Magoa, re d'Oriente, e attorno a lui Massayel, Agiel, Satiel, Arduel e Acorib. Lo spaventoso Egym, re del Settentrione, circondato dai suoi vassalli. E ancora Amaymon, e il piú orribile di tutti, che domina il meridione, dagli occhi di tarantola e dal corpo di serpente dai mille colori...

Il notaio aveva smesso di scrivere. Accanto a lui, padre Vidal non riusciva a contenere il tremito che si era impadronito delle sue dita. – *Magister*, – esclamò con timbro incerto e quasi femminile, – ma che orrori sono questi? Se quell'uomo continua, credo che cadrò svenuto.

L'uscita ingenua strappò a Eymerich un mezzo sorriso. – Si vede che non avete mai assistito all'interrogatorio di un demonolatra. I sovrani dei venti ricorrono in molti libri di negromanzia. C'è chi li chiama Maimone, Amaimone, Paimone ed Egino. Oppure Urieus, Amaymon, Paymon ed Egyn. O ancora Hamael, Azazel, Azael e Mahazael. Altrettanti nomi di Satana e dei suoi principi –. Il viso dell'inquisitore si incupí. – Ma il nome non conta nulla. Notate piuttosto quanto è cambiato il modo di parlare di questo giudeo, da quando tratta di questo argomento. Prima si esprimeva a stento, adesso sembra che legga da un libro. Ciò cosa vi suggerisce?

Come Eymerich si attendeva, il giovane non seppe cosa rispondere. L'inquisitore scosse il capo e tornò a rivolgersi ad Astruch. – Sostieni di avere visto davvero ciò che racconti?

Il prigioniero, che aveva ascoltato le ultime riflessioni con l'aria di non capirle, fece un cenno affermativo, che gli costò un colpo di tosse. – Oh, sí. Quando apparve Amaymon credetti di impazzire. Le sue spire erano tanto grandi che...

– Lascia perdere, – lo interruppe Eymerich bruscamente. – Dimmi piuttosto del complotto. In che modo il vescovo di Lerida sperava di entrare in contatto col principe Fernando?

Astruch parve interdetto. – Come, «sperava»? Ma era già in contatto! Sanno tutti che aveva agito da pronubo tra lui e la regina.

L'inquisitore trasalí. – La regina? Intendi dire...

– Proprio lei. Eleonora di Sicilia. La moglie di re Pietro il Cerimonioso.

La rivelazione era cosí sconvolgente che Eymerich non poté impedirsi di spalancare la bocca, salvo richiuderla un attimo dopo. Si girò verso il notaio, impietrito quanto lui. – Mi raccomando. Nemmeno una parola di questo dialogo deve rimanere a verbale –. Ma non c'era bisogno di raccomandazioni. Sia *mossen* Berenguer che padre Vidal erano sconvolti. L'inquisitore fissò Astruch con dura intensità. – Sai cosa rischi se mi stai mentendo? – chiese aspro.

– Sí. Ma sto dicendovi la verità.

Eymerich emise un sospiro leggero. – E allora vai avanti. Il principe Fernando, a tuo dire, sarebbe l'amante della nostra regina. E sarebbe stato il vescovo di Lerida a favorire questa tresca.

Astruch pareva ora molto piú sicuro di sé, tanto che nella sua voce emerse una traccia di ironia. – Amante? Non userei una parola tanto impegnativa. La concupiscenza del principe si rivolge sia alle donne che agli uomini, senza tante distinzioni. La regina Eleonora è stata una delle sue tante conquiste.

– Il delitto che seduce la stupidità... – si lasciò sfuggire Eymerich. Ricordava bene la regina, vista un anno prima all'Aljaferia di Saragozza, quando lui aveva strappato a Pietro IV l'assenso alla sua nomina a inquisitore generale. Un volto stolido da bamboletta, un corpo troppo grosso affondato in una nube di trine. Se davvero aveva una tresca con il principe Fernando, doveva essere perché apparteneva alla categoria delle donne incapaci di dire di no, sia a un uomo che a una qualche golosità culinaria. Quanto al principe, aveva di certo voluto fare l'ennesimo dispetto al fratello, con cui era in guerra fin dai tempi della rivolta degli aristocratici aragonesi contro la corona.

Eymerich incrociò le braccia sul petto e camminò un poco avanti e indietro, mentre Astruch, spossato, si abbandonava all'ennesimo accesso di tosse. Poi l'inquisitore si fermò di scatto di fronte al giudeo. – Quali erano i propositi del vescovo di Lerida riguardo a Svein? Io lo so già, ma tu mi devi rispondere ugualmente.

– Voleva destinarlo al letto del principe. Credo che l'intero Ordine della Mercede puntasse a questo.

– Per quale motivo?

– Perché Svein è malato.

Padre Vidal sembrò riprendersi in quell'istante dal proprio stupito stordimento. – Che buffa risposta, – commentò.

– Buffa? – Eymerich lo fulminò con lo sguardo. – Ragazzo mio, voi non sarete mai un inquisitore. Non capite che la malattia di Svein è contagiosa? E che il principe Fernando, secondo costui, sarebbe anche l'amante della regina? Cosa ne concludete?

Il giovane era confuso: – Che il vescovo di Lerida voleva fare ammalare la regina, suppongo.

– Bravo! Complimenti! – esclamò Eymerich con ironia. – Ma adesso fate uno sforzo in piú. Di consueto, la regina con chi divide il talamo?

I tratti imberbi di padre Vidal si soffusero di meraviglia e di orrore. – Non vorrete dire che... Mio Dio, è la trama piú diabolica che io abbia mai udito!

– Esatto. Be', forse anche per voi c'è speranza.

5. *Veleno*

Il grande abitacolo di prora dell'ospedale cingolato vibrava violentemente, in attesa dell'apertura del portello. Un drappello di legionari, guidato da Reiner in persona, aveva già preso posizione vicino all'uscita, attorniato da un gruppo di guerrieri Kalenjin. I civili, infagottati nelle tute protettive, sedevano sulle panchine d'acciaio saldate alle pareti.

La voce di Wagner giunse alle orecchie di Clarisse distorta dalle visiere di plastica trasparente. – Il nostro primo compito è controllare se il metallo bioattivo dei loro guerrieri è analogo al nostro.

– Da quello che ho visto direi di sí.

– Dobbiamo esserne certi. Questa parte dell'Africa ci è sconosciuta. Potrebbero avere condotto ricerche che ignoriamo.

D'improvviso il portello cadde in avanti e urtò rumorosamente il suolo, venendo a costituire una larga passerella.

I legionari, quasi tutti veterani delle guerre contro la RACHE, scattarono fuori con le armi in pugno. I civili attesero, spiando ansiosi le scure volute di bruma che appannavano il paesaggio esterno. Non si udí alcuno sparo. Allora lasciarono le panchine e si incamminarono esitanti verso la passerella. Ogni squadra di medici, infermieri, tecnici e ricercatori aveva alla testa un proprio capogruppo.

La galleria brillava di una luce rossa, che la nebbia fumosa chiazzava di nero. Clarisse, col cuore in gola, vide i cingolati militari immergersi rombando nel fondo della caverna, affiancati dalla fanteria e dai guerrieri Kalenjin. Ma il suo dovere era un altro. Il suolo sconnesso era cosparso dei cadaveri dei giganti, staccatisi dal mucchio e rotolati ovunque, una volta che il raggio elettromagnetico aveva allentato la propria presa. Si accostò al piú vicino. Le parti metalliche del corpo seguitavano a contrarsi ritmicamente e a spremere dalla carne, martoriata e lacerata, gli ultimi rivoli di sangue. Si inginocchiò di fianco al titano, indifferente al liquido vermiglio che impregnava il terreno. Doveva essere stato un uomo normale, magari appartenente a una tribú connotata dall'alta statura. Gli sollevò un braccio, forato in piú punti dalle ossa spezzate. Wagner, alle sue spalle, puntò una torcia elettrica sull'acciaio nerastro ancora pulsante, facendolo luccicare.

Clarisse sollevò con le dita guantate un lembo del metallo Lo osservò con cura, sfrangiandone gli strati tra i polpastrelli. – Non c'è dubbio, – mormorò. Alzò la voce, perché l'amico potesse udirla. – Non c'è dubbio. I sensori innestati in questo acciaio sono a base tensioattiva, sensibili all'acqua e alla luce. Membrane biologiche artificiali come quelle che usiamo noi. E chitina come ponte alla bioattività.

Wagner emise un sospiro di sollievo tanto possente che risultò udibile, malgrado la tuta e il frastuono. – Mi consola. Temevo un livello tecnologico superiore, o quanto meno diverso dal nostro. Che so, una variante dell'acciaio STZ.

– L'acciaio STZ non rappresenterebbe un progresso –. Clarisse alludeva al metallo infarcito di sensori protagonista, molti anni prima, della guerra razziale che aveva condotto gli Stati Uniti a separarsi, non a caso chiamata «Metallica» nei libri di storia. Ma allora si trattava di corazze, corpetti, gambali e altre protesi esterne. C'era voluto il virus Marburg per porre il problema di una carne sostitutiva, incapace di imputridire. E c'era voluta la fusione tra la fisica dei colloidi e la scienza dei metalli sensibili per fare sí che ferro, acciaio e oro riuscissero ad agganciare le proprie molecole a quelle della pelle, aprendo le quinte di una nuova razza umana, tanto possente quanto sterile.

Wagner spostò l'alone della torcia, facendolo correre sulle pareti della grotta. – Va bene. La prima risposta l'abbiamo. Ora si tratta di conoscere la seconda.

– E quale sarebbe la seconda? – chiese Clarisse, drizzandosi con una spinta dei talloni.

– Perché gli antichi dèi africani hanno preso, o ripreso, forma concreta. Perché siamo sottoposti al dominio di un pantheon demenziale, che di giorno in giorno...

La fine della replica del medico rimase a mezz'aria. Dal fondo della caverna si era levato un muggito fragoroso e collerico, accompagnato da urla di terrore. Dalla nebbia nerastra emerse un legionario dagli occhi sbarrati, che procedeva a tentoni come se fosse stato toccato dalla cecità o dalla pazzia. Dietro di lui ne avanzò un secondo, poi altri ancora, disarmati e brancolanti. Tutti urlavano di paura, ma il loro urlo era sovrastato da quello, intermittente e feroce, che scaturiva stentoreo dal sottosuolo.

Astruch non piangeva piú, né manifestava altre emozioni. Si limitava a tremare, forse per il freddo, o forse per l'umiliazione, strappando alle proprie catene isolati tintinnii. Eymerich, soffocando il disgusto, gli girò alle spalle e, con due dita, gli abbassò un poco l'orlo della camicia. Ritrasse subito le falangi. – Pustole, – mormorò con voce incrinata dall'orrore. – Come sul viso. Ne ero certo. Anche voi siete malato.

L'ebreo annuí. – Chiunque abbia giaciuto con Svein lo è.

L'inquisitore rammentò il passaggio disgustoso del verbale che recitava: «*posuit membrum suum virile in choxis ipsius juvenis*» e ancora una volta il vomito gli salí alla gola. Chiese aspro: – Ma di quale malattia?

– Di tutte. Infezioni, febbri, piaghe cutanee, corruzione degli umori. Svein è l'angelo della morte. Il suo sangue è veleno –. Ancora una volta, gli occhi di

Astruch si inumidirono. – Ma è buono e gentile, incapace di fare del male. Guardate i suoi occhi. Vi sembrano nascondere qualche intenzione malvagia? Vi leggete segreti tormenti?

Quasi senza volere, Eymerich abbassò le proprie palpebre. Fu con cupo rancore, indirizzato soprattutto a se stesso, che le riaprí e sbottò: – Sono gli occhi di un idiota –. Puntò l'indice verso il giudeo. – Tu eri considerato un filosofo e un sapiente. Guarda come ti sei ridotto. Schiavo delle passioni carnali, coinvolto in riti blasfemi, inviso agli stessi ebrei che pure ti sforzi di salvare. Tutto per un giovinastro malato e delirante che forse non conosce nemmeno il proprio nome. Come lo hai conosciuto?

Astruch tirò su col naso. – Era su una galea approdata qui, a Barcellona. Il capitano lo aveva avuto in consegna da quei mori dell'Egitto che talora vendono gli schiavi negri catturati all'interno. Penso che fosse appartenuto a qualche nave da corsa normanna. Ogni tanto ne arrivano ancora.

– Un marinaio, dunque.

– Forse, ma ridotto in servitú. Sulla galea aragonese veniva dato agli schiavi come femmina, per tenerli tranquilli e farli sfogare.

– Immagino che tu lo abbia comperato e liberato. Perché?

Lo sguardo di Astruch si fece sognante. – Aveva degli occhi tanto limpidi. Dove trovate, nelle nostre terre, tanta innocenza e sincerità?

– Innocenza! – proruppe Eymerich, furioso. Raramente, nella sua ormai annosa carriera di inquisitore, aveva dovuto ascoltare un simile concentrato di oscenità. Qualche volta, suo malgrado, si era eccitato vedendo donne che, aggirando le timide proibizioni formali, venivano sottoposte a tortura. Si era sentito avvilito per quei turbamenti involontari del proprio corpo. Ma ciò che gli riusciva del tutto inconcepibile era pensare a un uomo attratto da una creatura dello stesso sesso. Un peccato tanto nauseabondo suscitava in lui un automatico rifiuto, facile a tradursi in rabbia incontrollabile. E nulla alimentava la sua ira quanto l'emergere di impeti sottratti al suo controllo.

Tentò di riportare l'interrogatorio su sentieri che non aizzassero la sua emotività. – La malattia di Svein, tua e di chissà quanti altri può avere origini africane?

– Non credo. La predisposizione doveva essere precedente.

– Come mai sei capitato a Lerida?

– Ho seguito Svein fin là, da Barcellona. A Lerida si tiene di tanto in tanto mercato di schiavi negri o musulmani, tradotti dai corsari in Catalogna. È in quella città che ho potuto liberarlo.

Eymerich corrugò la fronte. – Per caso, il vescovo della città ha qualcosa a che vedere con tutto questo?

Astruch tossí, ma si riprese subito. – No, non mi risulta. Certo, di tanto in tanto acquista qualche schiavo. Però solo di quelli che nelle loro terre esercitavano la medicina, o le arti che loro chiamano cosí –. Sembrò frugare nei ricordi. – Il vescovo fa uso di erbe provenienti da vari luoghi della terra, e soprattutto dall'Africa piú interna e sconosciuta. Mi disse che ne ha imparato l'uso quando era cappellano di Alfonso IV il Savio, padre del nostro re. Per suo conto accompagnò il duca di Medina Sidonia, in Egitto, alla ricerca delle reliquie di Santa Barbara.

– Scommetto che vi somministrava quelle stesse erbe nel corso delle sue evocazioni di demoni.

Astruch sbarrò gli occhi, in cui era tornata a rilucere una scintilla di vita. – Voi come lo sapete? – chiese allarmato, guardando Eymerich come se fosse stato lui lo stregone.

Invece di rispondergli, l'inquisitore si rivolse a padre Vidal e al notaio, ora piú tranquilli. – Voglio tornare in quella segreta. Subito.

6. *Posseduto*

Era una vera ritirata. Gli uomini della Legione sbucavano dalle profondità della caverna in falangi disordinate, chi correndo, chi marciando a casaccio in una sorta di trance. Wagner prese per il braccio un soldato che conosceva. Un certo Pelletier, con la fama di duro. – Cosa sta accadendo, là in fondo? – gli chiese concitato.

Ci volle qualche istante perché il legionario, che sembrava in stato ipnotico, afferrasse il senso della domanda. – Vulcano, – sillabò, come se stesse meccanicamente esprimendo idee e pensieri che gli erano estranei. – Immenso. Proprio immenso.

Wagner lo scosse per la manica. – Vuoi dire che vi siete imbattuti in un immenso vulcano?

Il militare non rispose. Si sottrasse alla stretta e proseguí la sua marcia allucinata, immergendosi nella calca dei compagni che si dirigevano verso l'apertura della grotta. L'urlo proveniente dai baratri sepolti nella nebbia nera stava scendendo di intensità.

Vincendo la paura che le artigliava il petto, Clarisse riuscí a dire: – Che sia effetto dell'ibogaina? – Alludeva all'alcaloide, di origine africana, comunemente usato per combattere il ricorso all'eroina, divenuto di massa quando ci si era accorti di quale futuro si prospettava. L'ibogaina dava allucinazioni leggere e controllabili. Subito dopo avere posto la domanda, Clarisse si rese conto di quanto fosse stupida.

Wagner alzò le spalle. – No, è chiaro che laggiú ci

dev'essere qualcosa di molto concreto. Se è un vulcano, dev'essere davvero terrificante. Ma nota una cosa. Sono i legionari che fuggono. Non i guerrieri Kalenjin.

Clarisse stava per chiedere quale significato potesse avere quel dettaglio quando Françoise arrivò trafelata, seguita dalle sagome infagottate dei ricercatori della sua squadra. – Non so voi medici, ma io vado laggiú, – gridò. – Ci sono ancora dei soldati che combattono, Reiner compreso. Possono avere bisogno di noi.

Wagner esitò. Clarisse, invece, seguí d'impulso la ricercatrice. Forse non voleva apparire meno coraggiosa della collega, ma non stette a interrogarsi sui propri moventi. Alcuni medici e un gruppo di infermieri le andarono dietro.

I blindati della quindicesima semibrigata erano ammassati in una strettoia della caverna, all'imboccatura di un cunicolo. Al di là non c'era che bruma nerastra, addensata contro muraglie rosse come vene. Dei fanti che avrebbero dovuto scortare i mezzi corazzati non c'era traccia. Gli occidentali erano fuggiti, mentre gli indigeni, al comando di Reiner, erano scesi chissà dove, lasciando alle proprie spalle polvere e silenzio.

Françoise si comportava come se, invece dei soli ricercatori, avesse comandato l'intera spedizione. – Attenti alle rocce troppo aguzze, che potrebbero forarvi le tute, – disse in tono troppo imperativo. – È in queste grotte che l'ingegnere prese il Marburg. Il virus potrebbe essere ancora presente.

Clarisse trovò la raccomandazione superflua, e fatta tanto per dimostrare chi guidava il gruppo. Tutti sapevano dell'ingegnere francese che, il 1° gennaio 1980, era uscito dalle grotte di Kitum vomitando sangue nero e perdendo a brandelli la pelle del viso. Sulle prime nessuno aveva capito di cosa si trattasse. Solo quando i suoi testicoli si erano gonfiati e deformati, per poi putrefarsi come frutti troppo maturi caduti dalla pianta, qualcuno aveva collegato i sintomi al virus che a Marburg, tredici anni prima, aveva decimato i tecnici di un laboratorio che trattava cellule di scimmie ugandesi.

Ma allora il Marburg non aveva ancora stretto il suo mostruoso connubio con l'HIV. Erano trascorsi decenni prima che ciò avvenisse, e altri decenni prima che la sessualità umana diventasse privilegio di pochi, nati da clonazioni particolarmente felici.

– Mio Dio! – esclamò Wagner a una svolta della galleria. Additò un foro, chiuso da volute di caligine scura, che si apriva nella parete, sulla sinistra.

– Che c'è? – chiese Clarisse, ansiosa.

– Mi è sembrato di vedere... – Il medico esitò, poi scosse il capo coperto dal cappuccio. – No, non può essere. Devo essermi sbagliato.

Clarisse notò, sotto la visiera, il pallore del suo viso. – Ma cosa hai visto? Dimmelo.

Wagner fece con la mano guantata un gesto di diniego. – Niente, niente. Allucinazioni –. Affrettò il passo per raggiungere Françoise e gli altri. Ma si vedeva che tremava.

La discesa fu ancora piú difficile della prima volta, perché, forse a causa delle maree, le pareti del tunnel trasudavano non piú gocce, ma rivoletti d'acqua. Le scale si erano trasformate in un ruscello non piú spesso di una seta, ma sufficiente a far scivolare le suole dei calzari sullo scisto intagliato.

Svein adesso era ritto in piedi accanto al giaciglio, intento a dare la caccia ai ragni e agli scorpioni che zampettavano sui muri. Quando udí la chiave girare nella toppa si irrigidí dove si trovava, con le mani protese verso la volta. Si girò piano e si ricompose.

Introdotto dal soldato di guardia, Eymerich fissò il ragazzo con ferocia. – Ti ho promesso di farti del male. Invece non te ne farò, perché se ne incaricheranno le malattie che ti porti dentro. Vengo anzi ad annunciarti la libertà. Hai nulla da dirmi?

Il prigioniero guardò l'inquisitore senza dar mostra di capire, poi d'improvviso sbottò: – *Balcades suspensus vislava achare pergalium gaspar Eogún canaootum enim sliribam toitee!* – Pronunciò queste parole gridando con quanto fiato aveva in gola, tanto che le vene del collo gli si inturgidirono per lo sforzo. Agitava furiosamente la testa, facendo oscillare la capigliatura bionda. Gli occhi gli si iniettarono di sangue.

I due giovani che erano con Eymerich arretrarono di qualche passo. Berenguer era terrorizzato. – Ma cosa dice? – balbettò.

– Recita una delle formule del libro del sedicente Onorio. Chiama Egyn, il principe demone del nord. Della sua terra –. L'inquisitore fece un gesto rassicurante. – Il vescovo di Lerida l'ha ammaestrato bene, ma non c'è da temere. È solo un mezzo idiota che pronuncia frasi senza senso.

Ciò che accadde un attimo dopo costituí la piú clamorosa delle smentite che Eymerich avesse mai patito. Si udí un boato sinistro, prolungato e assordante, e le pietre della cella e dei corridoi scricchiolarono, come se si stessero assestando. Il supporto di metallo che reggeva la torcia accesa fuori della segreta schizzò dalla parete. L'inquisitore vide sbalordito la fiaccola cadere a terra, ruzzolare in un movimento circolare entro la cella e spegnersi nell'umidità del suolo. Ma un attimo prima che si spegnesse, la sua fiamma lambí il paglericcio, attaccandovisi. Dal materasso imbottito di foglie secche di granturco si levò una subitanea vampata, tanto alta da raggiungere il soffitto.

L'incubo iniziò a quel punto. Nugoli di scorpioni caddero dalla volta, si ammassarono l'uno sull'altro, diedero forma a un grottesco serpente mobile in ogni sua parte, di cui i ragni, ultimi a cadere, costituirono il mantello. Eymerich era paralizzato dall'orrore. Notò appena il sorriso ebete di Svein, che gridava a gola spiegata: – *Eogún! Eogún!* – , poi tutta la sua impietrita attenzione si concentrò sulla sagoma paurosa che si formava sul suolo della cella: una cosa lunga e scura, da cui l'incendio traeva neri riflessi che sembravano metallici, colorandoli di tanto in tanto di mille sfumature. Zampette si agitavano frenetiche, solleticavano i carapaci, si avvinghiavano a loro. Cosí formavano ripugnanti filamenti scagliosi, che si torcevano agitati da una smania insensata. E il torso indicibile della serpe prese a rizzarsi, snodando volute dai contorni imprecisi al ritmo di un sordo ticchettio.

– *Eogún! Eogún!* – continuava a urlare Svein, estatico.

Fu quel grido che riportò Eymerich alla realtà. Schiaffeggiò il ragazzo con una violenza sufficiente a slogargli la mascella, troncandogli il fiato in gola. Poi lo spinse via, oltre i due assistenti e il soldato, prossimi allo svenimento. – Seguitemi, imbecilli! – urlò loro, con furia rauca. Mentre cercava di raggiungere le scale, trascinando il proprio fardello umano, vide con la coda dell'occhio un tentacolo irto di aculei, illuminato da cupi bagliori, sporgere dalla cella e tastare il terreno con foga rabbiosa. Lo scricchiolio delle pareti, che seguitavano a spostare l'assetto delle pietre e dei mattoni, suonò come un barrito violento e prolungato.

Lungo le scale Eymerich inciampò innumerevoli volte, ma riuscí a non cadere. Non si preoccupava minimamente dei compagni che gli venivano dietro: era solo attento a spingere avanti Svein, percuotendolo con ira ogni volta che rallentava il passo.

Il cuore dell'inquisitore era in tumulto, e la sua mente sembrava incapace di un solo pensiero razionale. Tanto maggiore fu lo sconcerto che si impadroní di lui quando, trafelato, sbucò nella stanza al primo piano del torrione. Davanti ai suoi occhi si profilò lo spettacolo irreale di un prelato dall'abito viola, placido e sorridente, affiancato da due preti e circondato da una cerchia di soldati. Astruch, liberato dai legami, era in piedi ai margini del gruppo. – Padre Eymerich, non è vero? – chiese il prelato, con voce calda e benevola. – Cercavo proprio di voi. Sono il vescovo di Lerida, Romeu Cescomes.

Ci volle qualche istante perché Eymerich comprendesse appieno ciò che udiva. Subito dopo, la sua lucidità ebbe il sopravvento. Tenne Svein per la camiciola, come se temesse che potesse sfuggirgli, e lanciò un'occhiata rapida ai compagni. Il giovane domenicano, il notaio e la guardia apparivano ancora sconvolti. Gettavano sguardi inquieti sulla porticina da cui erano usciti, che lasciava filtrare rumori strani e remoti.

L'inquisitore sentí ogni residuo timore abbandonarlo, sostituito dall'astuzia perfida e contorta che si impadroniva di lui nei momenti difficili, e a cui si abbandonava con voluttà. Senza lasciare Svein mostrò i denti in una specie di sorriso e abbozzò un inchino. – È un onore conoscervi, monsignore. Ho sentito parlare molto di voi.

– E io di voi, – replicò il vescovo, gioviale. – Vedo che i vostri compagni sono tutti sudati, sebbene il clima sia temperato. È successo qualcosa?

– Problemi di cedimenti delle volte dei sotterranei. La costruzione è molto antica. Quale motivo vi ha condotto a Barcellona, monsignore?

– Sono in visita al sobborgo di Santa Barbara. Forse sapete che la chiesa omonima, che vi sorge, appartiene all'Ordine Militare della Mercede, a cui mi onoro di appartenere –. Il prelato fece un gesto vago, come se ciò di cui stava per parlare rappresentasse una quisquilia. – Già che mi trovavo qui sono andato a trovare il mio diletto fratello, il vescovo di Barcellona. Ci siamo accordati amichevolmente. I due prigionieri che custodite appartengono alla giurisdizione di Lerida. Sono venuto a prenderli in consegna.

Eymerich si aspettava proprio quella richiesta. Chinò leggermente il capo. – Ai vostri ordini, monsignore. Vi chiedo solo un breve colloquio a quattr'occhi. Ritengo mio dovere informarvi sull'esito degli interrogatori da me condotti –. Notando un'ombra nello sguardo del vescovo si affrettò ad aggiungere: – Anche se, a dire il vero, non mi hanno permesso di scoprire molto.

Visibilmente sollevato, il prelato si volse agli uomini che l'attorniavano. – Uscite tutti, – ordinò. – Lasciatemi solo con padre Eymerich –. Poi, fissando quest'ultimo, soggiunse: – I miei famigli possono già prendere in consegna i detenuti?

Eymerich abbassò affermativamente le palpebre. – Oh, certo. Sono vostri di diritto.

Svein, che sostava inebetito, tremando di freddo sotto la camiciola, fu sollevato quasi di peso per le ascelle e condotto fuori. Astruch sembrò sul punto di lanciare al vescovo un avvertimento, ma la frase gli si spense sulle labbra. Forse aveva considerato che se Eymerich era un nemico, il vescovo non era certo un amico. Quando fu spinto all'esterno non oppose resistenza.

Passando di fianco all'inquisitore, il notaio, che aveva recuperato una parvenza di calma, gli indicò una larga crepa saettante che si era aperta nel muro. – *Magister*, la torre è insicura, – gli bisbigliò all'orecchio.

Eymerich, infastidito da quel contatto troppo ravvicinato, si scostò un poco e non rispose. *Mossen* Berenguer, dopo una breve esitazione, si avviò verso l'uscita. Padre Vidal e l'uomo di guardia alle segrete gli andarono dietro, malfermi sulle gambe.

Eymerich e il vescovo di Lerida rimasero soli, uno di fronte all'altro.

7. *In lega con Satana*

Le grotte di Kitum erano profonde, e il gruppetto dei medici e dei ricercatori raggiunse abbastanza presto la retroguardia dei guerrieri Kalenjin. Quando li vide immobili, allineati a semicerchio sui bordi di un abisso dai contorni irregolari, Clarisse sentí il sangue defluirle dalla superficie cutanea, lasciandole una sensazione di gelo. Sembrava che solo le parti metalliche del suo corpo fossero ancora vive, e infatti vibravano leggere, come se trepidassero attratte da un misterioso magnete.

Anche Françoise era molto turbata. Della sua sicumera non restava traccia. Con le mani giunte si comprimeva il petto, quasi a soffocare palpiti cardiaci troppo violenti. Del resto, la mastodontica colonna di fumo nero che si levava dal baratro, in sbuffi regolari e spasmodici, fino a perdersi tra le scabrosità della volta smisurata illuminata di scarlatto, aveva tolto il fiato a tutti. C'era in quell'ansito silenzioso qualcosa di troppo ordinato, come se obbedisse a una scansione segreta.

– Reiner! Colonnello Reiner! – gridò Wagner, quando riuscí a mettere assieme un po' di saliva.

L'ufficiale era in ginocchio sul bordo pietroso della voragine, tra due indigeni, e sembrava che pregasse. Uno dei guerrieri si girò. La vista delle tute bianche dovette affrettare una decisione già presa. Afferrò l'ufficiale per la nuca e lo sbilanciò oltre l'orlo. Reiner annaspò per qualche istante, poi cadde nel vuoto. Trascorsero un paio di secondi, quindi si udí un suono strano, simile a un raschío prolungato.

– Noo! – Françoise fu la prima a slanciarsi in avanti e a curvarsi oltre il margine del pozzo. Si girò con il viso tra le mani. Wagner, che le veniva dietro, lanciò un grido. Clarisse si affacciò a sua volta, e credette di perdere la ragione.

In fondo all'abisso, avvolto da spire di fumo, un assurdo e mastodontico cranio di metallo nero si scuoteva con furia, come se cercasse di scrollarsi di dosso le minuscole creature – ragni? scorpioni? – che si ammassavano sulla sua superficie. Il corpo era appena visibile, ma appariva deforme e gibboso. Tra la nebbia scura si vedeva solo, illuminata da rocce incandescenti, una mano gigantesca che sembrava reggere un contorto martello.

Il cranio si sollevò e apparvero pupille vuote, pulsanti di malefica idiozia. Il viso era una caricatura grottesca percorsa da orde di insetti. Con lentezza esasperante, il martello si alzò, stretto da dita brunite grandi quanto un uomo.

– Vulcano! – esclamò Wagner, con voce tanto rotta che Clarisse l'udí a malapena. – Il dio Vulcano!

Uno dei guerrieri Kalenjin uscí dal proprio mutismo. – Non si chiama Vulcano. Si chiama Ogun, figlio di Oduduwa. Ha avuto il suo pasto, ma ha ancora fame.

Clarisse sentí di nuovo le sue protesi d'oro bioattivo fremere e contrarsi, quasi soccombessero al richiamo di un segreto stimolo magnetico.

Per un attimo, l'abominio che si scuoteva nel pozzo le sembrò stranamente affascinante. Ciò la fece tornare in sé. Si riscosse e fuggí di corsa, indifferente alle rocce aguzze che le ferivano i piedi. Vide con la coda dell'occhio che Wagner la seguiva. Ma adesso lei era tutta presa dallo sforzo di recuperare brandelli di lucidità.

Dal ventre della torre provenne un gemito sinistro, che si perse nei recessi del sottosuolo. Il vescovo trasalí. – Non avete udito un boato? – chiese con voce leggermente turbata.

Eymerich si strinse nelle scapole. – Ve l'ho detto,

sono le pietre dell'edificio che si stanno assestando. Magari qualche galleria è crollata, ma che importa? – Indicò uno scranno. – Accomodatevi, monsignore. Ciò che sto per dirvi non richiederà molto tempo, ma è bene che stiate comodo.

Il vescovo scosse il capo. – Se non vi dispiace, preferisco rimanere in piedi –. Sorrise. – Forza, ditemi dei vostri inutili tentativi per far parlare i reclusi.

– Permettetemi che prima sia io a porvi una domanda di natura, diciamo cosí, diplomatica. Credevo che l'Ordine della Mercede avesse il suo centro a Madrid, e fosse sotto la protezione del giovane Pietro I di Castiglia. L'alleato piú infido che abbia il nostro re.

Romeu Cescomes annuí. – È vero, ma l'Ordine di cui mi onoro di essere la guida spirituale ha un preciso legame spirituale con il nostro paese. Voi certo non ignorate la devozione di Alfonso IV d'Aragona nei confronti di Santa Barbara. Bene, l'Ordine della Mercede è consacrato a Santa Barbara.

– Patrona degli artificieri e signora dei fulmini, se non sbaglio.

– Sí, e per estensione santa dei metalli –. Il viso grinzoso del vescovo si contrasse in una smorfia ironica, come a fare intendere che ciò che stava dicendo costituiva un'innocua bizzarria. – È anche patrona di chiunque forgi col fuoco il ferro e il bronzo, dai fonditori ai campanari.

Eymerich rivolse all'interlocutore un'occhiata penetrante. A prima vista, la fisionomia del prelato era placida e benevolente. L'inquisitore aveva però già notato una certa obliquità dello sguardo, nonché la sottigliezza delle labbra, spesso agitate da fremiti ingiustificati. Fu certo che dietro quel viso si celava una seconda personalità, e forse piú d'una. Per la sua indole diffidente, ciò equivaleva a una prova di colpevolezza. – Pare certo che Alfonso IV non disdegnasse i riti magici, – osservò in tono leggero, ma con inflessione cautamente aggressiva. – Fu lui a far tradurre in catalano testi arabi ed ebraici di negromanzia.

Un lampo nelle pupille infossate del vescovo fece capire che il vecchio si metteva in guardia. – Sciocchezze, dicerie, – disse fatuo, ma freddo. – Re Alfonso era un buon cristiano. Fu lui a mandare me e il duca di Medina Sidonia in Africa, alla ricerca delle reliquie di Santa Barbara. Fu lui a istruire suo figlio Fernando nella venerazione della santa. Non vedo come...

Il prelato dovette interrompersi. Dalle cavità del suolo era uscito un suono stridulo, prolungato, come se un corvo gigantesco avesse gracchiato con rabbia. Subito gli fece eco un crepitio leggero, e la fessura nelle pareti della torre si allargò e si ramificò, lasciando cadere scaglie di pietra e rivoli di terriccio.

Eymerich era a sua volta inquieto, ma finse indifferenza. Non gli fu difficile: il colloquio in corso era per lui piú importante di qualsiasi altra preoccupazione. Solo, decise di affrettarne i tempi. – Fernando sarà devoto a Santa Barbara, ma è anche risaputa la sua indole corrotta e carnale. C'è chi ha parlato persino di una sua propensione all'infame sodomia.

I lineamenti del vescovo si indurirono all'improvviso. – Ascoltate, padre Nicolas. Mi avete trattenuto dicendomi che dovevate rivelarmi l'esito dell'interrogatorio dei detenuti. Finora ho pazientato in attesa del vostro racconto. Voi invece state divagando senza costrutto.

– Avete ragione, d'ora in poi non divagherò piú. Perché avevate meditato di uccidere il nostro re?

Il vescovo si curvò in avanti, quasi che non avesse afferrato il senso di quelle parole. Poi spalancò la bocca, come se boccheggiasse. Quando riuscí a parlare, stupore, indignazione e forse paura si allearono nel rendergli la voce chioccia. – Cosa avete detto? Spero che scherziate!

– Io non scherzo mai –. Eymerich incrociò le braccia sul petto, ergendosi in tutta la figura longilinea e nervosa. Una luce glaciale gli brillava nelle pupille. – Permettete, monsignore, che ricostruisca in vostra vece tutta questa lurida vicenda.

– Non ve lo permetto affatto! – gridò il vescovo. Fece per scattare in piedi, ma la determinazione che lesse negli occhi scintillanti dell'inquisitore sembrò sottrargli tutte le forze. Riuscí solo a balbettare: – Attento a ciò che dite: potrebbe costarvi la libertà, se non la vita. Io ho amici che...

Eymerich non gli badò nemmeno. – La dinamica del complotto che avete ordito è lo spicchio piú elementare di questa storia complicata. Il giovane normanno Svein, di cui si era invaghito Astruch da Biena, è portatore di una quantità di malattie ripugnanti, per chissà quale difetto dei suoi umori. Spingerlo nel letto di Fernando d'Aragona avrebbe significato avvelenare Eleonora di Sicilia, e attraverso lei il nostro re. Tutto ciò è chiarissimo.

– Chiarissimo, dite? Ma come osate... – Il viso del vescovo si era fatto apoplettico.

– Suvvia, non fatemi perdere tempo, – ribatté Eymerich, con fare sbrigativo. – Gli altri tasselli del complotto sono un po' meno chiari, ma non impossibili da decifrare. Voi appartenete a un Ordine cavalleresco legato a doppio filo alla casa di Castiglia. Non è difficile dedurre che la morte o la malattia dei regnanti aragonesi, per di piú a seguito di circostanze cosí sordide, avrebbero aperto la strada a un'ingerenza del sovrano castigliano negli affari dell'Aragona, o forse a un'annessione. È inutile che neghiate, la verità è lampante.

Ciò che Eymerich aveva interpretato come un segno di diniego era in realtà un sussulto. Boati sordi continuavano a provenire dai sotterranei, a intervalli irregolari, e la crepa nella parete ogni volta figliava, moltiplicando le diramazioni. Scaglie di calcina seguitavano a cadere con un fioco brusio. Il vescovo era allarmato. Si alzò a metà dallo scranno. – Non ascolterò un istante di piú questo delirio, – annunciò seccamente. – Temo che da domani dovrete cedere a qualcun altro il vostro incarico di inquisitore.

Eymerich lo fissò torvo. – Vi rammento, monsignore, che chi appartiene all'Inquisizione ha autorità su qualsiasi prelato o dignitario ecclesiastico, eccetto il papa stesso, i suoi legati e i suoi nunzi. Dunque è in sua facoltà perseguire un vescovo, se si è reso colpevole del reato di demonolatria e di negromanzia.

– Non sospetterete che io...

– Non lo sospetto. Lo so –. Eymerich notò con esultanza interiore i segni dell'apprensione emergere sul viso dell'uomo che aveva di fronte, e mescolarsi a quelli dell'età. Capí di averlo in pugno. Si trattava solo di stringere le dita. – È già accaduto ai Templari di rimanere sedotti dalle orride divinità africane. Conoscete certo la loro fine. So poco o nulla di Santa Barbara, ma il fatto che un supposto stregone come Alfonso IV la venerasse mi fa supporre che dietro il nome della santa si nasconda ben altro. Qualcosa che voi siete andato a cercare fin nel sultanato dei Mamelucchi, assieme alle droghe di cui vi siete servito con quei due miserabili.

– Non ascolterò una parola di piú! – strillò il vescovo, provocando una nuova pioggia di calcinacci.

– Sí che mi ascolterete. Siete perfettamente consapevole che il vostro rango non conta niente, e che posso fare di voi ciò che voglio –. Altri rumori provennero dal sottosuolo, ma Eymerich non li udiva quasi piú. – Quando vi trovaste tra le mani Svein, capiste che era l'uomo che faceva per voi. Malato, mezzo pazzo, eternamente febbricitante, bello di una bellezza femminea. Ideale non solo per colpire la corona aragonese, ma anche, vista la sua debolezza, per suggestionarlo con le vostre erbe e fargli evocare i demoni a cui siete votato –. Eymerich guardò intensamente il prelato, che però aveva abbassato gli occhi. – Quanto ad Astruch da Biena, era doppiamente ricattabile: sia perché invaghito del giovane normanno, sia perché appartenente alla comunità giudaica, di cui ogni buon cristiano auspica l'estinzione. Ed ecco le sedute notturne all'interno dei pentacoli tracciati al suolo, il sacrificio dei galli, le cerimonie sacrileghe a lume di candela. Allucinati dalle droghe e ricattati dalle minacce, quei due eseguivano ogni vostro ordine e vedevano tutto ciò che voi volevate vedessero.

Il vescovo cercava di apparire incurante, ma una piega apparsagli nel mezzo della fronte tradiva il suo disagio. Poi, senza preavviso, sembrò vinto, anche se non domo. Le sue riflessioni dovevano avergli suggerito che era ormai inutile nascondere la verità. – Non erano allucinazioni, – mormorò, senza alzare lo sguardo. – Le entità che Astruch e Svein evocavano esistono veramente.

– Certo che esistono. Ma non si chiamano né Baymon, né Egym, né Santa Barbara. Si chiamano Satana –. L'inflessione sicura di Eymerich non prevedeva né ammetteva obiezioni. – Mi ha colpito la confessione di Astruch, mentre ricordava i mostri che si agitavano fuori del pentacolo tracciato al suolo. Non riferiva una visione, ma piuttosto ripeteva un racconto. Me lo immagino, al centro del cerchio, eccitato o obnubilato dalle droghe. Mentre voi gli narravate ciò che avrebbe dovuto vedere.

– Gli dèi africani esistono per davvero, – bofonchiò il vescovo. – Ci sono piú dèi e demoni di quanto la Chiesa non creda. I miei racconti non creavano nulla. Evocavano solo ciò che già vive.

– Dio esiste, ed esiste il diavolo, – affermò Eymerich, perentorio. – Voi avete rinnegato il primo e vi siete votato al secondo. Le vostre pozioni africane hanno moltiplicato gli aspetti di quest'ultimo, ma sempre di lui si tratta –. Indicò la porticina. – Ora alzatevi. Il vostro destino è compiuto.

Il vescovo trasalí, mentre un pallore diafano gli invadeva il viso. – Voi siete pazzo! Che cosa volete farmi?

– Io? Niente. Vi chiedo solo di varcare quell'uscio. Incontrerete una delle vostre creature.

Il vescovo cercò con lo sguardo i propri soldati, ma erano ammassati all'esterno, e dunque invisibili. Tentò di alzarsi dallo scranno, e vi riuscí. Però, forse per il troppo affanno che gli comprimeva il cuore, cadde al suolo, battendo le ginocchia ossute nascoste dalla stola. Levò verso l'inquisitore le braccia scarne e tremanti. – Aiutatemi ad alzarmi, vi prego!

Eymerich non si mosse.

Il vescovo, dopo qualche istante di attesa, posò le mani davanti a sé e vi si appoggiò. Quella postura animalesca dovette risvegliare in lui energie belluine che non si erano spente del tutto. – Vi coprirò di onori, – bisbigliò concitato. – Volete diventare cardinale? Bene, col mio appoggio lo diverrete. Volete ricchezze? Le avrete! È un papa che ve lo promette!

– Un papa? – chiese Eymerich, sbalordito.

– Sí! Onorio III. Il vero Onorio III. Successore del grande Onorio II, Cadalo da Parma –. Gli occhi del vescovo si accesero di follia. – Il mio Ordine è pronto a riconoscermi, e non sarà difficile avere l'appoggio di Pietro di Castiglia, giovane com'è. Voi sarete il mio braccio destro, l'esecutore delle mie sentenze. Ci pensate? Il vostro potere attuale è nulla, in confronto a quello che avrete!

Eymerich era in preda a una stupita ripugnanza. – Sareste dunque voi l'autore del *Thesaurus*?

L'uomo ai suoi piedi annaspò, cercando inutilmente di rizzarsi. Un filo di bava gli scese dalla bocca, mentre gridava: – Sí! In quel libro ho riversato la sapienza appresa dagli africani! Il nostro Dio è impotente, di fronte ai loro dèi, molto piú antichi! Non li ho chiamati coi loro veri nomi: quelli si sapranno solo quando la vera religione, sotto il mio papato, soppianterà la falsa! – Monsignor Romeu si interruppe. Finalmente era riuscito a mettersi in piedi. Boccheggiò un poco, mentre la torre scricchiolava tutta, e nuove fenditure si inseguivano sulle pareti. – Il signore di tutti gli dèi è unico e plurimo. I greci lo chiamavano Efesto, i romani Vulcano, i normanni Wieland. Il mio Ordine lo chiama Santa Barbara. I selvaggi dell'impero Songhai, a sud del Marocco, lo scindono in Shango, in Ogun e in altre divinità. Ma è lui che, col fuoco, fa del metallo carne, e della carne metallo. Avete mai udito delle vergini d'oro create da Efesto? Io le ho viste! Il Dio dei cristiani non è capace di tanto!

Eymerich non seguiva piú quel delirio. Piuttosto, badava al ticchettio furioso che cresceva di intensità oltre la parete, e agli schiocchi che segnalavano i cedimenti dei muri. Scosse il capo. – Hai venduto la tua anima a un dio metallico. Bene, stai per incontrarlo –. Afferrò il vescovo per le spalle esili e lo spinse verso il piccolo uscio. Romeu, soffocato dalla bava che gli usciva abbondante dalle labbra, non riuscí a opporre alcuna resistenza.

– Addio, Onorio III, – disse l'inquisitore con sarcasmo. Spinse il vescovo giú per la ripida rampa di scale, facendolo rotolare. Gli parve di scorgere un'ameba orrenda, composta di scorpioni allacciati tra loro, risucchiare golosa il corpo del prelato. Ma fu la visione di un istante, seguita da un grido disperato. Eymerich tornò di corsa nell'atrio, un attimo prima che nell'architrave della porticina si aprisse una fenditura. L'intera torre, ora, veniva scossa da sussulti incontrollati, e una polvere gessosa che toglieva il respiro invadeva l'ambiente. Si precipitò fuori.

– Dov'è monsignor Romeu? – chiese allarmato un ufficiale di scorta al vescovo, avanzando sul molo.

Eymerich abbracciò con uno sguardo rapidissimo la scena: il manipolo sconcertato dei soldati, i prigionieri tenuti in disparte, padre Vidal quasi abbracciato al notaio. Piegò le labbra in un pallido sorriso, indicando il torrione. – Là dentro. Andatelo a cercare. Credo che stia pregando il suo dio.

Se anche l'ufficiale avesse voluto obbedire, non ne avrebbe avuto il tempo. Da un momento all'altro la torre si coprí di fenditure, quindi implose e si accasciò su se stessa, con un fragore assordante. Il mare ribollí e si tinse di nero, mentre accoglieva le pietre franate dall'edificio. Poi le sue acque gorgoglianti attutirono ogni suono, salvo il battito furioso della schiuma sulle rovine. Parecchi minuti dopo, quando tornò una parvenza di calma, il torrione dell'Inquisizione non esisteva piú, a parte le macerie adagiate sul fondo marino, a stento visibili oltre un velo di onde leggere. Moti furiosi scuotevano di tanto in tanto le pietre, come se chissà quale creatura mastodontica stesse vivendo sotto il loro peso la propria agonia.

8. *Benvenuti all'inferno*

– Fermati! È tutta un'illusione! È il metallo che sogna!

Curva nella fuga, Clarisse udí il grido di Wagner e si fermò. Si accorse di trovarsi in prossimità dell'atrio della caverna, tra le carcasse possenti e inutili dei blindati abbandonati.

– Che cosa vuoi dire? – chiese aggressiva, mentre il sudore le bruciava gli occhi. Non avvertiva piú il terrore: era divenuto una componente strutturale del suo essere, e lo sarebbe rimasto per sempre.

Wagner aveva il fiatone. Gli ci volle un po' per riuscire a rispondere: – Laggiú non c'è nessun dio. Né Vulcano né Ogun. È il metallo che portiamo addosso che sogna i propri dèi. Adesso mi è tutto chiaro.

Clarisse si aggrappò disperatamente alla razionalità che percepiva in quelle parole. – Che cosa significa? – domandò con voce rotta.

Wagner cercò di dissipare con le dita il vapore che gli annebbiava la visiera abbassata. – Credo che tu abbia capito. Siamo ormai creature di metallo. I sensori delle lamine bioattive innestate sulla nostra pelle sognano in proprio. E sognano i loro dèi.

Clarisse rabbrividí. – Come è possibile? – La domanda era oziosa, ma andava posta ugualmente.

– Non lo so bene, ma è logico. Siamo fatti per metà di metallo vivo e senziente. Il nostro pensiero non è piú concentrato nel cervello. È sparso per tutto il corpo –. Il medico tossí. – Sono sicuro di quello che dico.

Non ho prove, sono le mie parti metalliche che me lo stanno suggerendo. E non hanno ragioni per mentire.

Dal fondo della caverna apparvero Françoise e gli altri civili, seguiti dai guerrieri Kalenjin, cupi e solenni. Marciavano tutti inebetiti, senza parlare, come se si stessero dirigendo verso un destino ineluttabile.

I filamenti dorati innervati nella carne di Clarisse le dissero che quella era la verità. Si chiese se l'ibocaina, con le sue blande allucinazioni, non si fosse sedimentata nei sensori, alterandone le percezioni e immergendoli in un permanente stato trasognato. Ma ormai che importanza aveva? – Viene da pensare a qualcosa di preordinato, – disse con rabbia isterica, scostandosi per lasciare passare i sonnambuli che incedevano verso l'uscita. – Prima l'anemia falciforme, poi l'Aids, poi il Marburg-HIV, e adesso gli incubi del metallo. Si direbbe che una volontà malevola abbia voluto condannarci all'inferno, come per punirci dei nostri peccati. Ma non mi avrà –. Si strappò cappuccio e visiera.

Wagner l'afferrò per un braccio, allarmato. – Che cosa fai? Non impazzire pure tu! Vieni, andiamo fuori! – Clarisse si divincolò, riuscendo a liberare l'arto. – A fare cosa? A vedere Santa Barbara che occupa l'intero cielo? A vivere tra i mostri sognati dal metallo e dalla chitina? No, grazie. Il demonio farà a meno di me.

Scattò di corsa verso il tunnel che conduceva all'abisso, saltando tra le autoblindo abbandonate e destreggiandosi tra le colonne silenziose dei guerrieri Kalenjin in ritirata. Wagner riuscí a raggiungerla solo sull'orlo della voragine, dove ansiti sommessi seguitavano a lanciare sbuffi di fumo contro la volta rossastra. – Che cosa vuoi fare? – gridò disperato.

– Ricordi Omero? – chiese Clarisse con una risata. Non sapeva nemmeno lei il motivo della propria allegria. Non poteva piú controllare il flusso dei pensieri. – Vulcano costruiva vergini d'oro, come me. Raggiungo il mio dio. Non sono vergine, ma mi accetterà lo stesso.

– Fermati! È il metallo che ti sta condizionando. È

il... – La frase si spense nella gola di Wagner. Clarisse, con un colpo di tallone, si era lanciata nella cavità, come saltasse da un trampolino. Volteggiò nell'aria e sparí tra le volute scure. Dal basso provenne un tetro mugugno.

Wagner vacillò un istante, poi girò lentamente le spalle al burrone e si avviò all'uscita con passo strascicato, diretto all'altro inferno che lo stava attendendo. Le sue componenti metalliche scricchiolarono, affamate di nuovi sogni.

Eymerich sollevò un poco la tonaca e salí la scaletta del castello di poppa della galea. Ramon de Senesterra tese la mano per aiutarlo a salire, ma fu scoraggiato da un brusco cenno di diniego. L'inquisitore si portò direttamente alla balaustra che dava sul ponte, e fissò i due prigionieri legati a un grosso barile. Tutto attorno, i rematori contemplavano pensosi la scena, con i gomiti appoggiati sui remi lasciati fluttuare.

Eymerich aveva sotto il braccio due rotoli di pergamena. Ne prese uno e lo fece volteggiare oltre l'intrico delle sartie, spedendolo in mare. Ramon de Senesterra seguí quel gesto con apprensione. – Ma padre Nicolas! Non era la lettera con cui Pietro IV vi ringrazia del nuovo servizio che gli avete reso?

– Sí, ma che me ne faccio? La carta che mi importa è questa –. Mentre svolgeva la seconda pergamena, l'inquisitore sollevò uno sguardo duro sui due uomini legati. Entrambi indossavano delle lunghe camicie su cui erano tracciate delle croci rosse. Svein, imbambolato, fissava il mare con i suoi occhi dello stesso colore delle onde. Astruch, al suo fianco, teneva la testa bassa, quasi che non volesse mostrare il viso segnato dalle lacrime e dalla sofferenza.

Eymerich si schiarí la voce e iniziò la lettura. – Noi, frate Nicolas Eymerich da Gerona, dell'ordine dei predicatori domenicani, inquisitore generale del regno d'Aragona, considerato che l'inchiesta da noi condotta ha dimostrato il peccato di demonolatria commesso da Astruch da Biena, giudeo, e dal normanno conosciuto col nome di Svein; considerato, altresí, che entrambi, per loro stessa ammissione, si sono macchiati dell'infame peccato di sodomia, odioso quanto nessun altro agli occhi di Dio e degli uomini; considerato, infine, che nessuno di essi ha dato segno di sincero pentimento; pronunciamo, nel nome di Cristo e dell'autorità del papa di cui siamo investiti, la seguente sentenza definitiva: siano essi imprigionati a vita, affinché abbiano modo di riflettere sull'orrore delle loro colpe e, se hanno in cuore ancora un barlume di fede, possano pentirsi di ciò che hanno commesso.

Astruch doveva essersi aspettato una condanna al rogo, perché puntò su Eymerich occhi stupiti e vagamente grati. Ciò che lesse nello sguardo dell'inquisitore, però, raggelò subito quel tenue sollievo.

Eymerich proseguí: – La loro prigione non sarà di pietra. Saranno invece condotti da una galea cristiana nei regni sconosciuti a meridione dell'Egitto, dove regnano i demoni cui si sono votati, e là testimonieranno, da schiavi, il loro eventuale e auspicato ritorno alla fede in Cristo. Porteranno dunque la Croce come la portò il nostro Salvatore. Ma se il loro ravvedimento non sopravvenisse, e abbracciassero di nuovo una condotta immorale, Satana stesso, che recano in corpo, provvederà a punirli. Dato in Barcellona il 6 aprile 1353.

L'inquisitore riavvolse il rotolo e si avviò verso la scaletta che conduceva al ponte. Ramon de Senesterra gli toccò il braccio. Eymerich si ritrasse di scatto e si girò verso il comandante, ostile. – Che c'è?

Senesterra non si aspettava una reazione cosí brusca. Parlò con un certo imbarazzo. – Vedete, padre... È un argomento un po' delicato... Quel giovane normanno ha i lineamenti fini di una femmina. Non vorrei che i miei marinai...

Eymerich domò a stento un impeto di collera. Cercò di controllare la propria inflessione. – Che si guardino bene dal toccarlo! La responsabilità è vostra, capitano. Del resto, quell'efebo ha in corpo un morbo sordido e misterioso. Volete rischiare un'epidemia?

Senesterra si schermí. – No di sicuro! Ci mancherebbe... Però, quello che vieterò ai marinai, lo faranno certamente i sultani del Mali e dell'Africa piú interna, a cui cederò il ragazzo come schiavo.

Eymerich alzò le spalle. – Peggio per loro. Faranno dei loro regni un bacino di malattia –. Scese i primi gradini. – Se sono cosí immorali, spero che la morte falci loro e i loro popoli.

– E se un giorno, col commercio di schiavi, l'epidemia tornasse sulle nostre terre?

Le pupille nere dell'inquisitore luccicarono sinistramente. – Vorrà dire che l'iniquità avrà eretto anche tra noi il proprio regno. E che chiunque ne sia partecipe dovrà aspettarsi la morte. È questa, in fondo, la mia vera sentenza.

Eymerich scese sul ponte e si avviò in fretta verso la passerella, senza degnare di uno sguardo i due prigionieri.

Pantera

I.

Pantera non si aspettava che Tucumcari fosse cosí piccola e cosí sporca. Una notte di pioggia – la prima in un anno – aveva reso la strada principale un acquitrino. Gli zoccoli del suo cavallo si immergevano nella melma e se ne liberavano con un risucchio, rendendo l'andatura lentissima e penosa. Ciò lo innervosiva molto. Lanciò occhiate di gratuito rancore ai personaggi grassi e barbuti che si assiepavano sotto il porticato della bottega del barbiere, poi alla coppia elegante che si aggirava, al riparo dal sole, sulla veranda del municipio.

Il centro del villaggio era squallido e miserabile. Una carrozza Concord senza cavalli abbandonata in mezzo alla piazza e lasciata al suo destino, il solito saloon affiancato dal solito bordello, tre o quattro negozietti, un emporio denominato *Jackson's Store*, l'albergo (che faceva corpo unico col saloon) e l'ufficio sbilenco dello sceriffo. Nessuna chiesa, anche se forse ne era sorta una dove ora si levava una catasta di assi bruciacchiate. Vedendo una croce emergere dal mucchio, Pantera, che rispettava anche le religioni altrui, si segnò devotamente. Poi spinse il cavallo verso il tugurio dello sceriffo. Con un goffo volteggio scese di sella e atterrò nel fango, inzaccherando gli stivali e gli orli della palandrana. Legò l'animale a una delle travi mal piallate che fungevano da colonne, si calcò in testa il cappello a larghe tese tutto sformato e coprí con un lembo di coperta il calcio del fucile che sporgeva dietro la sella. Poi marciò verso la porta a vetri. In quel momento il sole, tiepido e brillante, la faceva luccicare, riflettendovi le facciate delle case attorno.

Un grassone sbarbato alla meglio interruppe la caccia al moscone che svolazzava attorno al tavolo. Pantera gli si accostò. – Lo sceriffo Cook?

L'uomo strinse gli occhi azzurri, leggermente infossati, e si appoggiò allo schienale della sedia. – Ma guarda, – bisbigliò. – Pantera, immagino. Non mi aspettavo un messicano.

– *Pantera* è messicano. Se fossi stato americano, mi sarei chiamato *Panther*. Qualche problema?

– No, no, nessun problema, signor... Pantera –. Le dita grassocce dello sceriffo indicarono una seggiola. – Si accomodi, la prego.

Pantera si sedette di peso, facendo tintinnare gli speroni, incrostati di fango, sulle assi del pavimento. Si carezzò il mento ispido. – Mi sembra stupito. È solo per via della mia nazionalità?

– Oh, no. È che... – Cook cercò le parole. – ...che mi ero fatto un'idea diversa. Lei non porta nemmeno la rivoltella.

Pantera sorrise, mostrando i denti candidi e appuntiti sotto i baffi sottili. – Sí che la porto –. Aprí la palandrana lasciando scorgere l'impugnatura, il cane e il grilletto di una lunghissima Colt Army calibro .44, infilata nella cintola. – Piuttosto non porto né cinturone né fodero. Quella è roba che va bene per le donne e per i borghesi.

– Già, capisco –. Cook tormentò alcuni fogli immacolati posati sulla scrivania, accanto alla boccetta dell'inchiostro, ancora sigillata. – Spero che l'uomo che ho mandato a cercarla le abbia spiegato tutto.

– Anche se non lo avesse fatto avrei capito lo stesso –. Il sorriso di Pantera si allargò. – Da Amarillo a qui non c'è un solo villaggio intatto. Tutte città morte e abbandonate. L'unico essere vivente che ho incontrato è stato un cane idrofobo, a meno che non fosse una iena.

Lo sceriffo annuí con forza. – Proprio cosí. Su questa strada siamo rimasti solo noi. Ma arriveranno, ne siamo certi. Se finora ci hanno risparmiati è stato un caso.

– Sono d'accordo. Come li chiamate da queste parti? Glielo chiedo perché ho già sentito una decina di definizioni diverse.

– «Cowboys from Hell», – rispose Cook, con voce tanto bassa da suggerire l'idea di un sospiro. – I Cowboys dell'inferno. E le assicuro che è un nome appropriato.

– Lo so, lo so. Riuscite a vederli?

– Oh, sí. Glieli posso mostrare anche subito –. Cook aprí un cassetto della scrivania e vi frugò dentro. Si vedeva che era nervoso. – Ma dove ho messo... Ah, eccolo –. Ritirò la mano impugnando un cannocchiale dorato, chiuso a cilindro. Ne aprí i segmenti con uno strappo. Lo strumento non era per professionisti, ma doveva avere un buon numero di ingrandimenti. – Mi segua sulla veranda. Di lí si vede la montagna.

Lo sceriffo stava per alzarsi quando la porta si aprí di colpo, facendo tintinnare i vetri. L'uomo che apparve sulla soglia aveva l'aspetto del tipico gentiluomo texano. Baffi curati piegati all'insú, capigliatura brizzolata che scendeva a boccoli dietro le orecchie, mento rasato con cura. Doveva avere una cinquantina d'anni, me ne dimostrava meno. Indossava un completo grigio chiaro che sarebbe stato elegante, se le falde della giacca non fossero state tutte spiegazzate, cosí come i pantaloni gonfi alle ginocchia. Era chiaro che era appena sceso di sella, dopo una cavalcata di ore. – È questo il famoso Pantera? – chiese senza preamboli.

Lo sceriffo scattò in piedi, tanto in fretta da urtare la scrivania con l'addome prominente. – Sí, signor Burton, – disse premuroso. – È arrivato da poco.

– Vedo –. Burton marciò verso Pantera, che non si era mosso dalla sedia. Gli porse la mano. – Io sono Clifford J. Burton. Avrà sentito parlare di me.

Pantera sfiorò le dita del nuovo venuto, abbozzando un inchino impercettibile. – Sí, ho sentito parlare di lei. È un brutto momento per le sue piantagioni.

– Certo che lo è. Mandriani e mezzadri sono scappati non appena quei ceffi sono comparsi. Da Amarillo a qui non mi è rimasto un solo bracciante. Ma le terre migliori le ho qua, a Tucumcari –. Burton parlava con impeto, nel cantilenante accento texano. Si interruppe e guardò Cook. – Glieli ha fatti vedere?

– Stavo per farlo, signore.

– Sí, è bene che li veda –. Burton afferrò Pantera per la manica. – Venga con me. Bisogna che lei sappia fin d'ora chi dovrà affrontare.

Uscirono sulla veranda. Lo sceriffo puntò il cannocchiale sulla montagna che sovrastava il villaggio, poi lo porse a Pantera. – Guardi lassú in cima. Vicino alla roccia che somiglia a una vacca coricata. Li vedrà tutti.

Pantera regolò l'oculare e seguí il crinale del monte. Giunto alla vetta trasalí. Alcuni cavalieri giganteschi – ne contò dieci – sostavano immobili sui loro animali. Cavalli e uomini sembravano fatti di pietra scura, tanto erano massicci. Ma la loro figura si sfrangiava in piú punti, e gli zoccoli delle bestie erano invisibili. Le zampe sfumavano poco sopra il garretto.

– Mi prendete in giro? – mormorò, piú che altro per nascondere il proprio turbamento. – Quelle sono statue.

Burton sbuffò. – Buona, questa. Se lo immagina uno scultore che viene a esercitare la propria arte qui a Tucumcari? Nel buco del culo del mondo?

Pantera capí di avere parlato da stupido, e ciò lo irritò. Chiuse il cannocchiale e lo restituí allo sceriffo. Poi cercò gli occhi chiari e cisposi di Burton. – Finora ho ucciso trentasei uomini, e intascato altrettante taglie. Ma nessuno mi ha mai chiesto di affrontare degli uomini di pietra. Perché vi siete rivolti a me?

– Perché lei non sa usare solo la pistola. Lei è un *palero* –. Le labbra carnose del possidente ebbero una contrazione involontaria. – Ho assunto informazioni. L'indemoniato di Santa Fé lo ha ucciso lei. E anche il lupo mannaro di Laredo. È vero che usa pallottole d'argento?

Invece di rispondere, Pantera scosse il capo. – Quelli erano comunque uomini. I dieci sulla montagna, se mai lo sono stati, ora non lo sono piú.

– Lo sono stati, glielo assicuro –. Lo sguardo acuto di Burton si appannò per un attimo, mentre scrutava distrattamente l'orizzonte. – Potrei anche dirle i loro nomi. Ma a che cosa servirebbe? – Sospirò. – Bando alle ciance. Centomila dollari – dico centomila – se lei riesce a far fuori i Cowboys dell'inferno. O almeno a tenerli lontani dalle mie piantagioni.

– Centomila dollari? – disse Pantera piano, come se stesse riflettendo. – Quelle statue a cavallo devono farle davvero paura.

– Oh, non cerchi di alzare il prezzo, – replicò Burton, gonfiando il petto. – Centomila è l'ultima offerta. La accetta?

– La accetto.

Il viso del possidente si rilassò. – Bene. Ora cosa intende fare?

– Salire lassú. Chi mi accompagna?

Gli occhi grigi di Burton e quelli azzurri e bovini di Cook rivelarono imbarazzo. Poi lo sceriffo scese i gradini della veranda. – Ci penserà Frank Wishburn, il mio vice. A quest'ora è nel saloon o nel bordello. Mi segua.

– Bene, io mi congedo, – disse Burton, senza accennare a porgere la mano. Si diresse verso un cavallo bianco legato all'ultima colonna. – Faccia un buon lavoro, Pantera. Trovi il modo di riportare la tranquillità e io la farò ricco.

2.

Pantera non rispose. Seguí Cook nel fango della piazza, fino al saloon. Sul balcone del piano superiore erano affacciate due ragazze, l'una bionda e l'altra mora, con i gomiti appoggiati sulla balaustra. Le ampie scollature dei loro abiti di tulle rivelavano rosee porzioni di seno, fino alle areole dei capezzoli. Avevano visi forse un tempo graziosi, ma ora invecchiati da un trucco troppo pesante.

Cook guardò nella loro direzione. – Frankie è lí da voi?

La ragazza mora piegò il pollice verso il basso. – È sceso nel saloon. Forse c'è ancora.

– Eccomi, eccomi, capo –. Un uomo sulla trentina, invecchiato dalla barba lunga e dal volto troppo segnato, era apparso tra le ante della porta del saloon. Indossava una giacca di pelle cucita alla meglio, una camicia dal colore indefinibile e un paio di brache di tela. Dal fodero che gli pendeva sull'anca sporgeva il calcio di una vecchia Colt Baby Dragoon, dalla canna lunghissima a sezione esagonale. – Scommetto che quello è Pantera, – osservò, indicando il messicano.

– Proprio cosí –. Negli occhi inespressivi di Cook brillò un lampo malizioso. – Lo devi scortare fin sulla collina. Vuole vedere da vicino i Cowboys dell'inferno.

– Perché proprio io? – Mentre formulava la domanda, Frankie dovette rendersi conto della sua oziosità. Aggiunse subito, con voce piú bassa: – Va bene. Vado a prendere il cappello, il cavallo e vengo –. Si allontanò pensoso sguazzando nel fango della piazza.

Venti minuti dopo, lui e Pantera cavalcavano al passo tra gli edifici in legno, disposti un po' a caso, che chiudevano il villaggio. Forse per via dell'emozione, Frankie si stava dimostrando straordinariamente loquace, e questo infastidiva non poco il messicano. – La prima volta che sono stato lassú quasi me la facevo sotto dalla fifa, – disse il vicesceriffo. – Solo in cima capii che quelli vivono chissà dove, se si può parlare di vita. Si interessano a noi solo ogni tanto, quando qualcosa li risveglia. Se non c'è il segnale sono quasi inoffensivi.

– Segnale? Quale segnale? – chiese Pantera, uscendo dal proprio mutismo.

– Il sogno. La notte prima dell'attacco, tutti gli abitanti di un villaggio sognano che i Cowboys calino su di loro. E il giorno dopo quelli scendono davvero.

Pantera perse per un attimo il proprio autocontrollo e rimase a bocca aperta. – E me lo dice cosí? Come se fosse una cosa normale?

Wishburn lo guardò di sottecchi, rivelando un leggero imbarazzo. – Come dovrei dirlo? No che non è una cosa normale. Ma visto che capita...

Pantera stava per chiedere qualche altra spiegazione quando la sua attenzione fu distratta da uno spettacolo curioso. L'ultimo edificio di Tucumcari era una ferramenta, da cui provenivano colpi di maglio battuti con regolarità. Di fianco alla baracca si apriva uno spiazzo delimitato da una staccionata in parte divelta, ingombro di fango e rifiuti. Al centro, un carro coperto, fiancheggiato da una tenda e da una carrozza sfondata inclinata su un lato, affondava le ruote nella melma.

Ciò che sorprendeva e incuriosiva era un lungo pannello di legno dipinto di nero, affisso alla carrozza. Caratteri bianchi decorati, di formato e stile dissimile, annunciavano: MESMERISMO! CURA SCIENTIFICA PER OGNI MALATTIA! E, piú in piccolo: DOTTOR JEAN ALBERT ROSENTHAL, FAMOSO IN TUTTO IL MONDO. L'ARTE DI MESMER PER LA VOSTRA FELICITÀ!

Wishburn colse la direzione dello sguardo di Pantera

e sogghignò. – Un imbroglione piovuto da chissà dove, quel Rosenthal. Se non avesse un'amica che farebbe arrapare un santo, lo avremmo già cacciato da un pezzo.

Come se il commento del vicesceriffo fosse stato un richiamo, proprio in quel momento si videro due gambe nude e tornite sbucare dalla tela cerata del carro. Una ragazza bionda, che indossava una camiciola lunga fin sotto il bacino, saltò dalla sponda con gesto agile. La stoffa celava a stento due seni puntuti, da adolescente, contrastanti nella loro acerbità con le anche larghe e rotonde.

– Come va, Cindy? – chiese Wishburn in tono confidenziale, accennando un saluto.

La ragazza forse non si aspettava di essere vista in quella tenuta troppo succinta. Sollevò sui due cavalieri uno sguardo umido e spaurito, e rimase a piedi nudi nel fango, paralizzata dall'imbarazzo.

– Dovresti sempre vestirti cosí, Cindy, – proseguí Wishburn, con un'inflessione ironica in cui vibrava una remota cattiveria. – Gli spettacoli del tuo dottore avrebbero piú successo.

– Spettacoli? Quali spettacoli? – chiese una voce baritonale dall'interno della tenda. La ragazza girò su se stessa e si inerpicò in fretta nel carro, senza preoccuparsi, agitata com'era, di tirarsi la camicia sulle natiche. Prima di scomparire lanciò loro un'ultima occhiata impaurita.

Pantera ebbe il tempo di cogliere nelle iridi azzurre della giovane un lampo di paura ferina, enigmatica e devastante. Riuscí anche a scorgere le occhiaie profonde che le circondavano le ciglia. Si chiese cosa Wishburn trovasse di cosí stimolante in quella ragazza. Quanto a lui, in una donna lo eccitavano piuttosto pupille opache, dai moti lenti e torbidi. Quelle erano troppo vive e selvagge.

– Io non tengo spettacoli, signor Wishburn. Io curo.

L'uomo che era apparso sulla soglia della tenda era un personaggio di alta statura, dai capelli radi e scompigliati. Indossava una lunghissima polacca grigia, che doveva avere conosciuto tempi migliori, completamente abbottonata. I lineamenti irregolari del suo viso color mattone, ornato da una barba a collare tagliata corta, erano contratti dall'indignazione. Doveva essere un tipo collerico.

– Lasci perdere, dottor Rosenthal, – gli rispose Wishburn, caustico. – Le sue cure hanno il solo pregio di non uccidere i pazienti. Nessun altro. Appena sarà tornata la calma, la faremo sgomberare.

Rosenthal fece una specie di sorriso, scoprendo denti bianchissimi ma troppo distanziati. – Non tornerà mai la calma, vicesceriffo. Lei lo sa bene. Come mai non viene l'esercito? – Il medicastro arrotava le «erre» ma per il resto il suo americano era perfetto. – Cos'ha risposto la guarnigione di Fort Worth?

Wishburn alzò le spalle. – Hanno troppo da fare dalle loro parti. Scommetto che non le dispiace.

– Sí che mi dispiace. Ma mi dispiace di piú per le anime di chi si è tirato addosso questo castigo. Non è la morte fisica che li deve spaventare, ma ciò che verrà dopo. Hanno bruciato la chiesa! Si rende conto?

– Il pastore faceva come lei. Cianciava di castighi e di peccati –. Wishburn sfiorò con gli speroni i fianchi del cavallo, riprendendo il trotto. Si girò a gridare: – Stasera verrò a fare visita alla sua puttanella. Me la tenga in caldo!

Pantera non udí la risposta, se ve ne fu una. Seguí il vicesceriffo lungo il sentiero che, dalla strada principale, deviava in direzione della collina. Nella sua mente continuavano a scintillare gli occhi mobili e intimiditi della ragazza. Che Wishburn trovasse attraente proprio la paura che vi si leggeva? Comunque, non erano problemi suoi.

Quasi a smentire il suo pensiero, il vicesceriffo trattenne il cavallo fino ad avere Pantera al fianco. Poi disse, come cercasse complicità: – Carina, no? Ce la siamo fatta tutti. Anche lei ci può provare, se vuole. Per stasera, le posso cedere il posto –. Rise un po' troppo sguaiatamente.

Pantera non trovò una risposta adeguata e stette zitto. L'altro proseguí: – In paese era trattata come un'appestata, prima che arrivasse quel Rosenthal e la prendesse con sé. Il fatto è che il primo a farsela è stato il figlio di Burton. Giovane, bella, senza genitori. Un destino sicuro al bordello. Il tipo si prestava. Ma il vecchio Burton ha scoperto la tresca ed è andato su tutte le furie. Forse se la scopava già lui. Anzi, senza forse.

Pantera lo udiva appena. Avevano lasciato la strada principale e imboccato il sentiero per la collina. Lí, il terreno rossastro sembrava avere assorbito tutta la pioggia, e appariva già secco e granuloso. Pochi cespugli costituivano l'unica vegetazione.

Alzò lo sguardo, ma i dieci cavalieri erano ancora fuori vista. – Perché è stata bruciata la chiesa? – domandò brusco. Poi aggiunse, piano: – Non si bruciano le chiese.

Wishburn, che non si aspettava la domanda, spinse indietro il cappello. – Be', lo ha sentito. Il pastore era uno svitato, che spaventava la gente invece di tranquillizzarla o di proporre qualcosa di positivo. Quando sono apparsi i Cowboys dell'inferno, tutti sono corsi da lui. Non ha trovato di meglio che biascicare stronzate. «Viviamo in un mondo di corruzione, la stirpe umana è violenta». Quella roba lí. Si riferiva a certi fatti accaduti in paese...

– Quali fatti?

– Lasci perdere, è acqua passata. Sta di fatto che sembrava approvare quel che stava accadendo. La gente piangeva, e nei suoi occhi non c'erano lacrime, non c'era niente. Bel reverendo. Quando i ragazzi di qui hanno deciso di buttargli giú la chiesa, nessuno ha mosso un dito.

– E il pastore che fine ha fatto?

– Se l'è squagliata piú in fretta che ha potuto. Sapeva bene che dalle nostre parti vigono le vecchie regole: corda, piume e catrame. Adesso chissà dov'è.

Si stavano avvicinando alla cima della collina, e la salita si faceva piú ripida. I Cowboys non si vedevano ancora, ma una luminosità bluastra, dai riflessi metallici, faceva brillare le rocce sulla sommità senza confondersi con la luce solare. I cavalli sembravano nervosi, e ogni tanto si scuotevano e nitrivano senza motivo.

– A proposito di pastori, non è un prete anche lei? – chiese Wishburn.

I tratti di Pantera si irrigidirono. – No, non lo sono.

– Oh, non intendevo un prete cattolico. Un... come vi fate chiamare?... un *palero*, ecco.

– Si dice *mayumbero*. Ma non voglio parlare di questo –. La replica di Pantera suonò tanto ringhiosa che Wishburn ammutolí.

Il sentiero si restrinse, costringendoli a disporsi in fila indiana. I Cowboys dell'inferno apparvero poco dopo, preannunciati dalla luce blu, ora piú intensa. Suo malgrado, Pantera fu costretto a deglutire, e a cercare di ignorare i battiti del cuore contro la cassa toracica.

3.

Se ne stavano, immobili e giganteschi, a qualche metro dal suolo, allineati con millimetrica precisione. Le zampe dei cavalli colossali non toccavano le rocce, ma svanivano, inconsistenti e traslucide, nel bagliore vagamente metallico diffuso ovunque. Anche i visi dei Cowboys erano invisibili, nell'ombra gettata dalle tese dei cappelli. Si aveva l'impressione che i titani guardassero lontano, verso un orizzonte indefinito, indifferenti a tutto. Le pieghe dei loro mantelli erano insensibili al soffio del vento leggero che carezzava la collina, ancora odoroso di umidità.

– Che ne dice? – sussurrò Wishburn, balbettando un poco. – Impressionante, non è vero? Il piú basso di loro è alto tre volte un uomo.

Pantera era attonito, ma cercò di non darlo a vedere. Del resto, era un sentimento a cui si era dovuto abituare. – *Kiyumba*, – mormorò, piú che altro a se stesso. – Dieci dannatissimi *kiyumba*.

– *Kiyumba*? E cosa diavolo sarebbero? – Il vicesceriffo parlava con eccitazione, per dominare il nervosismo. – Su, faccia qualcosa, no? La paghiamo per questo.

Pantera non rispose. Il suo cavallo scalpitava e agitava il collo, percorso da moti nervosi. Lo forzò in avanti, fino a portarsi proprio sotto i Cowboys. La luce bluastra che lo investí vibrava e scottava leggermente. Ne sopportò l'impatto finché non vide che il cavallo stava per imbizzarrirsi. Allora tornò al fianco di Wishburn. – Andiamo, – si limitò a dire, poi imboccò la discesa.

Il vicesceriffo imprecò. – Tutto qua? – gli urlò dietro, seguendolo lungo il sentiero. – Lei è la nostra ultima speranza, lo sa o no? Deve fare qualcosa, altrimenti...

Pantera girò attorno a un tronco rinsecchito, piantato tra due rocce. Si girò con fastidio. – Stia zitto. E badi di non minacciarmi –. Sfiorò con gesto eloquente il calcio del revolver infilato nella cintura. – Adesso mi dica: è morto qualcuno in paese, negli ultimi giorni?

Wishburn rimase un po' indietro. Spronò il cavallo, facendo schizzare i sassi sotto gli zoccoli. – Negli ultimi giorni? Be', no. C'è stato il ragazzo Strieber che si è suicidato, ma è accaduto una settimana fa. Perché me lo...

– Come si è suicidato? – Pantera, notando che il cavallo adesso era molto piú calmo, rallentò l'andatura. – Voglio dire, si è sparato o cosa?

– No. Ha ingurgitato del veleno per topi. È stato quando sono comparsi i Cowboys. Lui era un tipo sensibile, un mezzo finocchio. Non ha retto alla fifa.

– Dunque il suo cervello è intatto. Non è cosí?

– Intatto? Forse. Ma era già un po' tocco di suo. Se le dico che sembrava una femmina...

Pantera, notando che il sentiero si faceva piano, mise al trotto il suo animale. Tacque finché non raggiunsero le pendici della collina, dove il viottolo si ricongiungeva alla strada principale. Ora il sole splendeva alto, e le ultime nubi, filamentose e leggere, si stavano disperdendo. Permise a Wishburn di raggiungerlo. – Il ragazzo è sepolto nel cimitero?

– Il ragazzo? Quale ragazzo?... Ah, il giovane Strieber... Certo che è nel cimitero. Dove dovrebbe essere?

– E dov'è il cimitero?

Sul viso precocemente invecchiato del vicesceriffo apparve un'espressione allarmata. – Dico, non avrà mica in mente di... Comunque il cimitero è dietro al luogo in cui sorgeva la chiesa. Adesso sarà ingombro di macerie. Ma perché ci vuole andare?

– Non ci voglio andare ora. La smetta di chiacchierare. Torniamo in paese.

Vicino al carro di Rosenthal, Cindy, che ora indossava un vestitino a fiori, stava appendendo dei panni bagnati a un filo teso tra il tetto della carrozza e un paletto del recinto. Al passaggio dei cavalieri si ritrasse dietro un lenzuolo e attese che il rumore degli zoccoli, reso acquoso dal fango, si allontanasse lungo la strada.

Malgrado la mota, adesso il villaggio era piú animato. Alcuni uomini sostavano di fronte alla bottega del tabaccaio, altri davanti al *Jackson's Store*. Poche donne passavano in fretta, sollevando un poco le ampie gonne perché le trine non si inzaccherassero troppo. Doveva essere quasi mezzogiorno.

Pantera si chiese di cosa vivesse un abitato tanto piccolo. Allevamento, probabilmente, visto che la terra attorno era troppo brulla per l'agricoltura. Gli uomini malvestiti che conversavano in strada dovevano essere mandriani a giornata, forse al servizio di Cliff Burton. Il loro ozio forzato era spia della situazione anomala che viveva la regione. Quanto ai notabili e ai borghesi, se mai ve n'erano stati, dovevano essersene andati da un pezzo.

Scese da cavallo al centro della piazza e porse le briglie a Wishburn. – Lo affido a lei. Io vado al saloon a mangiare qualcosa.

Il vicesceriffo sembrava imbarazzato. – Non vorrei essere stato troppo brusco, poco fa. Non intendevo offenderla. Lei certo ha i suoi piani, e non sta a me...

– Lasci perdere. Non mi ha offeso –. Pantera indicò l'ufficio dello sceriffo. – Chieda a Cook se piú tardi può raggiungermi. Ho bisogno di lui.

– D'accordo, – rispose Wishburn, afferrando le briglie. – Se ha bisogno del suo cavallo, lo troverà nella stalla dell'albergo... Ah, dimenticavo. C'è una stanza prenotata per lei.

– Benissimo –. Pantera attraversò il fango in direzione del saloon. Sotto il porticato batté gli stivali sulle assi, per liberarli della mota. Poi spinse le ante dell'ingresso, che cigolarono e si spalancarono, richiudendosi dopo il suo passaggio.

4.

Il locale era tappezzato di carta a fiori molto stinta. Due teste di cervo, pescate chissà dove, sovrastavano lo specchio dietro il bancone. Una stufa in ghisa proiettava il suo lungo tubo fino al soffitto, tappezzato anch'esso con disegni che volevano imitare formelle di stucco. Le pareti erano coperte di quadri pretenziosi, che raffiguravano odalische, naiadi e qualsiasi altra figura mitologica o folcloristica consentisse di dipingere una donna seminuda.

Al centro della sala troneggiava un imponente tavolo da roulette, peraltro coperto di polvere. Gli avventori erano concentrati accanto alla stufa, malgrado la temperatura mite e l'assenza di fuoco dietro la griglia. A un tavolino quattro prostitute, troppo bionde e troppo eleganti, giocavano a carte. Di fianco, un gruppo di mandriani discuteva animatamente attorno a due bottiglie di whiskey di grano. Tutto solo, un tizio dalla barba irsuta e dall'aspetto torvo approfittava piú lontano dell'offerta della ditta Budweiser – rifornimento di birra, piú rifornimento gratuito di ghiaccio – per abbeverarsi da un grosso boccale imperlato di goccioline.

Pantera marciò diritto verso l'uomo in piedi dietro il bancone: un personaggio vestito di bianco, dai baffi impomatati attorcigliati all'insú e dai capelli lisci, divisi al centro della fronte da un'accurata scriminatura.

– Una birra fredda, – chiese, poggiando i gomiti sul bancone.

Il barista lo squadrò, poi armeggiò con una cannella di rame. – Lei è Pantera, non è vero? – Attese che la schiuma avesse raggiunto l'orlo del boccale, quindi ne tolse parecchia con un cucchiaio di legno e tornò ad attingere. – Di solito, in questo locale non serviamo i messicani. Si ubriacano con troppa facilità. Ma per lei farò un'eccezione. Allora, lei è il famoso Pantera o no?

– Sono un messicano, – rispose Pantera, molto pacato. Un'esperienza durata una vita lo aveva reso insensibile alle discriminazioni. – Lasci un po' di schiuma, se non le dispiace.

Si accorse che tutti gli sguardi erano puntati su di lui. Quelli delle prostitute e quelli, molto piú inquieti, dei mandriani. Solo l'uomo isolato continuava a fissare la propria birra come se nulla fosse. Una delle ragazze abbandonò le carte e, piú coraggiosa delle compagne, si portò al fianco di Pantera. – Qui parlano tutti di te, tesoro, – sussurrò con voce roca. – Sperano nel tuo intervento. Ma scommetto che prima di entrare in azione hai bisogno di rilassare i nervi. O sbaglio?

Pantera si girò a guardarla. Non era giovanissima come voleva sembrare, e gli occhi bistrati, di un azzurro un po' glauco, avevano agli angoli rughe marcate. Ma i tratti del viso erano regolari, anche se un po' stanchi, e la bocca era tumida. Solo, una patina troppo spessa di cipria, esibita per chissà quanto tempo, le aveva logorato la pelle, dilatandone i pori. Ma il nasino all'insú restava leggiadro, e i capelli che le cadevano a boccoli sulle spalle nude, benché vistosamente tinti, erano molto attraenti.

Intanto il barista aveva terminato di riempire il boccale. Dopo un'ultima passata con una spatola, per pareggiare la schiuma, lo allungò a Pantera. Questi lo afferrò per il manico e guardò la ragazza. – Perché sei rimasta in paese? – chiese con semplicità.

La prostituta si era aspettata domande di tutt'altro tenore, tipo «Come ti chiami?» o «Cosa vuoi da bere?» Si morse il labbro inferiore. – Dove vuoi che vada?

– Dappertutto eccetto che qui. Lo sai cosa sta per succedere. I dieci Cowboys sulla collina prima o poi scenderanno. E non ci sarà scampo per nessuno –. Pantera appoggiò le labbra al boccale e diede una lunga sorsata. – Per nessuno, – ripeté, mentre si asciugava la bocca con la manica.

– Sí, ma adesso ci sei *tu* –. La ragazza mosse il piede destro sul tubo di metallo che correva lungo la base del bancone, avvicinandosi al messicano. Si curvò un po' in avanti, mettendo in evidenza i seni rotondi che sporgevano dal ricamo della scollatura. Con la destra spinse indietro i capelli, scoprendo il collo. – Ti aspettavamo, sai, tesoro? Io, almeno, ti aspettavo.

A Pantera diede fastidio quel «tesoro», che suonava cosí falso. Ma doveva far parte del linguaggio quotidiano della ragazza. – Vuoi bere qualcosa? – le chiese, compito.

Lei stava per rispondere quando le ante della porta d'ingresso cigolarono forte. Pantera sollevò lo sguardo, sicuro di vedere apparire Cook. Invece era Rosenthal, drappeggiato in un mantello grigio di quelli usati dagli ufficiali sudisti durante la guerra di Secessione. Sotto, incongruamente, continuava a indossare la polacca abbottonata fino alle caviglie.

– Ci mancava anche quello, – borbottò il barista, posando le mani sui fianchi. – Eppure lo sa che lo sceriffo non lo vuole in giro.

– Buongiorno a tutti, – disse Rosenthal, con un ampio cenno di saluto rivolto agli avventori. Nessuno gli rispose. Camminò indifferente fino al bancone. – Adesso, Fred, non piantarmi le solite storie, – esclamò, fissando sul barista i propri occhi nocciola, sovrastati da sopracciglia insolitamente spesse. – Non me ne importa nulla dei divieti di Cook. Dammi un whiskey della casa. Sai che ho da pagare.

– Finirò nei guai per causa sua, – brontolò il barista, ma prese una bottiglia aperta dallo scaffale alle sue spalle e riempí un bicchiere. – Veda di berlo in fretta.

– Cosí si fa, – approvò Rosenthal, contento.

La prostituta sfiorò il braccio di Pantera. – Non ti distrarre, tesoro. Stavamo parlando di noi.

Il messicano la guardò. Mosse appena le labbra, perché il medicastro non potesse udirlo. – Sai qualcosa di una certa Cindy, che abita con quel tizio?

La ragazza fece una smorfia imbronciata, molto infantile. – Non mi hai nemmeno chiesto il mio nome e già mi parli di Cindy... Comunque io mi chiamo Gloria –. Giocherellò con la collana di smeraldi finti che portava al collo. – So tutto di lei. Dà gratis quello che io faccio pagare. Ma io sono molto piú brava, e faccio cose che lei non fa.

– Solo questo?

– Cos'altro vuoi sapere? – Gloria fissò gli occhi di Pantera, poi abbassò lo sguardo. – Forse ho detto una cattiveria, – mormorò dopo qualche istante. – Non la dà di sua volontà. La costringono. Il fatto è che è viva per miracolo. L'hanno risparmiata solo per usarla, e lei lo sa benissimo.

Pantera aggrottò le sopracciglia. – Volevano ucciderla? Chi, esattamente?

– Oh, tutti –. Gloria fece con le dita affusolate della destra un gesto circolare. – Tutta la gente di qui. Tu non lo sai, ma questo è un nido di vipere. Il pastore aveva ragione.

Si udí la voce innervosita del barista. – Adesso basta, Rosenthal. Le ho già dato da bere. Se ne vada.

– Chiamami *dottor* Rosenthal, se non ti dispiace, – replicò il medicastro, gonfiando il petto. – Sono un libero cittadino e bevo quello che mi pare. Cook non ha nessun titolo per impedirmelo.

Uno dei mandriani si alzò a metà sulla sedia. – Quel ciarlatano ti sta dando fastidio, Fred?

Pantera tolse il gomito dal banco e si girò nella sua direzione. – Il signore è un mio amico, – scandí in tono fermo, ma con voce non troppo alta. – Quello che beve non riguarda i presenti –. Il mandriano ricadde a sedere.

Pantera fece per allontanarsi dal bancone, ma la ragazza lo trattenne. – Non vorrai andartene cosí, tesoro, – disse, leggermente ansiosa.

– Solo per poco, Gloria. Parliamo dopo –. Carezzò leggermente il seno sinistro della prostituta, con un gesto piú affettuoso che sensuale, poi si staccò da lei reggendo la propria birra e si portò di fianco a Rosenthal.

5.

Il barista contemplava la scena con espressione perplessa. – Un whiskey per il dottore, – ordinò Pantera. – Anche un cieco vedrebbe che è completamente sobrio.

– Ma non è questo il problema... – sussurrò l'uomo dietro il banco, che comunque si affrettò a eseguire.

Rosenthal osservò Pantera stringendo gli occhi. – Se non erro, l'ho già vista stamattina in compagnia di quel mezzo idiota di Wishburn. Lei deve essere...

– Proprio io. Venga, andiamo a sederci.

Raggiunsero un tavolino isolato, separato dagli altri dalla roulette in disuso. Pantera posò il boccale di birra, pieno per metà, di fronte a sé e attese che Rosenthal, imbarazzato dal mantello, si fosse accomodato a sua volta. Lo squadrò socchiudendo un poco le ciglia. – In paese la detestano. Immagino che non abbia molte occasioni di guadagno. Perché rimane qua?

Il medicastro spinse il cappello all'indietro. – Prima di risponderle vorrei chiederle io qualcosa. Me lo permette?

– Dica.

– Ho sentito in giro che lei è un *palero*. Pratica la magia del Palo Mayombe?

– Non è una magia. È una religione. E merita rispetto come tutte le altre religioni –. Pantera bevve un sorso di birra e si passò la lingua sulle labbra. – Risponda alla mia domanda.

Rosenthal fece girare il bicchierino di whiskey tra le

dita, contemplandolo torvo. Poi disse: – In effetti in piazze come questa c'è poco da guadagnare. E quel poco è stato annullato dalla faccenda dei Cowboys... Finirà che pagherò anch'io per i peccati di questo villaggio.

– Perché non se ne va?

Rosenthal si decise a portare il bicchiere alle labbra. Lo vuotò per metà. – Per via della ragazza. Di Cindy. L'ho presa con me quando fuggiva seminuda, inseguita da una decina di uomini assatanati. È lei che non se ne vuole andare. Sembra incredibile, ma non vuole lasciare il paese. Non mi chieda perché.

– Lei ne è innamorato?

Rosenthal alzò bruscamente le mani, mostrando i palmi. – No, perbacco, cosa ha capito? – La sua voce, per un attimo eccitata, tornò calma. Posò di nuovo i gomiti sul tavolo. – Le voglio bene, ecco. Come a una figlia, – mormorò con sforzo. – Inoltre è utile alle mie... non rida, la prego... ricerche scientifiche.

Pantera sogghignò. – Già, il mesmerismo. C'era uno come lei, a Sacramento. Addormentava la gente e chiedeva responsi sul futuro. Un imbroglione.

– Le sarei grato se non mi confondesse con quegli imbonitori! – esclamò Rosenthal, rizzandosi sulla sedia. Il suo accento francese, fino a quel momento dissimulato e inavvertibile, riemerse con prepotenza. – Io sono allievo diretto del dottor Dupotet, a sua volta discepolo di Anton Mesmer e del conte Maxim de Puységur. Se vuole le posso mostrare i diplomi –. Bevve ciò che restava del whiskey. – Il mesmerismo non serve a predire il futuro. Serve a guarire.

Pantera si guardò attorno. Non avrebbe voluto essere trascinato in conversazioni futili. – Sí, ma come? – chiese un po' annoiato.

– Lasci che le enumeri i principi di Mesmer –. Rosenthal sollevò il pollice della destra. – Primo. Esiste un'influenza naturale fra i corpi celesti, la terra e i corpi animati –. Sollevò l'indice. – Secondo. L'influenza si propaga attraverso un fluido sottilissimo, universalmente diffuso e continuo, tale da non lasciare alcun vuoto, che è suscettibile di ricevere, propagare e comunicare tutte le impressioni del moto –. Alzò il medio. – Terzo. Quest'azione reciproca è soggetta a leggi meccaniche...

– Basta cosí, – interruppe Pantera. – Ci capisco poco e mi interessa poco. Se si tratta di produrre effetti a distanza, la mia religione, che è molto antica, spiega come farlo.

– La mia religione è piú antica –. Rosenthal sorrise, esibendo la sua dentatura candida e irregolare. – Io seguo la legge di Mosè. È questo che non piace alla gente di qui.

Pantera scosse il capo. – Mi dispiace, ma la mia religione è piú antica della sua –. Alzò le spalle, come a chiudere la discussione. – Diceva che Cindy serve ai suoi esperimenti. In che modo?

– Il diciottesimo principio di Mesmer... no, non tema, non ricomincerò a elencarli... dice che la sensibilità al fluido varia da persona a persona. Esistono individui che sembrano vere calamite umane. Ecco, Cindy è un tipo cosí. Carica di magnetismo animale.

– Carica di cosa?

Rosenthal stava per rispondere, ma in quel momento le ante dell'ingresso gemettero rumorosamente. Il corpaccione di Cook si profilò sulla soglia. Gli occhi rotondi dello sceriffo saettarono attorno, fino a posarsi sul medicastro. Cook gli si avvicinò con una smorfia cattiva. – Ti avevo avvertito. Vattene subito.

Rosenthal si alzò. Era chiaramente spaventato, ma cercava di conservare la propria dignità. L'effetto era ridicolo. – Stavo giusto per andarmene, – tartagliò. – Ero entrato solo per... Volevo...

– Bravo. Adesso esci.

Lo sceriffo osservò con duro cipiglio la figura dinoccolata del medicastro che attraversava la sala, rassettando il mantello per darsi un contegno. Il mandriano di poco prima fece una risatina. Quando Rosenthal fu uscito, Cook guardò il barista. – Almeno ha pagato? – chiese con un leggero sospiro.

Fred indicò Pantera. – No, ma credo che ci penserà il signore.

– Capisco –. Cook si sporse verso il messicano. – Mi ha detto Wishburn che voleva parlarmi. Di cosa si tratta?

Pantera stava finendo di vuotare il boccale di birra. Non cercò di trattenere un rutto sommesso. – Perché ce l'ha tanto con quell'uomo?

– Con Rosenthal? – Nelle pupille di solito atone dello sceriffo guizzò un lampo aggressivo. – Lo sa che non è cristiano?

– Nemmeno io lo sono.

– Ma con lei è diverso. I *paleros* non hanno partecipato all'assassinio di Gesú –. Cook abbassò un poco la voce. – Certe cose lei non le conosce. Il serpente tagliato in dodici pezzi, tanti quanti le tribú di Israele. Il piano per ricomporlo e dominare il mondo...

Pantera alzò il boccale vuoto e lo indicò al barista, battendolo con l'unghia dell'indice. Poi fissò Cook piegando le labbra in un sogghigno. – Lasci perdere. Un cristiano convinto non avrebbe lasciato bruciare la chiesa. Lei odia Rosenthal per un motivo diverso. È per via della ragazza?

Lo sceriffo si passò pollice e indice sul labbro superiore. Evidentemente, in passato aveva portato i baffi. Non trovandoli, ritrasse la mano. – Intende Cindy? Può darsi. Ma questo non la riguarda –. Si spinse indietro, facendo scricchiolare lo schienale. – Senta, Pantera. Qui sono successe cose di cui lei non ha un'idea. Ma non l'abbiamo chiamata per frugare nel passato di Tucumcari. Lei è pagato per fare il suo mestiere. Mi dica cosa vuole da me o me ne vado.

– Glielo dico subito –. Pantera raccolse dalle mani del barista un nuovo boccale di birra e vi immerse le labbra. Le sollevò bagnate di schiuma, che deterse con cura. – So che esiste un cimitero, dietro la chiesa. È chiuso da un cancello?

– Sí.

– Deve darmene le chiavi.

Cook lo guardò vagamente attonito. – La posso accompagnare anche subito. Che cosa ci vuol fare?

– Non mi deve accompagnare. Voglio le chiavi. Che cosa ci faccio sono affari miei.

– Mi stia a sentire...

– Mi stia a sentire lei! – Pantera batté il boccale sul tavolo con tanta violenza che uno schizzo di birra raggiunse lo sceriffo. Tutto il locale ammutolí. Il messicano parlò senza collera apparente, ma con durezza. – Sono stato fatto venire per portare a termine un compito. Lei sa qual è, e lo sanno tutti. Come intendo agire non riguarda nessuno dei presenti. Soprattutto, non ammetto di essere trattato come una specie di turista, che deve chiedere permesso per tutto ciò che fa. Io ordino, capito?

Cook si umettò le labbra tumide, un po' femminee. Non sapendo dove mettere le mani, le lasciò cadere lungo i fianchi. Un istante dopo, si trovò la canna della Colt di Pantera puntata contro il ventre, mentre il pollice del messicano armava il cane. – No, cos'ha capito... – borbottò lo sceriffo. Riportò le mani sul tavolo, con grande lentezza. Tremavano vistosamente.

Pantera tornò a infilare la rivoltella nella cintura, con gesto disinvolto. – Mi dà queste chiavi?

– Non servono chiavi... – Cook emise un sospiro un po' troppo profondo, segno che fino a quel momento aveva trattenuto il fiato. – Il cancello è aperto. Perché mai dovremmo tenerlo chiuso?

– Perché nessuno rubi i cadaveri –. Pantera si alzò con il bicchiere in mano. Spinse la sedia indietro, facendola cadere. Cook sussultò. Il messicano gli girò le spalle e camminò verso la prostituta, che per tutto quel tempo era rimasta a contemplarlo. – È l'una passata. Mangi qualcosa, Gloria?

La ragazza fece un risolino. – È raro che qualcuno si ricordi il mio nome. Sí, volentieri.

Il barista, che aveva udito, si avvicinò. – Posso preparare delle salsicce. Non ho altro.

– Vada per le salsicce, – disse Pantera.

Alle sue spalle, un rumore di sedie smosse segnalò l'uscita di Cook. Anche i mandriani si alzarono e se ne andarono, come se, sparito lo sceriffo, si sentissero a disagio. Le colleghe di Gloria, invece, rimasero dov'erano. Non giocavano piú a carte, ma confabulavano fittamente, scoppiando di tanto in tanto in risate argentine. Pantera intuí che parlavano di lui.

Il barista si era infilato in una porticina, in fondo al bancone. Presto si udí uno sfrigolio, accompagnato da una folata di fumo.

– Qui il cibo fa schifo, – avvertí Gloria.

– Lascia perdere il cibo –. Pantera si accostò un poco alla ragazza, fino a percepire il profumo gradevole, ma un po' troppo intenso, emanato dal suo abito. – Da qualche ora a questa parte riesco a cogliere solo frammenti di verità. Ho capito che qui da voi si è consumata una tragedia. Anzi, piú d'una. Ma sento solo frasi smozzicate e subito interrotte. Tu mi puoi aiutare.

– Ti riferisci alla storia di Cindy, tesoro?

– Anche. Ma prima dimmi del ragazzo che si è suicidato qualche giorno fa. Wishburn lo ha definito un finocchio.

– Non era proprio un finocchio. Non è mai stato con me, ma con una delle mie amiche sí, un paio di volte. Era molto timido, ma sapeva cosa fare con una donna.

Pantera alzò leggermente le spalle. – Non è questo che voglio sapere. Perché si è suicidato?

– Be', non è un mistero. Da quando sono comparsi quelli lassú... – Gloria sollevò un poco il pollice, come a indicare la collina. Sembrava che temesse di essere vista. – ...qui la pressione è molta. Piú del sopportabile.

– E questo è tutto? Voglio dire, in fondo bastava che il ragazzo se ne andasse.

Gloria si voltò di sbieco, spiando i movimenti di Fred in cucina. Attese che fosse lontano. – No, non è tutto, – sussurrò, chinandosi un poco. – Leonard... cosí si chiamava il ragazzo... portava una delle travi, la notte che...

– Avanti, prosegui.

Gloria era chiaramente emozionata. Il suo bicchiere di alcol era vuoto. Ne sorseggiò l'ultima goccia. – Senti, di questa storia tu non sai nulla, – bisbigliò poi, con voce arrochita. – Leonard era buono. Fin troppo. Non seppe disobbedire agli ordini di Burton. La sua sola colpa è questa. Poi considera che aveva tutto il paese attorno. Non poteva rifiutarsi.

– Dai per scontate cose che non conosco. Comincia dall'inizio.

– L'inizio?... – Gloria si interruppe. Il barista era uscito dalla cucina, tenendo uno per mano due piatti di salsicce ancora sfrigolanti. – Vi servo qua o preferite sedervi a un tavolo?

– Al tavolo –. Pantera si avviò, seguito dalla ragazza. Presero posto vicino alla roulette. Fred posò i piatti di fronte a loro. Stava per andare a prendere le posate e i tovaglioli quando Pantera lo richiamò. – Hai una pentola molto grossa?

Il barista lo guardò interdetto. – Grossa quanto?

– Almeno cosí –. Pantera allargò le braccia in un semicerchio.

– No, non ce l'ho. Il pastore ne aveva una, per la mensa dei poveri. Ma poveri lo siamo tutti, la mensa non è mai stata aperta e la casa del pastore dev'essere sbarrata.

– Non è stata distrutta con la chiesa?

– No, non era contigua. Il pastore abitava in fondo al villaggio –. Fred si allontanò. Pantera colse lo sguardo interrogativo di Gloria e le disse: – È per una cosa che si chiama Nganga. Non puoi capire.

La prostituta lo osservò con occhi incerti tra l'ammirazione e il timore. – Dicono che sei una specie di stregone. È vero? – L'esitazione della sua voce rivelava la preoccupazione di non dire nulla di offensivo.

– No, non è vero. Seguo una mia religione.

– Io sono cristiana, piú o meno. Cioè, lo sarei se i cristiani mi accettassero –. Gloria guardò Fred che disponeva sul tavolo le posate e due tovaglioli, poi continuò: – Il lavoro che faccio non piace a tutti, anche se poi tutti passano per il mio letto. Ma dimmi: non è che il tuo dio sia contrario al mio?

Pantera tagliò un segmento di salsiccia col coltello. – No. Nzambi è il vostro stesso Dio. Ma noi ne abbiamo parecchi altri –. Masticò lentamente la carne e la inghiottí. – Non c'è una religione vera e una falsa. Tutte sono vere. Però non tutte aiutano quando se ne ha bisogno.

– La tua lo fa?

– Dipende. Se devo...

Le ante dell'ingresso si spalancarono con furia, vibrando un colpo violento sugli stipiti. Era Wishburn, agitatissimo. Si guardò un istante attorno e corse verso Pantera. – È successa... è successa una cosa tremenda... – Ansimava. Si afflosciò su una sedia, cercando di riprendere fiato. – Il vecchio Eliah, che è ammalato, si è addormentato.

– Ebbene? – chiese Pantera, molto seccato, tenendo sollevata la forchetta.

– Li ha sognati... Ha sognato i Cowboys che scendevano in paese...

Le prostitute lanciarono un grido. Anche il barista uscí da dietro il bancone.

Pantera rimase quasi impassibile. – C'è stato qualche movimento sulla collina? – chiese, prima di masticare il proprio boccone.

– Finora no, ma...

– Altri hanno fatto lo stesso sogno?

– Non so, non credo. Ma stanotte...

– Allora c'è tempo –. Pantera sorseggiò la birra con lentezza premeditata. In realtà era turbato, ma non voleva farlo apparire. Si alzò di scatto. – Andiamo, mi accompagni al cimitero.

Cindy si aggrappò al suo polso, con espressione spaventata. – Vuoi lasciarmi cosí?

– Tornerò, non ti preoccupare. Tieni, paga tu al posto mio –. Pantera posò sul tavolo alcune monete d'argento. Scambiò un cenno d'intesa con il barista e si avviò a grandi passi verso l'uscita. Ignorò il gruppo delle prostitute, in piedi e strette l'una all'altra, con le mani alla bocca. Wishburn lo seguí in strada aggiustandosi il cappello. Nessuno dei due alzò lo sguardo alla collina.

6.

La pioggia aveva infradiciato le assi della chiesa, accatastate in un'area rettangolare a un angolo della piazza. Un mozzicone di campanile, dal tetto a punta formato da triangoli isosceli di legno dipinti di rosso, continuava a sovrastare le rovine, cosí sbilenco che la campanella pendeva all'esterno, suonando un lieve rintocco ogni volta che una folata di vento ne sfiorava la superficie di bronzo.

Pantera vide un messale tutto accartocciato, due panche rimaste intatte e una grande croce di ferro che emergeva da un mucchio di cenere. Ma erano gli unici oggetti scampati alla distruzione. Camminò con precauzione rasente a un muretto alto fino alle sue ginocchia, che contornava il perimetro dei detriti, poi attraverso una terra di nessuno trasformata in acquitrino. Il cimitero era al di là, chiuso da pareti bianche ingrigite dal tempo e da un'arcata spagnolesca, con un tettuccio di mattoni. Doveva essere stato costruito in quel luogo molto prima della chiesa, e forse prima della stessa Tucumcari.

Il cancello arrugginito era spalancato. Pantera si fermò tra le sue ante. Le zolle luccicavano umide, ma il sole stava tornando a seccarle. Un acuto sentore di terra bagnata, non del tutto spiacevole, aggrediva le narici. Osservò le croci. Alcune erano di semplice legno; altre, elaborate e pretenziose, di ferro battuto.
– Dov'è sepolto il ragazzo? – chiese, quando Wishburn gli fu accanto.

– Vuole dire Leonard Strieber? Là, a sinistra. Si nota ancora la terra smossa.

Pantera mosse qualche passo nella direzione che gli veniva indicata. Gettò un'occhiata al tumulo, che la pioggia non era riuscita a disfare. Poi chiamò il vicesceriffo. – Bisogna esumare il corpo. Trovi qualcuno che sia disposto. Ma si sbrighi.

La bocca di Wishburn formò un ovale quasi perfetto. – Lei deve essere pazzo, – mormorò, quando si fu ripreso un poco dallo stupore.

Pantera lo fissò severamente. Indicò la collina, e per la prima volta da un paio d'ore la guardò. La luce bluastra che aveva scorto sulla cima ora invadeva tutta la sommità. Qualcosa stava cambiando, sulla vetta del poggio, questo era sicuro. – Quelli lassú stanno per scendere, – disse, senza traccia di emotività. – È importante eseguire ciò che dico. Trovi un paio di braccianti e faccia esumare il corpo.

Wishburn si grattò la punta del cappello, sformandolo e facendolo aderire al cranio. – Va bene, – borbottò, – ora vado. Lei resta qua?

– No. Come faccio a riconoscere la casa del pastore?

– Dalle persiane verdi. Sono le sole in paese.

– Da che parte si trova?

– Ci siamo passati davanti due ore fa. Ha presente la carretta di Rosenthal? La casa del pastore è lí di fianco. Nessun altro voleva avere vicino quell'imbroglione. Il pastore, invece, lo ospitò nel proprio cortile –. Wishburn fece una smorfia. – Basta questo a darle l'idea. Un uomo di Dio che dà riparo a chi nega Cristo.

Pantera gli voltò la schiena e mosse qualche passo. Poi tornò a girarsi. – Farà quello che le ho chiesto? – domandò severo.

– Sí, anche se... Sí, sí, stia tranquillo. Vuole che vada a prenderle il cavallo?

– No, andrò a piedi.

Nella piazza e lungo le strade irregolari di Tucumcari non c'era piú nessuno. Pantera sulle prime pensò che fossero tutti fuggiti, ma qualche movimento dietro le tendine delle case lo fece ricredere. Lo stavano spiando. Dovevano avere una fiducia cieca nel suo intervento. O forse, piú semplicemente, erano tanto attaccati alle loro cianfrusaglie da sfidare il pericolo incombente. Le famiglie meno ignoranti e taccagne avevano abbandonato il paese fin dal primo momento.

Un mandriano che puzzava di alcol sbucò da un porticato agitando una bottiglia, e gli si accostò. – Allora, stregone, quand'è che ci fai vedere la tua magia? Un sorso di rhum ti aiuterà.

Pantera lo scostò con violenza. – Stammi alla larga. Questo è il primo avvertimento.

L'altro barcollò e scoppiò a ridere. – Morte per morte, quella per mano tua è quella che fa meno paura. Ma tu ci salverai, non è vero? Tieni, bevi questo...

L'ubriaco si sbilanciò in avanti, spingendo il collo della bottiglia verso le labbra di Pantera. Il messicano alzò l'avambraccio sinistro, colpendo il polso dell'uomo e mandando la bottiglia a schiantarsi lontano. Poi, con la destra, assestò all'importuno uno schiaffo violento.

L'ubriaco cadde scompostamente nel fango. La sua mano corse alla pistola, ma l'arma gli era scivolata dalla fondina. Intanto Pantera aveva estratto la sua Colt. – Se non te ne vai ti faccio saltare il cervello, – annunciò gelido. – Questo è il secondo avvertimento. Non ce ne saranno altri.

L'ubriaco si contorse nel fango, ma non cercò piú di riprendere la rivoltella. Invece spalancò la bocca, mostrando una chiostra di denti nerastri. – Maledetto mangiafagioli, ma chi ti credi di essere? – urlò con voce strozzata. – Lo sai come trattiamo i messicani, da queste parti? Di', lo sai?

Pantera si allontanò senza badare alle grida rauche che continuavano alle sue spalle. Rimise con calma il revolver nella cintura. In passato aveva ucciso gente per molto meno. Poi suo padre, Pedro Nkisi, lo aveva *rayado en palo*. Cosí aveva imparato le verità meravigliose di Guindoki e di Zarabanda, di Mbenza, signore della terra, in perenne lotta contro Pulu Bunzi, il dio degli uragani. La decapitazione, da parte di quest'ultimo, del serpente arcobaleno Mbumba, l'aveva vissuta come una vittoria propria, scritta nel sangue. O almeno in quella parte del suo sangue che gli derivava dal padre, portato in Messico da Cuba come schiavo di un *fazendero* dalla pelle bianca. La moglie del *fazendero* era sua madre.

Quando era stato iniziato al Palo Mayombe, la religione cristiana in cui era stato sommariamente educato dai parenti era svanita in un attimo. D'improvviso tante cose gli erano apparse piú chiare. Perché la pioggia, perché la sete, perché la luce. Perché tutte le cose hanno un'anima. Risposte molto piú concrete di quelle fornite dalla religione dei bianchi, che non rispondeva a nulla. Non c'era *palero* che, venerando San Pietro, non rendesse in realtà omaggio al grande Zarabanda, nume ben piú visibile e potente. Perché mai gli uomini avrebbero dovuto piegarsi a principi astratti, incapaci di dominare la natura? Cos'altro esisteva, se non la natura?

Pian piano, aveva compreso la vacuità della sua vita di *pistolero*. Per i cristiani, uccidere poteva essere un peccato orrendo o una dura necessità; ma c'era sempre una qualche necessità ineludibile da invocare. Per un *palero*, invece, solo certi uomini potevano essere uccisi. Quelli che stonavano con l'armonia dei cicli naturali, che impedivano al prossimo di abbandonarvisi. Non era peccato liberare l'esistente da un intralcio. Era peccato turbarne la regolarità.

Intanto aveva raggiunto le ultime case del villaggio. Una sola di esse aveva le persiane dipinte di verde. Vi si diresse. Saggiò la maniglia della porta, che cedette sotto la sua mano. Il battente girò sui cardini.

– Salve!

La voce argentina, forse un po' troppo acuta, proveniva dal cortile in cui era piantato il carro di Rosenthal. La ragazza vista al mattino, seminascosta dal bucato, gli sorrideva con calore. Pantera esitò un attimo, poi scese dal porticato e camminò verso di lei.

Per la prima volta poteva vederla da vicino. Capelli biondi sciolti sulle spalle, nasino infantile, occhi grandi e azzurri. Non le guardò il corpo. Non guardava mai i corpi guardati da troppi, prostitute a parte. Si limitò a intuirne la flessibilità felina.

– Salve, – le rispose, con voce priva di inflessione. – Tu sei Cindy, non è vero?

– Sí! Jean... il signor Rosenthal... mi ha parlato di lei. Mi ha detto che è una gran brava persona.

– Non sono una brava persona –. Fissando lo sguardo tranquillo della ragazza, Pantera capí perché era concupita da tanti. Aveva occhi naturalmente allegri, un po' timidi e un po' scherzosi. Chiunque provasse gusto a insozzare l'innocenza trovava in lei una preda ideale. – Ma non sono nemmeno tanto cattivo, – soggiunse, addolcendo il tono. – Dimmi una cosa...

– Sí?

– Perché non te ne vai? Perché non te ne sei già andata da tanto? – Pantera avrebbe voluto chiedere tutt'altro. Se la ragazza conosceva la casa del pastore, se sapeva dove si trovava la pentola che stava cercando. Ma la domanda che gli venne piú spontanea fu quella.

– Dove dovrei andare? Qui mi vogliono tutti bene.

Le parole di Cindy colpirono Pantera come un pugno doloroso, togliendogli il fiato. Sopportava tutto, ma non l'indicibile squallore che intuiva dietro quelle frasi. Schiene pelose che ricoprivano il corpo gracile della ragazza, natiche biancastre che emergevano da calzoni calati per metà, tanto per fare in fretta. E lei che interpretava tutto ciò come un segno d'amore!

Si rimproverò le proprie sensazioni. Nel suo mestiere non si potevano avere sentimenti, pena la morte. Ma il viso da bambina di Cindy gli era troppo vicino. Non poté impedirsi di sfiorarle i capelli con le dita. – Torna nel carro e restaci chiusa, – disse brusco. – Nelle prossime ore può capitare di tutto.

– Ma io non ho paura. Perché dovrei averne?

Dopo un ultimo sorriso, la ragazza obbedí. Pantera tornò alla casa del pastore e ne varcò la soglia. La prima stanza era un salotto. Qualcuno doveva essersi premurato di asportarne tutti gli oggetti di un qualche valore, perché i pochi mobili erano spogli, e i ripiani privi di ninnoli. Una sagoma bianca sulla tappezzeria azzurrina indicava il punto in cui era stato appoggiato un alto orologio a pendola, che adesso probabilmente segnava il tempo nella casa di qualche bracciante. Molti cassetti erano stati estratti dal loro alveo e accatastati, vuoti, contro la parete.

C'erano due porte. Una conduceva nella cucina, l'altra in un piccolo studio da cui si accedeva alla camera da letto. Pantera si affacciò a entrambe. Attraverso la prima vide ciò che cercava. Su frammenti di piatti e di terrine di coccio torreggiava un enorme paiolo di rame, troppo grande per interessare i saccheggiatori. Lo afferrò per il manico e lo sollevò senza sforzo. Si immaginò il pastore come un giovane pieno di entusiasmo, giunto in quel paese sperduto con la speranza di esercitare il proprio zelo caritatevole. Una mensa per i poveri! Se in tutto il Texas ne esisteva una, doveva trovarsi in qualche grande città. Agli occhi di tutta la popolazione, inclusi i poveri stessi, l'indigenza era sintomo di vizio e di colpa. Oppure il portato naturale dell'appartenenza a una razza inferiore alla bianca.

Tornò nel salotto e, senza scopo preciso, decise di dare un'occhiata alle altre stanze. Lo studiolo comprendeva solo una sedia e uno scrittoio a saracinesca, sfondato con un colpo di scure. Una piccola scansia reggeva pochi libri rilegati in nero, che nessuno si era premurato di toccare. Anche la camera successiva, dominata da un grande letto a due piazze privo di cuscini e di coperte, era abbastanza anonima. Notò però su una parete, di fianco a un piccolo crocifisso, il ritratto sommario e puerile di una giovane donna bruna, dall'aspetto dolce e gentile. In basso, sulla cornice, il pastore aveva scritto col carboncino: «*Mi hai lasciato solo e incompleto, ma resti nella mia memoria*». Pantera raddrizzò un poco il quadro, che pendeva tutto su un lato.

Uscí dalla casa con un curioso senso di sollievo, reggendo a due mani il paiolo. Dal carro di Rosenthal provenivano fioche risatine, certo di Cindy. Sebbene disabituato al sorriso, non poté impedirsi di sollevare gli angoli delle labbra. Poi una risata tutta diversa, sguaiata e gutturale, lo gelò. Rimase in piedi con il paiolo in mano, sentendosi stupido. La risata si ripeté.

Senza sapere bene il perché abbandonò il paiolo e marciò verso il carro. Girò attorno alla biancheria stesa e alla carrozza sfondata, curvando la testa sotto il pannello nero che decantava il mesmerismo. Una nuova risata, dura e volgare. Saltò sulla barra del carro e scostò le tendine.

Si trovò faccia a faccia con l'ubriaco che lo aveva interpellato per strada. Stava cercando di abbassarsi i calzoni, impacciato dal cinturone e dal troppo alcol. Cindy era sotto di lui, in una coltre di stracci. Teneva le gambe divaricate. Pantera distolse lo sguardo dalle cosce polpose e dal batuffolo biondo del pube. La ragazza continuava a ridere, ma in quel riso c'era una nota incrinata, in cui vibrava una remota paura.

Il mandriano si girò. Era finalmente riuscito a estrarre il pene, eretto e lordato sulla punta dai residui biancastri di qualche precedente eiaculazione. – Tu che vuoi, mangiafagioli? – chiese con voce catarrosa.

Pantera non rispose. Si arrampicò nel carro, estrasse con calma la Colt e gli premette la canna sulla fronte. Fece fuoco. Brandelli di cervello si sparsero in tutte le direzioni. Cindy, raggiunta da una pioggia di materia grigia insanguinata, lanciò un grido.

Il corpo del mandriano era rimasto eretto, con il cranio scoperchiato ma il viso intatto, soffuso di meraviglia. Pantera abbassò la canna del revolver portandola all'altezza del naso, e sparò di nuovo. Questa volta il morto si abbatté come un fantoccio. Non aveva piú volto.

La ragazza gridò di nuovo. Pantera portò alle labbra la Colt, ne soffiò via uno sbuffo di fumo e la ripose nella cintola. – Il peccato, con questi aggeggi, è che non li facciano soffrire di piú, – mormorò, parlando piú che altro con se stesso. – Dovrebbero soffrire.

7.

Alle spalle del messicano si udí una bestemmia. Wishburn stava sporgendo la testa tra le cortine del carro. – Ma cosa ha fatto? – esclamò. – Adesso dovrei arrestarla!

– Be', ci provi –. Pantera fissò con calma Cindy, che si era ricomposta e piangeva piano, addossata alla parete di tela del carro. – Mi dispiace, piccola. Quello non ti voleva bene. Credi a me –. Si girò verso il vicesceriffo. – Ha fatto quello che le avevo chiesto?

– Sí, – borbottò Wishburn, senza staccare gli occhi dal cadavere. – Il corpo del giovane Strieber è stato esumato. Ma non sappiamo cosa farne.

– È intatto?

– Be', sí, abbastanza. Considerato che è rimasto sepolto una settimana...

– Ora vengo –. Pantera guardò Cindy, che continuava a singhiozzare. Gli venne alle labbra una frase gentile, ma la respinse. – Dov'è Rosenthal? – si limitò a chiedere.

– Lo so io, – intervenne Wishburn. – È sulla piazza del paese, che arringa la gente. Parla di forze magnetiche, di fluidi astrali. Insomma, sta delirando di brutto.

– Resti qua. Porti fuori il morto. Poi aiuti la ragazza a ripulire il carro.

Wishburn tolse il cappello e si grattò il capo. – Cook non sarà tanto contento, – mormorò. – Davvero, credo che dovrei arrestarla.

– Ci provi, le ripeto.

– No, no, dicevo tanto per dire. Farò come vuole.

– Ci vediamo dopo –. Pantera saltò dal carro, andò a raccogliere il paiolo e si incamminò verso il centro del villaggio. Scovò Rosenthal davanti al saloon, intento a imbonire tre anziani mandriani seduti su una panca, e una coppia di borghesi che si teneva a prudente distanza.

– Mi avete capito? – stava chiedendo il medicastro, esasperato fino alla raucedine. – Ciò che accade si spiega benissimo, se si conosce la scienza. Il fluido mesmerico può essere plasmato dal pensiero, modellato in forme concrete, riempito di fantasmi. È ancora possibile sventare la minaccia che incombe dalla collina. Basterebbe che, per una volta nella vostra vita, aveste tutti un pensiero generoso, positivo...

Rosenthal non si rendeva conto di stare usando un linguaggio troppo elaborato per quella gente. Pantera stesso ci capiva poco o nulla. Scosse leggermente il capo e tirò diritto fino al cimitero.

Due uomini, un grassone e un negro dall'aria poco sveglia, se ne stavano appoggiati ai manici di vanghe sporche di terra. Ai loro piedi giaceva la salma biancastra, tutta lordata di fango, di un giovane smilzo, dal viso contorto e irriconoscibile. Cook, in piedi a due passi, stava esaminando la fossa svuotata. Quando vide Pantera lanciò un'imprecazione e gli si fece incontro. – Cos'è questo schifo? – gridò. – Quando me l'hanno detto non credevo alle mie orecchie! Ragazzo, questo scherzo è durato troppo!

– Se mi chiama ancora ragazzo la uccido –. Il timbro di Pantera non era affatto collerico. Sembrava limitarsi a constatare una consequenzialità assodata.

Cook non seppe cosa rispondere. Mandò giú un po' di saliva poi chiese, in tono meno aspro: – Ma cos'ha in mente, per Dio? Che cosa vuole da noi?

– Un machete. Tutto quello che voglio è un machete.

Lo sceriffo si asciugò con la manica il viso sudaticcio. – Un machete? Ma per farne cosa?

– Sono affari miei. Lei si limiti a portarmelo.

– Mi stia ad ascoltare –. Cook, leggermente ansimante, si piantò a gambe larghe a un palmo da Pantera. – Lei è stato assoldato dal signor Burton. Deve rispetto a lui e a tutti noi. Non può chiederci le cose piú strane, trattandoci da mentecatti. Tra le cose che Burton le paga, c'è proprio il rispetto.

– No, io non vendo rispetto. Sono qua per liberarvi dai Cowboys dell'inferno. Per farlo mi occorre un machete. Sennò me ne vado.

Cook fissò Pantera con odio, ma poi fece un cenno di assenso. – D'accordo. Glielo faccio portare, il suo machete –. Guardò i due uomini con le pale. – Voi, venite con me.

Rimasto solo, Pantera si chinò sul cadavere. Si chiese se le chiazze bluastre su tutto il corpo dipendessero dalla sepoltura o dalla sostanza che il ragazzo aveva ingerito. Di sicuro era stato il veleno a torcergli la bocca in quella maniera assurda, che scopriva parte della dentatura e gli tirava la guancia destra, lasciandolo con un occhio chiuso e uno spalancato, imbrattato di terra.

Dalla tasca posteriore dei pantaloni prese una fiaschetta d'argento, piena di rhum. Ne bevve un poco, poi versò il resto sul corpo del ragazzo, dalla testa ai piedi. Si sprigionò un odore acuto, mentre la mota scivolava via con l'alcol.

Passò l'indice sul collo del morto, valutandone la grossezza. Soddisfatto si raddrizzò. Sollevò lo sguardo sulla collina, che da quel punto si vedeva per intero, e trasalí. Sulla cima stava accadendo qualcosa di nuovo. Una nube di polvere si era alzata, attenuando il luccichio che circondava le rocce come un alone. Che i giganti traslucidi avessero iniziato la loro cavalcata? In tutti gli altri villaggi, a quanto aveva sentito, si erano sempre mossi alle prime luci dell'alba. Ma forse Tucumcari meritava un trattamento speciale.

Comunque aveva tempo. I testimoni sopravvissuti alle stragi avevano riferito che, sulle prime, l'incedere dei Cowboys era lentissimo, e passavano ore prima che le zampe dei loro cavalli prendessero a sollevarsi in un moto frenetico, sconosciuto al mondo umano e animale. Pantera aveva l'oscura convinzione che il tempo concesso alle vittime servisse a un loro possibile pentimento. Certo è che, non appena i cavalieri si mettevano in cammino, nessuno riusciva ad abbandonare l'area condannata, il cui perimetro veniva circondato da una cortina invisibile, ma assolutamente impenetrabile.

Molto nervoso, si mise a passeggiare tra le molte croci e le poche lapidi. Una di queste recava inciso solo il nome SHERYL e, sotto, la stessa frase letta a casa del pastore: MI HAI LASCIATO SOLO E INCOMPLETO, MA RESTI NELLA MIA MEMORIA. La tomba della moglie dell'uomo di Dio, chiaramente. Ma sul marmo non c'erano simboli religiosi.

Il negro che aveva aperto la fossa di Strieber tornò ansimante per la corsa, reggendo un machete arrugginito. Pantera glielo prese di mano e ne saggiò il filo col polpastrello dell'indice sinistro. Poi guardò l'uomo.
– Tu in quale dio credi?

– Be', in quello in cui credono tutti...

– Il Dio cristiano?

– E quale altro?

Pantera sogghignò. Si era subito reso conto che l'aria idiota del negro era una finta, forse un'autodifesa verso chissà quali prepotenze. – Sai benissimo di non avermi dato nessuna risposta. Ma fa niente. Adesso non stupirti per quello che sto per fare. È voluto da un dio che i tuoi padri conoscevano e adoravano.

Alzò il machete e, con un colpo violento, recise il collo al cadavere. Dalle arterie rinsecchite uscirono poche gocce di sangue scuro. Alzò la testa mozzata tenendola per un orecchio. Il negro tremava tutto. Forse avrebbe gridato, se avesse avuto ancora saliva.

– Avanti, porta qua quel paiolo! – comandò rudemente Pantera.

Il negro sollevò la pentola per il manico e la depose ai piedi del messicano. Poi si ritrasse in fretta, come se temesse chissà quale contagio. Pantera lasciò l'orecchio. La testa cadde in fondo al paiolo con un tonfo.

Il negro era terrorizzato, ma anche molto incuriosito. Il messicano gli rivolse un ghigno, tetro e sarcastico a un tempo. Calò nuovamente il machete, piú delicatamente, quindi ripeté il gesto un paio di volte. Si piegò sulla pentola, vi lavorò un poco di punta e ne trasse il cranio svuotato, che gettò lontano. Fece lo stesso con un'ampia porzione di calotta cranica, di cui strappò con le dita gli ultimi appigli. Si rimise diritto tenendo fieramente sul palmo della mano un cervello tutto vizzo.

– Il primo ingrediente lo abbiamo, – mormorò, con aria soddisfatta. Lasciò cadere il cervello, che finí in fondo al paiolo con un rumore molliccio. – Adesso ci vorrebbe un piccolo cane, ma non è obbligatorio. Piuttosto le erbe. Scommetto che il medico può aiutarmi. È ancora in piazza che predica al vento?

– Il signor Rosenthal? Dev'essere tornato al suo carro. Qui nessuno gli dà retta.

– Eppure, per quanto pazzo, sembra sicuro di se stesso. Ma forse tutti i pazzi sono cosí –. Pantera raccolse il paiolo e fissò i grandi occhi nocciola del negro. – Tu rischieresti la vita per la gente di qui? Per questi bianchi? – chiese a bruciapelo. Poi, prima che l'altro potesse raccogliere saliva sufficiente a formulare una risposta, soggiunse: – Io lo faccio per soldi. Tu non farlo. Prendi i tuoi quattro stracci e scappa lontano. Mi hai capito?

Per la prima volta, il negro sollevò del tutto la fronte e le palpebre, mostrando un viso improvvisamente illuminato dalla fierezza. – Per me, qui potrebbero anche morire tutti. Non me ne importa un fico. Perché li vuoi salvare?

Pantera si avviò verso il cancello. – È te che voglio salvare. Vattene di qua a gambe levate. Il peggio non si è ancora visto. E non mi riferisco ai Cowboys –. Si allontanò tra le macerie della chiesa senza intendere la risposta. Vide solo, con la coda dell'occhio, che il negro lo salutava con un gesto amichevole.

8.

Il sole aveva cominciato a prosciugare il piazzale, rendendone il suolo piú compatto. Pantera lo imboccò e marciò senza esitazione verso il saloon. Notò di sfuggita l'insegna dell'albergo, che fino a quel momento non aveva notato. MERCHANT'S HOTEL. Forse l'albergatore contava di attirare a Tucumcari i flussi di bestiame che solcavano il territorio del Texas tutto attorno. Be', gli era andata male. Lo squallore della facciata in legno dell'albergo, che nascondeva un edificio di mattoni a due piani, ne era la lampante dimostrazione.

Spinse le ante del saloon sollevando un poco il paiolo, che poi lasciò ricadere lungo il fianco. Ignorò Fred e gli avventori: il solito gruppo delle prostitute mischiate ad alcuni cowboys, chiaramente alticci. Gloria era ancora seduta al tavolino presso il biliardo, sola, con i gomiti sul piano e il mento tra i palmi delle mani.

Pantera le si accostò. – Ho bisogno di te, – si limitò a dire.

La ragazza credette di capre ciò che il messicano voleva, ma l'occhio le cadde sul paiolo. Portò i pugni chiusi alla bocca. – Mio Dio! Cos'hai lí dentro?

– Non ti preoccupare. Ho bisogno di te. Vuoi venire?

– Sí, anche gratis –. Gloria si alzò, si portò alla sinistra di Pantera e lo prese sottobraccio. Uno sguardo di lui la gelò. Ritirò la mano. – Quando dicevo gratis, intendevo se c'è affetto. In caso contrario si paga.

– Ti pagherei comunque. Ognuno ha il proprio lavoro. Il mio è molto piú sporco del tuo, eppure me lo faccio pagare –. Lei lo guardò perplessa, ma non disse nulla e lo precedette all'aperto. Sulla soglia del bordello fissò il paiolo. – Davvero te lo vuoi portare dietro?

– Non posso lasciarlo qua.

– Per fortuna la signora è scappata tra le prime. Non ti avrebbe mai lasciato entrare con una porcheria del genere.

La porta, poco lontana dall'ingresso del *Merchant's Hotel*, era chiusa ma non a chiave. Dava accesso a un piccolo ambiente assolutamente disadorno, illuminato da una finestrella. Una scala molto ripida, con un corrimano rudimentale, portava al piano superiore. La presenza di tre pareti di pietra e di una di legno faceva capire che, in origine, quell'ambiente aveva fatto parte dell'atrio dell'albergo. Poi un soprassalto di pudore aveva spinto l'albergatore a costruire un pannello divisorio e a installare una scala di fortuna.

Nei locali del bordello, le narici di Pantera furono investite da effluvi pesanti, di mughetto, di cipria e, si sarebbe detto, di vaniglia. Arricciò il naso, ma ciò che vide non era sgradevole. Un salotto arredato con gusto, occupato da tre divani foderati di velluto azzurro e da un tavolino stile impero, su cui era poggiato un orologio del tipo detto «Sambo», raffigurante un negro che strimpellava un banjo. Attorno una tappezzeria verdognola, con arabeschi eleganti. Sulla parete di fronte, il dipinto di una donna nuda distesa su un canapè, sorvegliata da un grosso mastino. Riproduzioni di quel quadro Pantera le aveva viste in molti saloon, ma questa risultava abbastanza intonata all'ambiente.

– Dove cucinate? – chiese.

– Di là –. Gloria indicò una porticina coperta da una tenda verde scuro. – Ma non è lí che andiamo adesso. La camera da letto è da questa parte.

– Aspetta un momento –. Pantera scostò la tenda verde e si chinò a deporre il paiolo. Poi tornò al centro del salotto. – Fammi strada.

Le camere erano sei, disposte lungo un corridoio. Gloria imboccò l'ultima sulla destra. C'era un letto di metallo coperto da una pelle d'orso che doveva costare parecchio, e che certo veniva dal nord. Poi un minuscolo comodino, sormontato da un lume, e uno scrittoietto con sopra una bambola enorme, vestita di azzurro. Una porta-finestra a vetri dava sulla balconata di legno che circondava tutta la sommità dell'edificio, l'unico a due piani tra tante case a un piano solo.

Pantera si fermò a contemplare la bambola. Sedeva a gambe larghe, in una posa vagamente oscena, e ciò faceva un singolare contrasto con gli occhi di porcellana, spalancati e ingenui, dalle ciglia troppo lunghe. Per non dire del viso paffuto da bimba. Macchinalmente accostò tra loro le gambine, senza sapere bene il perché.

Gloria si era girata di schiena. – Non mi aiuti ad aprire il busto, amore? Dopo io spoglierò te –. Il suo sforzo di mostrarsi voluttuosa suonava falso. Però era chiaro che lo desiderava. Una fortuna capitata a pochi dei suoi clienti.

Pantera sollevò la saracinesca dello scrittoio, poi afferrò la ragazza per l'avambraccio. – Non ho tanto tempo. Appoggiati qui.

Gloria obbedí senza protestare, posando i gomiti sul piano. Lo spiò mentre deponeva la pistola sul letto, si slacciava il cinturone e si calava i calzoni.

– Oh, sia ringraziato il cielo! – esclamò, alla vista delle sue lunghe mutande di cotone. – Almeno tu ti cambi la biancheria. I cowboys di qui non lo fanno mai –. Attese che avesse denudato il basso ventre, poi aggiunse, con un'intonazione maliziosa: – Sai, voi uomini siete sempre preoccupati di averlo lungo e grosso, mentre a noi donne piacerebbe che l'aveste non dico corto, ma almeno un po' piú sottile.

– E il mio com'è? – chiese Pantera, stando per la prima volta al gioco.

– Una via di mezzo, – rispose Gloria, perfidamente enigmatica. Sparse la chioma nera sulla scrivania, appoggiandovi il mento, poi sollevò a due mani la gonna, scoprendo i glutei. Portò le dita alle mutande di seta e le abbassò. – Dài, vieni, amore, – bisbigliò un po' rauca.

Pantera si chino su di lei, l'afferrò per i seni e la penetrò. Fu un coito veloce, ma non tanto da essere deludente. Quando lui ritirò il pene, lei corse fino a una pezzuola posata sul comodino, che strofinò tra le gambe. – Non sei molto espansivo, – osservò, lasciandosi cadere sul letto.

Pantera si era già rivestito, e stava infilando il revolver nella cintura. – È che non ho tempo, – disse. Lasciò cadere dieci dollari d'argento sullo scrittoio. – Bastano?

– Bastano e avanzano. Sei sicuro di non volere il resto?

– Tienilo. Ma adesso dammi quel pezzo di stoffa.

Gloria abbassò lo sguardo alla pezzuola con cui stava asciugandosi il pube. Lo risollevò pieno di stupore. – Questo?

– Quello. Su, dammelo.

Lei fece una risatina imbarazzata. – Ma cos'è, una qualche perversione che ti... – Vedendo che il messicano aggrottava le sopracciglia si interruppe. Gli porse lo straccetto tenendolo per un lembo.

Pantera lo afferrò alla stessa maniera. – E cosí ho il secondo ingrediente per il Nganga, – rifletté ad alta voce. – Sperma umano. Ora mi servono le erbe.

Gloria spalancò gli occhi, indignata. – Vuoi dire che sei venuto con me solo per avere... per avere quello? – La sua voce era tanto strozzata che faticava a parlare.

– No, non solo per questo. Sennò avrei potuto fare da solo –. Pantera uscí dalla camera da letto, attraversò il salotto e si avviò alla cucina. Lasciò cadere la pezzuola nel paiolo.

Gloria, ancora sconvolta, si ricompose e lo seguí. Si sollevò sulle sue spalle. – Ma cosa diavolo hai in mente? – chiese, in tono meno iroso.

– Tranquilla. So quello che faccio –. Pantera si girò

e mise le mani sulle spalle di lei. – Adesso devi aiutarmi. Rimani qui. Riempi d'acqua la pentola, trovale un coperchio e scaldala su quella –. Indicò la stufa spenta di ghisa che troneggiava in un angolo. – Lasciala bollire bene, poi abbassa un poco il fuoco.

Gloria lo fissò con aria di sfida. – E perché dovrei farlo?

– Perché sei una brava ragazza –. Il messicano le diede un bacetto fugace sulle labbra, la scostò con garbo e raggiunse le scale.

Adesso sulla piazza non c'era nessuno. Effetto della paura, ma forse anche del sole pomeridiano. Il suolo era ormai solido, salvo qualche macchia di fango qui e là. Si guardò gli stivali dalla suola di legno, imbrattati fino all'orlo. Grumi di mota sugli speroni impedivano di leggere il marchio STAR STEEL SILVER. Sospirò e continuò il cammino.

Notò per la prima volta, sulla sua sinistra, una casetta a un piano che recava la scritta TOM MULLIGAN, ATTORNEY. Ma la porta sembrava sbarrata, e le imposte delle finestre erano chiuse. Un altro borghese che se l'era squagliata. L'avere perso la propria clientela, e doversela rifare in città tra chissà quanti concorrenti, era la giusta punizione per la sua vigliaccheria.

Rosenthal sostava di fronte al proprio carro, fumando un sigaro. Scrutava la sommità della collina con occhi pensosi. Quando vide Pantera gli fece un cenno. – Proprio lei. Ha visto lassú? – Sollevò l'indice verso l'altura. – Secondo me stanno scendendo. Vanno piano, ma si sa che è cosí. Saranno qui tra qualche ora. Certo prima di domattina.

– Per questo sono qua. Ho bisogno di lei. Ha delle spezie?

– Tutte quelle che vuole. Occidentali e orientali. Dal pepe allo zenzero. Se poi volesse assaggiare il dragoncello…

– Non voglio assaggiare un accidente. Prenda tutte quelle che ci sono anche in Africa, e mi prepari un vasetto. Io l'aspetto qui.

Rosenthal inarcò un sopracciglio. – Lei dà ordini come se fosse uno sceriffo, o addirittura un *marshall*.

– Sono molto di piú. Avanti, faccia ciò che le ho chiesto. Il tempo è prezioso.

Il medicastro sembrò riflettere, poi annuí. – Va bene. Torno subito. Avrà ciò che chiede –. Si inerpicò sul carro e sparí tra le tendine, mentre Pantera si poggiava a una gamba e poi all'altra, guardandosi intorno. Poco dopo Rosenthal riapparve, con un vaso di vetro tra le dita. Scavalcò la cassetta del carro e scivolò sul timone, stringendo il contenitore contro il petto. Balzò a terra. – Ecco ciò che cerca. Tutto quello che viene dall'Africa, in fatto di spezie, è qui dentro.

Pantera afferrò il vasetto. – Grazie, – mormorò. – Adesso venga con me. Potrei avere bisogno del suo aiuto.

Rosenthal rimase immobile. Accennò al carro alle sue spalle. – Non posso lasciare sola Cindy. Adesso sta sonnecchiando, ma è lí dentro. La gente di qui le vuole male.

Pantera fece una smorfia sarcastica. – Ah, sí? E da quando l'ha scoperto? A quanto mi risulta, qui se la sono scopata tutti. E continuano a scoparsela, che lei voglia o no.

Il viso di Rosenthal si contrasse in un'espressione dolorosa. – Lei si esprime in termini molto crudi, – protestò debolmente. Quindi, dopo avere arricciato le labbra come un bambino che sta per piangere, sbottò: – Io cosa posso farci, è già molto se l'ho presa con me. Volevo portarla via, ma non vuole venire. E finché stiamo qui vale la legge di Burton, che l'ha condannata a essere la donna di tutti.

– Burton? Intende Cliff Burton? – chiese Pantera, stupito.

– E chi altri? Da quando suo figlio è morto, qui attorno c'è un solo Burton.

– Ma perché avrebbe... – Dalla collina provenne improvvisamente un sordo fragore, simile a un tuono lontano, che subito si spense. Pantera guardò in quella direzione e corrugò la fronte. – No, non abbiamo tempo. Prenda la ragazza e mi segua.

– Che cosa ha in mente?

– Lo scoprirà da sé. Vada e si sbrighi.

Rosenthal tornò al carro. – Cindy, vieni! E porta con te la bacchetta magnetica!

Pantera lo osservò con una sfumatura di perplessità ma non fece commenti. Cindy sbucò poco dopo, tutta sorridente. Indossava una blusa di cotone bianco, allacciata fino al collo, e una gonna marrone di tela grezza. Malgrado una tenuta tanto austera, la sua femminilità prorompeva evidente dal modo stesso in cui si muoveva. In mano teneva un'asta lunga e sottile, si sarebbe detto di rame.

Corse verso Pantera e sollevò verso di lui gli occhi azzurri e luminosi, adesso molto meno timidi. – Papà mi ha spiegato che prima mi ha salvata da un uomo cattivo. Mi scusi se mi sono comportata male con lei.

– Papà?

Rosenthal fece un gesto imbarazzato. – Mi chiama cosí.

– Va bene, ora andiamo –. Pantera distolse con sollievo lo sguardo da quello della ragazza, tanto limpido quanto il suo era cupo. – Seguitemi e statemi vicini.

Mentre attraversavano le vie del villaggio, altre due volte un rombo soffocato provenne dalla collina. Qualche abitante era sulla soglia di casa, molto inquieto. Al passaggio di Pantera ci fu persino qualcuno che si segnò. Ma non era un gesto di paura, piuttosto di speranza.

Wishburn sbucò dal *Jackson's Store* e andò incontro al messicano. – Ho provato a uscire dal paese, – disse con affanno. – Non ci si riesce. È come se fossimo chiusi da un muro invisibile. Altri hanno provato, con lo stesso risultato. I cavalli si imbizzarriscono, gli uomini non riescono a camminare. Eppure non c'è nulla.

– Si sa che è cosí, ma non c'è niente da fare. Quanta gente è rimasta in paese?

– Cinquanta, sessanta persone. Circa un terzo degli abitanti. E il signor Burton. Contava di tornare nella sua tenuta ma è rimasto intrappolato. Non prevedeva che i Cowboys scendessero in pieno giorno. Ma che c'è?

Udendo il nome di Burton, Cindy aveva lanciato un grido leggero, e ora tremava come un passero catturato. Rosenthal le mise un braccio attorno alle spalle e la strinse a sé.

– Nulla che la riguardi, – disse Pantera in tono duro. – Se Cook o Burton mi cercano sono nel bordello. Però preferirei essere lasciato in pace. Potrò agire solo quando spunterà la luna.

– Perché il magnetismo è piú forte, – commentò Rosenthal. Ma nessuno fece caso alla sua osservazione.

Wishburn si tormentò il cappello. – Devo avvertirla di una cosa, signor Pantera –. La sua voce, dapprima esitante, acquistò sicurezza. – La gente che è rimasta in paese è convinta che ciò che sta accadendo sia colpa di quella là –. Non guardò né additò Cindy, ma era chiaro a chi si riferiva. – Pensano che, se non ci fosse la ragazza, il pericolo svanirebbe. E hanno sempre meno fiducia nel suo Palo Mayombe, o come diavolo si chiama.

Rosenthal, indignato, fece per protestare, ma Pantera lo bloccò con un gesto. – Che elementi hanno per un'accusa tanto grave?

– Be', il signor Burton sembra pensarla cosí. E qua ciò che pensa il signor Burton ha il suo peso.

– Ma è stato proprio lui a farmi venire! E non mi ha detto nulla del genere.

– Ha cambiato idea quando si è accorto che non poteva allontanarsi, e ha saputo da Cook che lei ha fatto esumare il cadavere di Leo Strieber. Ciò gli ha ricordato la fine di suo figlio. E la puttanella che ne è stata la causa. Se fossi in lei, mi preoccuperei del compenso che le è stato promesso.

– Adesso è troppo tardi. È in gioco la mia stessa vita –. Pantera fece cenno a Rosenthal e a Cindy, che adesso piangeva silenziosamente, di venirgli dietro. – Noi andiamo al bordello, – ripeté a Wishburn. – A parte Cook e Burton, che nessuno mi disturbi finché non appare la luna. A meno che i Cowboys non scendano prima.

Marciò verso l'edificio sgraziato che ospitava il saloon, poi raggiunse la porta del lupanare, ancora aperta. Si accertò che Rosenthal e Cindy fossero con lui e li invitò a precederlo. – Salite quella scala. E non siate turbati. Credo che sia il posto piú pulito di tutta la città.

9.

Gloria, quando li vide, si portò al centro del salotto. Strinse la destra a pugno contro il fianco e sollevò la sinistra verso Cindy, con l'indice teso. – Quella non la voglio! – scandí con faccia cattiva. – Tutto quello che è successo qui è colpa sua.

– Da quando si fa sbattere da tutti, i clienti sono calati della metà –. Due altre ragazze erano comparse sul corridoio che portava alle camere da letto. Quella che aveva parlato era una donna un po' troppo alta, dai capelli sciolti e dal viso bello ma leggermente arcigno. L'altra, una biondina molto sciupata, le mise una mano sul braccio.

– Non dire cosí, Lizzy. Lo sai che la costringono.

– Calma, calma, – esortò Pantera, ma nelle sue parole neutre era ben leggibile un'ombra di minaccia. – Tu, Gloria, devi obbedirmi e basta. Lo sai benissimo. A che punto è la bollitura?

La prostituta raddrizzò il busto. – Ma chi ti credi di essere? – gridò. – Come osi portare qui quella svergognata? Cacciala fuori o ci penso io!

Pantera le si avvicinò e la schiaffeggiò con ponderata violenza. Gli occhi di Gloria si riempirono di lacrime. Lui le sollevò il mento. – Ascoltami bene. Per il paese intero le svergognate siete tu e le tue amiche. In realtà siete ragazze a posto. Ma anche Cindy lo è, solo che è piú debole di voi. Guai a chi se la prende coi piú deboli, per assomigliare a chi lo umilia. Troverà sempre qualcuno piú forte di tutti. In questo caso, io –.

Asciugò con le dita le lacrime di Gloria. – Adesso dimmi. A che punto è la bollitura?

La ragazza tirò su col naso. – Lo puoi sentire tu stesso, – sussurrò, mentre frugava in una borsetta di seta appesa alla cintura alla ricerca di un fazzolettino ricamato. In effetti, un effluvio strano, vagamente disgustoso, copriva e annullava i profumi del salotto.

Pantera si allontanò da lei. Fece un gesto brusco verso le altre due prostitute. – Via, tornate nelle vostre stanze. E chiudetevi dentro, qualsiasi cosa accada –. Si udí il ticchettio delle scarpette di seta bianca svanire sul piancito di legno del corridoio.

Rosenthal e Cindy erano rimasti stretti l'uno all'altra, in un angolo. Avevano seguito la scena, in realtà rapidissima, senza sapere cosa fare, e forse senza capirla del tutto. – Sedetevi, mettetevi lí, – disse Pantera, indicando un divano. Notò l'asta di metallo che Cindy continuava a stringere. – Poi mi spiegherete a cosa serve quell'aggeggio.

Frugò nell'ampia tasca della palandrana e ne trasse il vasetto di erbe. In cucina, il paiolo ribolliva cupamente sulla stufa, emanando un vapore denso che in parte si disperdeva fuori, dalla finestra spalancata, in parte finiva nell'orifizio del camino. Versò la polvere nell'acqua. Dopo pochi istanti si diffuse un aroma acre ma non sgradevole, vagamente inebriante. Soddisfatto, Pantera raccolse un piccolo mantice e alimentò un poco la fiamma. Poi tornò in salotto.

Né Gloria, in piedi in un angolo, né Cindy, sprofondata nel divano e accartocciata su se stessa, piangevano piú. Tutte e due, però, avevano gli occhi gonfi, e l'impulso a singhiozzare impresso nei lineamenti tirati. Pantera notò che il «Sambo» sul tavolino era fermo da giorni. Si rivolse a Rosenthal. – Lei ha un orologio. Che ore sono?

Il medicastro, che aveva sbottonato la polacca, si frugò nel taschino del panciotto e ne estrasse un Waltham a catena, fabbricato nel New England. – Le diciassette e venticinque. Tra una mezz'ora calerà il sole.

– Sí, abbiamo tempo. Ora mi dica due cose. La prima: ha nulla in contrario se mi servo di Cindy per evocare i *kiyumba*? Sono gli spiriti dei morti, quelli che i *santeros* chiamano *orisha*. Devo comunicare con i Cowboys dell'inferno, e non ho altro sistema.

– Servirsene come?

– Verrà invasata. Non le accadrà alcun male, ma per un po' di tempo non sarà se stessa. Farà cose strane e terribili. Se la sente?

– Deve chiederlo a lei. È abituata alle cose terribili –. Rosenthal mise la propria mano su quelle di Cindy, giunte sul grembo e strette attorno all'asta metallica. – Lo hai sentito, ciuffetto? Credo che tutto sommato sia un amico. È un po' come quando ti carico di fluido mesmerico. Vuoi farlo?

Sentendosi chiamare «ciuffetto», la ragazza fece un pallido sorriso. Col capo accennò di sí.

– Va bene, ci sta, – disse Rosenthal. – Qual è la seconda cosa che vuole sapere?

– Per tutta la giornata ho udito alludere a una tragedia che sarebbe avvenuta da queste parti, non so bene quando. Protagonisti Cindy, Burton e, a quanto ho capito, il figlio di Burton. Quest'ultimo sarebbe morto, credo, anche se non so come.

– È stato ucciso da suo padre, – affermò Rosenthal, secco. – Strano che non glielo abbiano detto. A Tucumcari lo sanno tutti.

Pantera era trasalito. Rintuzzò il proprio stupore, ma la voce gli uscí non troppo sicura. – Ha a che fare con la tragedia di cui parlava?

– Sí, accadde quella stessa notte.

– Allora mi dica di quella notte. Sono stanco di mezze frasi.

Rosenthal accennò con gli occhi alla ragazza alla sua sinistra. – Non posso parlarne davanti a Cindy.

– Cindy, vieni. Ti porto a vedere i vestiti che ho in camera –. A sorpresa, era stata Gloria a parlare. Attraversò il salotto e afferrò la ragazza per la manica. – Su, vieni, bambolina. Ti regalerò anche qualcosa, se fai la brava.

Pantera lanciò alla prostituta uno sguardo riconoscente. Attese che fosse uscita assieme a Cindy, che la seguiva docile, poi si sprofondò sul divano di fronte a Rosenthal. – Adesso può raccontarmi tutto, – disse, incrociando gambe e braccia.

Il medicastro tolse finalmente il cappello e si ravviò la chioma grigia, rada in piú punti. – Be', la notte famosa io non ero presente. Mi hanno raccontato tutto in seguito, quando per puro caso sono capitato qui. Per cui non posso garantire...

– Mi riferisca quello che ha sentito.

Rosenthal corrugò la fronte. – Bisogna partire da Cindy. Ha visto anche lei com'è. Molto ingenua, quasi infantile. È orfana, ed è stata allevata da una nonna, che è morta due anni fa.

Pantera fece un gesto impaziente. – Abbiamo poco tempo. Si limiti all'essenziale.

– Ma questo è essenziale! – obiettò Rosenthal. – Da quanto ho sentito dire, Cindy è sempre stata molto spontanea, e molto... come dire?... carnale. Credo che abbia perso la verginità prestissimo. Ma nessuno le mancava realmente di rispetto, anche se certo molti ragazzi approfittavano della sua... disponibilità. E anche qualche uomo maturo, incluso Burton.

– Poi cosa accadde? – chiese Pantera, osservando inquieto il buio che cominciava a scendere fuori della finestra.

– Accadde che un paio di ragazzi piú sensibili degli altri si innamorarono sul serio di lei. Uno era un giovane molto timido e impacciato, preso in giro da tutti per le sue maniere effeminate...

– Per caso Leonard Strieber?

– Come fa a saperlo? – si stupí Rosenthal. Visto che non otteneva risposta, proseguí: – Da queste parti Leo veniva definito un sodomita, per non usare un termine piú volgare, ma non era vero. Per come me l'hanno descritto era solo molto gentile di natura. Il suo amico del cuore era un giovanottone che era l'opposto di lui. Arrogante, brutale, prepotente con le donne. Se ha sentito qualcosa in giro, avrà capito che parlo di Greg Burton, il figlio di Cliff.

– No, non l'avevo capito. Tutto questo quando avveniva?

– Circa un anno fa. Ma l'epilogo è recente.

– Bene. Vada avanti.

Rosenthal rigirò il cappello tra le mani, non per imbarazzo, ma come se quel gesto lo aiutasse a riordinare i pensieri. – Non credo che Greg fosse realmente innamorato di Cindy. Aveva fatto l'amore con lei chissà quante volte. Credo piuttosto che fosse invidioso di Strieber, che stava avviando con Cindy una relazione piú affettuosa. O forse voleva sfidare suo padre, che aveva in mente per lui un matrimonio di rango. Sta di fatto che si mise in testa di sposare Cindy. Quando glielo chiese, lei naturalmente rispose di sí.

– Naturalmente? – chiese Pantera. – Ah, capisco. Lei diceva di sí a tutti.

– Proprio cosí. A Strieber si spezzò il cuore, e da quel momento non fu piú lo stesso. Ma chi la prese peggio fu il vecchio Burton, quando lo seppe. Dicono che cercò di picchiare il figlio con il frustino. Ma Greg era un pezzo d'uomo, e stese il padre con un pugno. Il vecchio svenne.

– Burton non è tipo da accettare cose del genere –. Gloria era riapparsa dal corridoio. Teneva tra le mani un lume spento. Indicò alle proprie spalle. – Cindy sta frugando tra i miei abiti. Ne avrà per un pezzo... Comunque quando il vecchio si riprese io c'ero. C'eravamo tutti. Sentimmo i suoi strilli e corremmo in strada. Cavalcava come un pazzo, e in mano aveva una frusta. Si precipitò nel saloon, in cerca di Greg. Ma Greg non c'era. Poi volò alla casa del pastore.

– Perché? – chiese Pantera, che seguiva la storia accigliato e teso.

– La moglie del pastore voleva bene a Cindy, e l'aiutava come poteva. Burton sospettava che Greg incontrasse la piccola proprio in quella casa. Naturalmente non era cosí. Quando la donna, che soffriva di cuore, vide il vecchio schiumante e con la frusta in mano, si sentí molto male...

– È morta un paio di giorni dopo, – precisò Rosenthal.

Gloria annuí. – Esatto. Ma lasciatemi proseguire. Burton mise a soqquadro la casa del pastore, impegnato a soccorrere la moglie, ma di Greg non c'era traccia. Intanto si era radunata una piccola folla di paesani. Uno piú scemo degli altri disse di avere visto Greg entrare nell'albergo. Burton corse qui sotto, e finalmente trovò il figlio. Non era con Cindy, per fortuna. Stava semplicemente parlando del piú e del meno con un amico.

– Strieber? – domandò Pantera, fissando le tenebre ormai dense dietro i vetri. Gloria, come se gli avesse letto nel pensiero, accese il lume e lo depose sul tavolino centrale, di fianco alla cassa dell'orologio. Poi sospirò.

– No, quel ragazzo era in strada con noialtri. Vedemmo bene, attraverso le finestre, Burton che tentava di percuotere il figlio con la frusta, mentre l'amico si defilava. Greg scansò il colpo e commise l'errore di mettere mano alla rivoltella. Suo padre era stato un tiratore famoso. Lasciò la frusta. Estrasse di scatto una di quelle piccole pistole col calcio di madreperla... Come si chiamano?

– Derringer.

– Sí, una di quelle. La premette contro la pancia di Greg e sparò due colpi. Vedemmo il fumo sottile, e il ragazzo che si piegava su se stesso...

– Cook assistette alla scena?

– Oh, sí. Ma anche se ne avesse avuto l'intenzione, cosa poteva fare? Burton aveva agito per legittima difesa. Forse Greg non avrebbe sparato, ma aveva portato la mano al fodero. A uno come Cook, bastava e avanzava per dare ragione a Cliff Burton.

Pantera strinse tra i polpastrelli la radice del naso. – Veramente una scena tragica, come quelle che si vedono in teatro a Dallas.

– No, no! – Rosenthal, molto emozionato, rimise il

cappello, apparentemente senza motivo. – Questo è niente. La tragedia vera comincia adesso!

Forse avrebbe precisato meglio il suo pensiero, ma la finestra alle sue spalle esplose, sotto l'urto di un sasso, in una pioggia di frammenti di vetro. Sia Rosenthal che Pantera scattarono in piedi. Un secondo sasso seguí la traiettoria del primo, questa volta senza incontrare ostacoli. Rimbalzò sulle assi del pavimento. Il suono fu attutito dall'elegante tappeto di lana rosa.

10.

– Dateci la troietta! – gridarono dall'esterno molte voci.

Pantera estrasse la Colt e guizzò di fianco alla finestra. Sporse il naso con precauzione, tenendo la lunga canna del revolver parallela al viso.

Sembrava che l'intero paese si fosse radunato là sotto. C'erano torce, vanghe, forconi. E soprattutto molti fucili puntati contro le finestre del bordello. Pochi istanti dopo, dalla piazza giunse una detonazione, e i vetri della seconda finestra crollarono in una miriade di schegge.

Pantera lasciò la propria postazione. Fu in due balzi accanto al tavolino e spense il lume soffiandovi sopra. D'improvviso fu evidente perché la gente nella piazza era cosí eccitata. Della collina che sovrastava il paese si scorgeva appena un lembo. Ma quel lembo era straordinariamente luminoso e sopperiva, nel suo fulgore, all'assenza della luna.

Nel luccichio gli sembrò di vedere le sagome di dieci titanici cavalieri che caracollavano lentissimi verso il villaggio, issati su selle rosso fuoco. Ma forse era un parto della sua fantasia. Da quell'angolatura non si poteva scorgere nulla.

– Dateci la troia! – ripeté in un fragoroso unisono la gente in piazza. Si udirono altri colpi di fucile, e l'impatto secco dei proiettili che affondavano nella facciata del bordello. – Dateci *tutte* le troie, – scandí una voce da avvinazzato. Ma fu zittito dalla gente, e trascinato in fondo ai ranghi.

Gloria accese un paio di candele, che sistemò sulle mensole piú lontane dalle finestre, incollandole con qualche goccia di cera. L'ambiente assunse un aspetto surreale, riempiendosi di ombre vacillanti. Tutti tacevano, mentre fuori continuavano i clamori.

Si udirono dei passi sulla scala di legno. Pantera puntò la Colt in quella direzione e alzò il cane. Ma poi lo abbassò, pur continuando a tenere la rivoltella in pugno. Dalla scala era emersa la testa del negro incontrato al cimitero. Era carico di quattro carabine, due per spalla.

– Che cazzo fai, quassú? – chiese Pantera con inflessione sgarbata.

Il negro non si scompose. – Porto un po' di armi –. Attese di essere emerso del tutto sul pianerottolo e aggiunse: – O si sta con quelli in basso o si sta con voi. Ho pensato a quello che mi hai detto sulla religione. Quella della gente laggiú non può essere la mia. La tua mi persuade di piú. Per questo ho preso i fucili.

Dopo un istante di riflessione, Pantera disse: – Fammi vedere quella roba.

Raccolse il fascio delle armi e lo portò vicino alla candela. Non erano granché. Due Sharps a retrocarica, piú adatti alla caccia ai bisonti che a un duello urbano, un fucile Volcanic dall'aria inaffidabile e, unico vero strumento bellico, un Henry del tipo usato dalle milizie del Kansas. – Hai le cartucce? – chiese Pantera.

– Sí, eccole –. Il negro lasciò cadere sul tavolino, accanto al grottesco orologio modello «Sambo», alcune scatole lunghe e strette.

Si udirono altri passi sulle scale. Pantera tornò a sollevare il revolver. Apparve tra le ombre fluttuanti il cappello stropicciato di Wishburn. Il vicesceriffo strinse gli occhi per adattarli alla semioscurità. Si guardò attorno, leggermente divertito. – Ma guarda che combriccola, – osservò, senza badare all'arma del messicano. – Un negro, una puttana, un ebreo e un meticcio. Dio li fa poi li accompagna.

Doveva sentirsi molto sicuro di sé per parlare cosí.

O forse si trattava di semplice ingenuità. Pantera concluse per la seconda ipotesi, ma non tolse il pollice dal cane. – Cosa sei venuto a fare?

– Mi manda Cook. Fuori la gente è nervosa. Si continuano a sentire dei bussi sulla collina, e nessuno riesce a uscire dal villaggio.

– E allora? Se mi lasciate in pace, posso finire il lavoro di cui mi avete incaricato.

– Non è questo. Certo che lo deve finire. Ma lí sotto vogliono Cindy –. Wishburn lanciò un'occhiata in tralice a Rosenthal, teso e allarmato. – Sono convinti che lei c'entri qualcosa con tutta la faccenda.

– Anche Cook ne è convinto?

– Be', magari lui no, però ci tiene all'ordine pubblico. E, soprattutto, ci tiene a compiacere Burton.

– Insomma, cosa vuoi da noi?

– Che mi diate la ragazza, è chiaro. Dopo, potrete proseguire con la vostra cerimonia.

Gloria uscí dall'ombra che la nascondeva, i pugni premuti contro i fianchi. – Per avere Cindy, dovrai passare sul mio corpo!

Wishburn rise: – Ci passerò, piccola, ci passerò. Per il tuo corpo ci siamo passati tutti!

– Tu, però, non passerai piú da nessuna parte –. Pantera pronunciò queste parole senza collera, ma piuttosto con un'intonazione mesta. Puntò la Colt al ventre del vicesceriffo e fece fuoco. Wishburn si portò le mani all'addome, con la rapidità di un burattino. Poi crollò al suolo. Tentò di scalciare ma non ne aveva le forze.

Tutti erano balzati in piedi, inorriditi. La folla sulla piazza doveva avere udito lo sparo, e adesso se ne stava silenziosa, come in attesa degli eventi. Passetti veloci nel corridoio annunciarono l'arrivo delle altre due prostitute. Si portarono le mani alla bocca.

Pantera si chinò su Wishburn, che scalciava ancora debolmente. – Qualcuno mi aiuti a buttare questa carogna dalla finestra, – disse imperioso. Poi, vedendo il negro ritto presso il tavolino, aggiunse, confondendone il nome con il marchio dell'orologio: – Tu, Sambo. Prendilo per i piedi. Io mi occuperò delle braccia.

Trascinarono Wishburn morente fino alla finestra, lo sollevarono e lo gettarono di sotto. Dal basso vennero esclamazioni di sorpresa, subito sovrastate da una salva di grida furenti. Si udirono numerose detonazioni e una pioggia di proiettili si conficcò nel soffitto della stanza, frantumando gli ultimi vetri.

– Era proprio necessario? – chiese Rosenthal, con voce incrinata. Era palese che si riferiva all'assassinio di Wishburn.

– No, non lo era, – rispose Pantera, serafico. – Ma la mia religione non proibisce l'uccisione di uno stronzo. Né il piacere che questo procura –. Fece un cenno a Gloria. – Vieni, vediamo a che punto è il mio Nganga.

La prostituta si rivolse alle colleghe. – Lizzy, Mary Ann! Andate da Cindy e tenetela nella mia stanza, lontana dalle finestre –. Seguí Pantera nella cucina, illuminata da una lampada a petrolio posata sulla credenza.

Il messicano si piegò sul paiolo. L'acqua era evaporata quasi del tutto, lasciando sul fondo una poltiglia scura e odorosa. Avvertí sulla spalla la pressione morbida del seno di Gloria, curva con lui. – Sai che credo di amarti? – gli sussurrò la donna all'orecchio, con molta naturalezza.

– Non sono il tipo, – rispose Pantera, ma in tono gentile. Si risollevò. – Bene, quasi ci siamo. Dimmi, è possibile che la gentaglia là fuori dia fuoco a questa casa?

Gloria scosse il capo. – Non credo proprio. Fa tutt'uno con l'albergo e col saloon. Forse brucerebbero l'albergo, ma non il saloon.

– È quello che supponevo –. Pantera raccolse uno straccio da un angolo della stufa, lo avvolse attorno al manico e sollevò il paiolo a due mani. Depose il recipiente sul pavimento. – Io sono quasi pronto, – annunciò. – Prima, però, dovresti raccontarmi come finí quella notte. Intendo la notte in cui Burton uccise il figlio.

– Ah, sí. Sai già del duello nell'albergo, se cosí si può

chiamare. Nella piazza c'erano molti amici di Greg. In particolare c'erano i cowboys che lavoravano con lui nella tenuta del padre, una decina, appena usciti dal saloon. Uno di essi era armato, e andò verso l'albergo con il revolver in pugno. Cook e Wishburn lo bloccarono e gli tolsero l'arma. I suoi compagni cercarono di liberarlo, ma la folla era tutta dalla parte di Burton. Furono immobilizzati anche loro, e legati come salami.

La tenda si scostò. Era il negro. – Dal basso non sparano piú. Penso che preparino qualcosa. Forse un assalto in forze. E poi...

– Vai avanti, – ordinò Pantera.

– Tutta la collina sembra incendiata. Credo che i Cowboys dell'inferno siano vicini.

– Allora è il momento. Gloria, vai da Cindy e conducila in salotto. Vedi di non spaventarla.

– Lascia fare a me –. Il timbro della prostituta, benché velato di raucedine, era caldo e profondo. Il messicano provò per un attimo il rimpianto per qualcosa che non conosceva, ma che sapeva esistere da qualche parte. Però preferí non indagare sui propri sentimenti.

11.

Rosenthal era ritto di fianco a una delle finestre, con una carabina Sharps in pugno. – Sono spariti, ma io li tengo d'occhio, – annunciò, cercando di darsi un tono marziale. – Forse tutta quella luce che c'è laggiú li ha spaventati.

– Non credo proprio. Quelli si danno coraggio a vicenda. E se hanno deciso che Cindy è la causa di tutto, non la molleranno tanto facilmente –. Pantera additò al negro il fucile Henry posato sul divano. – Prendi quello, Sambo. Tieni d'occhio sia la piazza che le strade. Fuoco su tutto quello che si muove.

– Io non mi chiamo Sambo. Sambo è l'orologio.

– Neanch'io mi chiamo Pantera. Qui bisogna adattarsi al nome che ci danno.

Gloria ricomparve con Cindy, che stringeva affettuosamente. La ragazza sembrava un po' smarrita, ma non spaventata. Impugnava ancora la lunga bacchetta di rame. Pantera le si avvicinò e le prese la mano. – Adesso devi aiutarmi, Cindy. Posa questa sbarra e siediti sul divano. Ti farò bere qualcosa di molto cattivo, ma che ti farà bene come una medicina.

– Non le faccia posare la bacchetta –. Rosenthal aveva parlato in un tono imperativo che non doveva essergli consueto. – Può aiutarla per ciò che ha in mente.

– Lei come sa che cosa ho in mente? – chiese Pantera, interdetto e anche un po' urtato.

– Tutte le forme di magia hanno a che fare col fluido mesmerico, – rispose Rosenthal, con grande sicurezza. – Cindy è un magnete naturale, ma con la bacchetta le sue doti si rafforzano enormemente.

– Non capisco una parola di quello che dice, ma le credo, – borbottò Pantera. – Vieni, Cindy, e porta pure quell'aggeggio.

Mentre stavano per raggiungere la cucina, dalla piazza provenne una scarica di fucileria. Rosenthal e Sambo corsero alle finestre e risposero al fuoco. – Si stanno avvicinando con delle scale, – annunciò il negro. – Vogliono salire qua sopra.

Gloria si impadroní dell'altro Sharps rimasto sul tavolino. Ne armò in fretta il cane, puntò sulla piazza e sparò. Il rinculo la fece indietreggiare di mezzo passo. – Se qualcuno mi insegna a ricaricare, posso fare anch'io il mio numero, – dichiarò compiaciuta.

– Ti insegno io, – disse Sambo, prendendo una scatola di proiettili. Intanto Lizzy e Mary Ann erano tornate di corsa nella stanza. Una soffiò sulle candele. Avevano entrambe in pugno delle minuscole Dexter-Smith calibro .22 monocolpo. Certo inefficaci a distanza, ma indizio di buona volontà.

– Tenete a bada quelle carogne, – disse Pantera. – Mi ci vorrà mezz'ora almeno. Se riescono ad accostare la scala, chiamatemi –. Spinse Cindy verso il rettangolo luminoso della porta della cucina. Alle sue spalle, la sparatoria divenne assordante.

Staccò un mestolo dal muro e lo immerse nel paiolo. Lo riempí della broda odorosa, ancora fumante, e lo accostò alle labbra di Cindy. – Forza, piccola, bevine un poco. Non ti farà male.

La ragazza fece una smorfia graziosa poi, a occhi chiusi, inghiottí un sorso dell'intruglio. – È cattivissimo, – mormorò dopo qualche istante.

– Lo so, lo so. Hai mandato giú? Bene, aspetta.

Pantera lasciò cadere il mestolo nel paiolo, frugò nelle tasche e ne trasse un sigaro tutto sformato. Lo ficcò tra le labbra, aprí lo sportello della stufa e immerse il rotolo di tabacco nel primo lembo di fiamma che scaturí dalla legna. Si rizzò traendo dal sigaro ampie boccate, espirate attraverso il naso. Poi porse il sigaro a Cindy. – Prova a fumarlo, piccola. Non occorre che tu aspiri. Basta che il fumo ti passi sulla lingua.

Alla prima inspirazione, la ragazza tossí fin quasi a strozzarsi. Pantera scosse la testa. – Ti ho detto di non mandare giú il fumo. Appena il palato si scalda un poco, soffialo fuori. I *kiyumba* entreranno in te naturalmente.

Cindy obbedí. Dopo un paio di minuti, il suo corpo si contrasse. Le gambe presero a tremarle violentemente.

Pantera estrasse dalla tasca posteriore dei pantaloni la fiaschetta metallica del rhum. Afferrò la ragazza per la nuca e le fece bere un sorso. – Ricordati del *nkhimba*, – le sussurrò. – Ricordati di quando Pulu Bunzi ti fece nascere dalla metà del serpente. E apriti al *kiyumba* che chiede di entrare –. Cindy spalancò gli occhi e scosse i capelli sulle spalle.

– È in piena estasi mesmerica, – osservò calmo Rosenthal, dalla soglia della stanza.

Pantera si voltò bruscamente nella sua direzione. – Cosa fa, qui? – chiese rabbioso. – Stia alla finestra e spari!

– Non serve piú. Fuori il fluido magnetico si sta condensando. Sembra giorno.

Cindy prese a salmodiare parole strane, oscillando il capo. Le gambe le si muovevano in una sorta di danza, indipendente dalla sua volontà. Pantera la lasciò, pur tenendola d'occhio. – Che cosa vuol dire?

– Venga a vedere lei stesso.

Il messicano si affacciò nel salotto. Tutti trattenevano il fiato e osservavano smarriti ciò che accadeva all'esterno. Una luce argentea penetrava a fasci dalle due finestre, disegnando sui muri ombre grottesche. L'aria sembrava incresparsi con leggeri sfrigolii.

Pantera portò la mano alla fronte, a visiera. Scostò Sambo, che se ne stava imbambolato con il fucile in pugno, e si sporse dal davanzale. Sulla piazza, gli abitanti di Tucumcari avevano lasciato cadere le scale ed erano usciti allo scoperto. Fissavano, paralizzati dal terrore, dieci giganteschi cavalieri piú alti dei tetti delle case, che si avvicinavano lentamente circondati di luce. Non si udiva alcun suono. La luna continuava a nascondersi in un chiarore piú intenso del suo, e il cielo pareva non esistere piú.

Pantera fece forza su se stesso. Si strappò dalla finestra e corse in cucina. Cindy aveva i lineamenti stravolti. Sembrava muoversi al suono di una melopea invisibile, lenta e sensuale. Dalla bocca le colava una materia scura, che le macchiava il petto. Pantera le cercò le mani e incontrò la bacchetta di rame. Si accorse che scottava. Cercò di strappargliela dal pugno, ma sembrava incollata. Allora prese la ragazza per le spalle. – Chi sei? – gridò. – Dimmi il tuo nome, *kiyumba*! È Zarabanda che te lo ordina! È Pulu Bunzi!

Cindy spalancò la bocca e lanciò un urlo modulato, sempre piú roco. Poi disse, fissando il vuoto: – Strieber. Ted Strieber –. La voce era distorta, ma sicuramente maschile.

– Dove sei? Da dove parli?

– Io sono... morto.

– Chi sono quei dieci fantasmi? Tu lo sai! Rispondi!

Cindy gettò la testa all'indietro, con tanta veemenza che il collo le scricchiolò. Urlò di nuovo. Quando riuscí ad articolare parola, lo fece in una sorta di ululato. – È lei... che li crea!

– Lei chi? Dimmelo, *kiyumba* Strieber!

– Lei... che... mi ha dentro.

Pantera tolse le mani dalle spalle di Cindy e face un passo indietro. – Lei? Non è possibile, – mormorò.

– Sí che è possibile –. Rosenthal era tornato silenziosamente in cucina e se ne stava addossato alla parete, a braccia conserte. Non sembrava emozionato per nulla. – Non c'è niente di magico o di strano, per chi conosce la nuova scienza.

Pantera gli fu addosso. Prese il medicastro per il bavero della giacca e lo scosse con brutalità. – Lei sapeva che è Cindy che fa vivere i Cowboys dell'inferno?

Rosenthal tossí, cercando di sottrarsi alla stretta. – Certo che lo so. Se mi lascia parlare le spiego come.

In quel momento si udí echeggiare uno sparo lontano e un proiettile si schiantò sul soffitto della cucina. Il silenzio che regnava all'esterno fu bruscamente rotto da grida e altri spari. Si udirono i colpi secchi delle piccole pistole delle ragazze, poi una detonazione piú rumorosa. Sambo arrivò trafelato, con l'Henry ancora fumante. – Burton e Cook si sono appostati sul tetto della casa dall'altro lato della piazza. Hanno dei Winchester, possono tenerci sotto tiro. Anche gli altri hanno ripreso a sparare. Vogliono la ragazza.

– A quanto pare, non hanno poi tutti i torti, – borbottò Pantera. – Sambo, spiega alle donne come si usano le carabine. Teneteli a bada finché potete. Io vengo subito.

Osservò Cindy, che scuoteva fianchi e gambe come un serpente. Il busto, invece, ora era rigido, ora piegato all'indietro in una posa faticosa e assurda. Il vomito che le colava dalle labbra si era trasformato in una bava nera e schiumosa.

La resse per le spalle e accostò il proprio viso al suo. – *Kiyumba*, chiedile di richiamare quei dieci *orisha*. E abbandona il suo corpo, appena puoi.

La voce maschile, forse di Strieber, parlò collerica e miagolante. – Non voglio. Non sta vendicando se stessa. Sta vendicandoci tutti.

– Tutti chi?

– Le piume e la pece. Tutti.

Pantera scosse il corpo che teneva tra le braccia, esasperato. – Ma tutti chi? Spiegati!

La ragazza si limitò a gorgogliare. Rosenthal fece un passo avanti. – Glielo posso dire io. Io so come finí quella notte.

Un proiettile tintinnò contro il tubo della stufa. Un secondo lo attraversò da parte a parte.

– Si sbrighi, allora –. Pantera era tutto sudato. – Abbiamo i minuti contati.

– Gloria le ha detto ciò che avvenne dopo l'uccisione di Greg. Il vecchio Burton sembrava un demonio. La folla guidata da Cook gli portò davanti, sulle scale dell'albergo, i dieci cowboys amici del figlio. Il vecchio ordinò che fossero sottoposti al supplizio in voga un secolo fa, durante la guerra civile. La pece e le piume.

Cindy lanciò un nuovo grido. Si udí una voce maschile completamente diversa da quella di Strieber. Sembrava nascerle dal ventre, cavernosa e lontana. – La pelle non respira piú. Tutti i pori sono chiusi dalla pece. Ci si agita sull'asse che ti sta schiacciando i genitali. La gente ride, perché con le piume che hai addosso sembri una gallina. Ride anche delle tue grida. Invece stai soffocando. Muori tra le risate –. L'ultima frase si spense in un singhiozzo stonato.

– Uno di quelli, – bisbigliò Pantera.

Rosenthal assentí gravemente. Un altro proiettile graffiò gli stucchi del soffitto, ma il medicastro non gli fece caso. – Fu un supplizio orrendo. Burton costrinse Ted Strieber a reggere l'asse su cui era legato uno di quei poveretti. Non gli perdonava l'amicizia con Greg, che credeva ambigua. Ma non poteva ucciderlo. Furono i cowboys che morirono, portati in corteo attorno alla piazza.

Pantera alzò un dito, turbato: – Quindi quei dieci fantasmi sarebbero... – Nuovi proiettili gli fischiarono sul capo.

– Proprio cosí. Sono i cowboys linciati quella notte. O almeno quel che rimane del fluido mesmerico che possedevano in vita. Quanto alla loro forma...

Si interruppe per l'improvviso silenzio che era sceso. Gloria si affacciò alla cucina, sconvolta dalla paura, ma impegnata a cercare di dominarla. – I Cowboys dell'inferno sono arrivati in piazza! – gridò. – Solo Burton e Cook continuano a sparare. Qui sotto è un macello!

12.

– Venite di qua. Tutti! – ordinò Pantera.

A parte Cindy, prigioniera della danza nervosa dei suoi arti, gli altri lo seguirono in salotto. Spinse via Mary Ann, armata di carabina, e si affacciò al davanzale. Ciò che vide sembrava scaturire da un incubo. Le sagome traslucide dei dieci cavalieri occupavano tutto lo spazio sottostante e parte del cielo, tinto d'argento. Le bocche dei cavalli erano spalancate in muti nitriti. Zoccoli invisibili cadevano sulla folla, calpestandola, schiacciandola, restituendola allo stato elementare di carne e sangue sparsi un po' ovunque. Laggiú si moriva in massa, senza sapere bene come. E il risultato non erano corpi ordinati, ma mucchietti di materia sanguinosa premuta all'estremo da una forza inconcepibile.

Curiosamente, Pantera non fu spaventato da ciò che vedeva. Nemmeno gli altri sembravano avere paura. Si ritrasse dal davanzale e si girò verso i compagni. – Se è Cindy che sta muovendo tutto questo, allora dobbiamo... – Fu interrotto da un bizzarro colpo di tosse, che gli fece vibrare i polmoni e gli uscí dalla bocca contro la sua volontà. Solo dopo qualche istante si accorse che un proiettile gli era penetrato nella schiena e gli aveva frugato la cassa toracica, fermandosi sotto lo sterno. Tossí di nuovo.

Gloria gli corse accanto e lo sorresse per l'ascella. – Pantera, non puoi morire adesso! – gridò, col viso contratto. – Ti prego, non morire! – Mary Ann gli mise la mano sotto l'altra ascella, cercando di tenerlo in piedi.

– Sambo... – Pantera non avvertiva dolore. Anzi, si sentiva fin troppo bene, e provava la sensazione di una lucidità fino a quel momento ignota. – Quel tetto... – mormorò. – L'Henry può raggiungerlo...

Vide con occhi offuscati il negro che correva alla finestra, prendeva la mira, sparava e ricaricava. I colpi gli ferirono le orecchie. Al terzo o al quarto, gli sembrò che Sambo sorridesse. – Presi! Quanto meno Cook, ma devo avere beccato anche Burton –. L'esclamazione giunse a Pantera ronzante e alterata, ma ben comprensibile.

– Portatemi da Cindy, – bisbigliò alle donne che lo tenevano in piedi.

La ragazza si stava ancora scuotendo in un ritmo solitario e antichissimo. Pantera vomitò un fiotto di sangue. Solo dopo molti conati riuscí ad articolare il suono della voce. – Cindy, sei vendicata. Chamalongo è servito. Puoi smettere.

La giovane spalancò le palpebre, facendo sporgere pupille vacue. Questa volta il timbro era il suo. – Vendicata? «Che sia la donna di tutti!», «Che viva nella vergogna». Solo quei dieci ragazzi...

– Sta ripetendo le parole di Burton, – spiegò Gloria. Aveva gli occhi pieni di lacrime, e cercava di non badare al sangue del messicano che le arrossava le mani e i polsi. – Quel vigliacco non volle ucciderla. Fece di peggio. La regalò ai maschi del villaggio. Wishburn la violentò in mezzo alla piazza. Poi tutti gli altri, mentre i dieci agonizzavano ancora.

Cindy non si agitava piú. Stava lentamente riacquistando coscienza. – Non è vendetta. Sono loro che vogliono giustizia. Non potevo lasciarli morire cosí...

Un urto violentissimo fece tremare tutte le suppellettili. L'intero edificio scricchiolò dalle fondamenta. Sambo sbirciò nel salotto, ma si ritrasse subito, semiaccecato. – Mio Dio, quella luce brucia! Sono contro la facciata!

Pantera cercò di trattenere la vita che gli stava sfuggendo. Adesso il petto gli faceva male. Parlò con foga, soffrendo a ogni moto della glottide. – Cindy! Richiama quegli *orisha*! La loro missione è finita!

– Lasci fare a me, – disse Rosenthal, con voce sicura. Un nuovo urto lo fece vacillare, ma riuscí ad avvicinarsi a Cindy e ad afferrare l'estremità della bacchetta di rame. – Mi riconosci? Staccati dal fluido, bimba mia. Lascia che quei ragazzi abbiano il loro riposo. Mi capisci, vero? Cancella la loro immagine dalla tua mente –. Tolse dolcemente l'asta dalle dita della ragazza e, con la sinistra, le toccò la fronte. – Cosí, brava. Dividi il tuo fluido dal loro, lasciali scorrere via...

– La luce fuori sta svanendo! – gridò Sambo, fradicio di sudore.

Pantera sentí le gambe cedergli e crollò a terra, trascinando Gloria e Mary Ann nella caduta. Lizzy lanciò un urlo. Gloria strinse forte il messicano, come se volesse fare l'amore con lui. Le lacrime quasi le impedivano di parlare. – Non morire! Ti prego, non morire!

Cindy spalancò gli occhi e si guardò intorno, come se vedesse per la prima volta il luogo in cui si trovava. – Chi è che sta morendo? – chiese con un sussurro.

– Si vede di nuovo la luna, – annunciò Sambo dal salotto.

– Chi è che sta morendo? – chiese di nuovo Cindy. Lo sguardo le cadde su Pantera, ormai rantolante ai suoi piedi, avvolto dall'abbraccio di Gloria. Mary Ann si stava risollevando in lacrime. Anche Lizzy piangeva in un angolo, ripetendo la stessa frase: – Non è giusto.

– No che non è giusto! – disse Cindy, sollevando il visino con espressione decisa.

Rosenthal le circondò le spalle con il braccio. – Fallo, bimba mia. Adesso fallo pure. Siamo ancora in tempo –. Le insinuò la bacchetta di rame tra le dita.

Cindy afferrò l'asta di metallo, sentendola quasi rovente. Ma anche le sue mani erano roventi. Osservò Pantera, ormai in preda agli ultimi sussulti, e serrò le palpebre. Sui suoi tratti infantili si disegnò una concentrazione intensa.

Pantera capí di essere morto quando il dolore lancinante al petto cessò di colpo. Si abbandonò al vortice potente e multicolore che lo stava trascinando chissà dove. Se da un lato era inquieto, d'altro lato avvertiva un profondo sollievo. Si rendeva conto solo ora di quale peso fossero state le funzioni vitali, a partire dalla respirazione. Essere un grumo di magnetismo animale, fluttuante tra scie di elettricità, gli procurava una sensazione inebriante di leggerezza.

Con altrettanta disponibilità si adattò al corpo traslucido che qualcuno stava costruendo per lui. Vedeva come prima, solo che adesso vedeva in tutte le direzioni, e i colori erano piú vivi. Dominava dall'alto di un cavallo fatto di luce la piazza di Tucumcari, disseminata di cadaveri. Scorse benissimo i corpi di Cook e di Burton, stecchiti su una tettoia di legno, ma non provò alcun senso di odio. Tanto, la giustizia era già ristabilita. Notò anche le figurine che si assiepavano sulla terrazza dell'edificio che aveva ospitato l'albergo, il saloon e il bordello. Una di esse lo stava salutando. Cindy? Gloria? I loro nomi svanivano in fretta dalla sua memoria.

Preso da un'incontenibile euforia, lanciò il cavallo verso il deserto, senza bisogno di usare gli speroni. La sua esistenza di *orisha* sarebbe stata un'unica, interminabile cavalcata.

Sepultura

1.

Quando Fernando Cuadros gli disse l'indirizzo, il tassista sollevò un sopracciglio, ma non fece commenti. Ci vollero quasi tre quarti d'ora per raggiungere la periferia estrema di San Paolo. Baracche anonime di lamiera, basse costruzioni di mattoni mal connessi, addirittura tende tenute ferme agli orli da grosse pietre. Il tutto lungo il crinale di una collina le cui sporgenze erano collegate da scalette di legno, mentre la spazzatura debordava ovunque. Chalet cadenti di una Svizzera dei miserabili.

Badando bene a dove appoggiava il piede, Fernando prese a salire gradini malfermi, che scricchiolavano sotto le suole. In cima alla salita, una mano amica si impadroní della valigetta e lo aiutò a salire su un terrazzo rudimentale. – Salve, comandante! – esclamò con voce gaia un ragazzo dalla pelle nerissima, che dimostrava meno di vent'anni. – Vieni dentro.

Il giovane scortò Fernando all'interno di una baracca molto grande e piena di suppellettili disparate, con una sola parete in mattoni. Ci volle qualche istante perché il capo guerrigliero adeguasse la capacità visiva all'oscurità del locale. – Come sapevate che sarei arrivato oggi? – chiese poi, con durezza.

Il ragazzo nero sorrise. – Be', tramite la posta elettronica –. Additò il computer acceso su un tavolo da cucina. – I messaggi arrivano in codice PGP. Nessuno può decifrarli, – spiegò.

– Tecnologia. Sempre tecnologia –. Fernando si lasciò cadere su un divano di vimini e si slacciò il colletto della camicia, scoprendo il collo taurino, assediato dalla peluria dei pettorali. – Finirà, Armenio, che progetteremo un videogioco intitolato *Rivoluzione* e ci accontenteremo di guardare quello.

Il ragazzo, intento a pescare una birra in un frigorifero pieno di lattine, scosse la testa ricciuta. – Sei troppo diffidente verso l'informatica. In Giappone, grazie a un'intrusione nei sistemi di controllo, un prigioniero è evaso da un carcere speciale, due mesi fa –. Porse una lattina a Fernando e ne aprí una per sé. – Non accadeva da anni.

– Sarà che sono troppo vecchio, ma io assalirei Internet armi alla mano, come si usava un tempo. Poi la farei esplodere nello spazio.

– Ma Internet non è nello spazio. E nemmeno si può assalire –. Armenio sorrise. Ingollò una sorsata e continuò: – Non dico che dobbiamo diventare un gruppo di pirati informatici, però dovremmo aggiornarci. I militanti piú giovani lo reclamano.

Fernando alzò le spalle con evidente fastidio. – Va be', ne parleremo al prossimo direttivo. Veniamo alle cose serie. Hai piú notizie di mio fratello?

La sorpresa del ragazzo fu cosí evidente che la birra gli andò di traverso. Ruttò. – Credevo che tu non lo volessi nemmeno sentire nominare.

– Se ti ho fatto quella domanda è perché ho i miei motivi. Rispondimi.

– Sí, ne ho notizie, anche se non freschissime. Ha lasciato la polizia e adesso lavora con gli Eliminatori di Erbacce. La Camera di Commercio lo copre d'oro, per i suoi servigi.

Fernando sospirò. – Questo lo sapevo. No, ti chiedo se hai informazioni piú recenti.

Armenio sembrò imbarazzato. Esitò qualche secondo, poi disse: – Quando Mario Ferreira è stato rapito dagli Eliminatori, è stato dato in consegna a Olavo. Sembra certo che sia stato tuo fratello a usare lo «squaglio» su Mario, e a ridurlo come sai.

Fernando avvertí un brivido corrergli lungo la spina dorsale. Ricordava bene quando avevano ritrovato la «cosa» che era stata Mario Ferreira, semplice simpatizzante, e nemmeno dei piú convinti, del loro movimento. Alcuni compagni avevano vomitato, altri erano rimasti a fissare increduli l'orrore senza nome sotto i loro occhi. Lui si era ripromesso di far fuori la canaglia che aveva commesso quell'infamia. E adesso... – Sei sicuro di quello che dici? – mormorò con voce roca.

– Nessuno può èsserne sicuro. Ovviamente non ci sono testimoni. Però era Olavo il carceriere di Mario. E la sua squadra ha usato lo «squaglio» altre volte.

Fernando posò la lattina sul pavimento e si premette le tempie con i polpastrelli, come a scacciare un'improvvisa emicrania. Poi, facendo forza su se stesso, rialzò il capo. – A Buenos Aires il responsabile continentale mi ha esposto un progetto per liberare i detenuti di Sepultura. Mi ha chiesto di rintracciare Olavo, proprio per via dello «squaglio» che gli Eliminatori hanno e noi non abbiamo. Evidentemente era al corrente delle cose che tu sai, e che io ignoravo.

– Ma cosa c'entra lo «squaglio» con Sepultura?

– Non chiederlo a me. Quel che so è che devo ritrovare mio fratello. Però suppongo che sia quasi inavvicinabile.

Armenio annuí. – Credo anch'io. Ma non praticava la Macumba e quelle cose lí? Magari va ancora alle cerimonie.

– Tu vuoi dire l'Umbanda. Parecchia gente della nostra tribú si è convertita a quella religione, prima e dopo il massacro. No, non credo che Olavo pratichi quella roba. E poi, se anche gli interessasse ancora, non è cosí stupido da andare da solo alle funzioni. Saprà senz'altro di essere condannato a morte.

– Allora non resta che contattarlo tramite qualche suo amico. Ne aveva?

– Praticamente uno solo. Tancredo. Anche lui un Kayovà. Sono cresciuti assieme, ma Tancredo è diventato uno dei nostri. Adesso non so piú dove sia.

– È facile saperlo –. Il ragazzo si sedette di fronte al computer e pigiò sulla tastiera con le dita. Quasi subito schiuse i denti bianchissimi in un sorriso. – Si chiama Tancredo Passarinho?

– Sí. Passarinho è il suo cognome brasiliano. Quello tribale non lo ricorderà nemmeno piú.

– È rinchiuso a Sepultura, da due anni. Fu arrestato con un altro Kayovà, Feliciano Texeiro, detenuto comune –. Il sorriso si spense. – Si trovano nello stesso braccio. Quello che conosci.

– Feliciano... – Fernando socchiuse gli occhi e si abbandonò sullo schienale del divano. – Sí, mi ricordo di Feliciano. Uno scavezzacollo, un teppista. E adesso...

– Adesso è là, – completò Armenio. – È la che invoca di poter morire.

2.

– Verrà il giorno in cui ti ucciderò, anche se sei mio fratello. Anzi, proprio per questo –. Fernando mantenne un tono fatuo, mentre pronunciava la sentenza. Era chiaro che non voleva a nessun costo attirare l'attenzione dei vicini di tavolo. Il locale, sebbene equivoco, era elegante e frequentato da gente di rango. Prevalevano le chiacchiere sommesse e le risatine leggere. Un tono concitato sarebbe stato subito notato.

Olavo Cuadros non fu turbato da quelle parole. Sorrise senza allegria. – Lo so benissimo. Perché credi che non ti abbia mai cercato, in tutti questi anni? Quando ci incontreremo per davvero, uno di noi dovrà morire. Spero di non essere io.

– Anch'io lo spero –. Fernando si aggiustò la cravatta. Gli abiti che era stato costretto a indossare, per potere entrare in quel ristorante, dovevano procurargli un fastidio insopportabile. – Ora, però, stiamo parlando d'altro. Della nostra gente, dei nostri amici.

– Già –. Olavo rimirò una ragazza dalle natiche quasi scoperte, che si aggirava tra i tavoli offrendo sigari e sigarette ai clienti. – Tu dici che Feliciano è ancora vivo.

– Sí. Feliciano e Tancredo. Sono tutti e due là dentro.

– Tancredo... Chi avrebbe detto che sarebbe diventato un sovversivo? Tra i due, avrei piuttosto pensato a Feliciano. La vita è davvero strana.

– Tu li puoi aiutare. Ti ho già detto come.

Olavo rigirò con la forchetta l'osso della costata di manzo che aveva appena divorato. – E io ti ho detto che è impossibile. Occorrerebbe un diversivo. Qualcosa che occupi i carcerieri. Io ne conosco solo uno.

– Dunque non dici di no.

Olavo si versò dalla bottiglia un bicchiere di vino della California, che vuotò con una sola sorsata, come se fosse stato acqua minerale. – Non dico di no. Ma non dico neanche di sí. Dipende dall'esistenza o meno dei presupposti pratici.

– Quelli li potrei garantire io. Un attacco a Sepultura. Rischioso ma non impossibile –. A sorpresa, Fernando allungò una mano e afferrò il polso peloso del fratello. – Non è vero che non credi in nulla, – sussurrò con improvvisa emozione. – In qualcosa credi ancora. Non sei cambiato cosí tanto.

– Sigarette, signori? – Era la venditrice di tabacchi, una moretta dal sorriso smagliante.

Olavo le fu grato di quell'intervento. Rise. – No, bella. Girati un poco –. Costrinse la ragazza a voltargli la schiena. Le palpò un gluteo con la destra, facendola sussultare, poi trasformò il tocco dei polpastrelli in un pizzicotto doloroso. La ragazza corse via con un grido, perdendo pacchetti di sigarette lungo il cammino. Dagli altri tavoli giunsero mormorii di disapprovazione, ma nessuno si azzardò a intervenire. Olavo continuò a ridere. – È questo ciò in cui credo, Fernando. Nel piacere che dà il potere.

Fernando continuò a stringere il polso sinistro del fratello. – No, c'è dell'altro. Tu credi ancora nella nostra tribú.

Olavo si sottrasse alla stretta e mise le mani sotto il tavolo. Il suo viso si ricompose. Adesso si sentiva un po' a disagio. – Be', sí, in quello credo ancora. Chi ha passato quello che abbiamo passato noi non può dimenticare certe cose.

– E dunque sei disposto a liberare Feliciano e Tancredo.

– Sí, sono disposto.

– Anche se dovrai uccidere degli amici.

– Io non ho amici. A parte...

Fernando sollevò la bottiglia e la guardò controluce, per vedere se c'era ancora vino. Si versò l'ultimo goccio nel bicchiere. – Alla copertura penso io. Assaliremo Sepultura. Tu pensa al resto, a procurare lo «squaglio».

Sulla fronte di Olavo si disegnò una ruga verticale. Dunque era per questo che suo fratello aveva insistito per vederlo. – Sarà ora che chiediamo il conto, – borbottò. – Pago io, è chiaro.

– Mi darai lo «squaglio»?

– Sí.

Ci fu un lungo silenzio. D'un tratto Fernando artigliò l'orlo del tavolo. – Ascolta, Olavo. Prima parlavo sul serio. Verrà il momento in cui dovrò ucciderti.

Olavo costrinse le labbra a un sorriso. – È tuo diritto provarci. Temo che non farai in tempo. Se sei ancora vivo è un puro miracolo. Hai troppi nemici, e tutti piú forti di te. Ai loro occhi sei una cacca di mosca. Forse è per questo che finora ti hanno risparmiato.

Le dita di Fernando quasi strapparono l'orlo della tovaglia. Il timbro del guerrigliero si incrinò. – Uccidere bambini! Ma capisci cosa significa? Un Kayovà che uccide bambini!

Per la prima volta, gli occhi di Olavo si fecero gravi. Avvertiva un impellente bisogno di uscire dal locale. – I Kayovàs non esistono piú. Io faccio il mio mestiere come tu fai il tuo. In fondo, uccidiamo tutti e due. Non vedo la differenza.

– Se non la vedi, allora non c'è proprio piú nulla da fare –. Fernando fece per alzarsi, ma poi si portò la mano al petto. Ricadde sulla sedia.

– Che c'è? – chiese Olavo.

– È il mio cellulare. Vibra –. Fernando frugò nella tasca della camicia tutta impregnata di sudore. Premette l'unghia del pollice sul tasto ON di un Ericsson minuscolo. Ascoltò senza dire nulla, poi ripose il telefono. – È il segnale, – annunciò secco. – Se ci stai, si comincia.

– Ti ho già detto che ci sto. Quando si comincia?

– Subito. Questa notte. La nostra notte.

– La *loro* notte, – precisò Olavo.

3.

Come accadeva sei volte al giorno, l'apparizione dei secondini sulla passerella metallica sospesa tra le pareti del pozzo fu accolta dai detenuti con un urlo selvaggio. Feliciano Teixeira protese le braccia tatuate, serrando i pugni tanto da far scricchiolare le falangi delle dita. Agitò anche la parte di busto che emergeva dall'Ectoplasma, come se davvero sperasse di poter liberare gambe che avevano perso da tempo ogni sensibilità dalla colla che gli avviluppava il corpo fino alla vita.

L'eco delle urla e degli insulti rimbombò cupa, facendo vibrare le mura umide della cavità. Di solito, a quel punto i secondini sghignazzavano, rispondevano alle contumelie e, se erano irritati sul serio, sputavano od orinavano sui torsi umani piantati nell'Ectoplasma. Quel giorno, però (ma era davvero giorno?), si limitarono a tagliare l'oscurità del pozzo con i fasci di luce delle torce elettriche, puntandoli su questo o quel detenuto.

Raggiunto dal raggio, Feliciano urlò ancora piú forte, annaspando nel vuoto con le dita come se stesse artigliando il viso di un nemico immaginario.

Ma non ce l'avevano con lui. Il fascio si spostò su Tancredo, contratto nello sforzo inutile di strapparsi alla colla con la gola aperta in un curioso ululato; poi inquadrò Apolònio, Miro, Gomes e altri ancora. I detenuti politici. Feliciano piegò il busto e toccò la schiena nera e muscolosa di Ulysses, conficcato nell'Ectoplasma a un metro da lui e impegnato a sfogare la propria rabbia impotente. – Fuori dev'essere successo qualcosa, – gli disse abbastanza forte da sovrastare i ruggiti provenienti da centinaia di gole.

Ulysses continuò a gesticolare verso la passerella. – Lo penso anch'io, – rispose, senza girarsi. – Forse Moisès aveva ragione, quando diceva che all'esterno prima o poi qualcuno ci avrebbe sentito –. Riprese a gridare scuotendosi tutto.

Il corpo scheletrico del vecchio Moisès emergeva dall'Ectoplasma al lato opposto del pozzo. Era l'unico protagonista ancora in vita della rivolta carceraria del 2 ottobre 1992, stroncata dal governo con il massacro di ottanta detenuti e il ferimento di molti altri. Lo avevano scovato sotto i cadaveri di due compagni, con una gamba ridotta a un fascio di tessuti sanguinanti. Due medici generici volonterosi e terrorizzati gliel'avevano amputata alla meno peggio prima che andasse in cancrena, mentre il «Carandiru», il piú possente penitenziario dell'America Latina, era ancora illuminato dai fari e scosso dal ringhio sguaiato delle sirene. Adesso l'unica gamba superstite era avviluppata dall'Ectoplasma, mentre il moncherino mal ricucito dell'altra poggiava sulla superficie appiccicosa della colla.

Era stato l'episodio del '92 che aveva portato alla fondazione di Sepultura, il carcere piú sicuro e temuto di San Paolo. Quando si era diffusa la notizia della creazione della colla cianoacrilica, utile per le suture chirurgiche, la mente fertile dei governanti brasiliani era subito corsa a un'applicazione che la ditta produttrice non aveva previsto. Miscelata all'elastina, la colla aderiva perfettamente ai tessuti umani, divenendone una sorta di estensione traspirante e della consistenza della carne. Moisès era stato il primo detenuto a sperimentare la morsa di un fluido destinato a prendere consistenza e a fondersi con il suo unico arto inferiore. Per sei mesi era rimasto solo nella gelida oscurità del pozzo, mentre la colla gli assorbiva feci e liquidi organici scomponendone le molecole e aggiungendole alle proprie. Altri due detenuti, sottoposti allo stesso esperimento, erano impazziti. Ma Moisès era già abbastanza pazzo per suo conto. La sua sopravvivenza aveva rassicurato il governo sulla validità del sistema.

– La volete piantare, luridi porci? – La voce rauca del sergente Marcheràn, amplificata dal megafono, suonò un po' meno sicura del consueto. – Un giorno o l'altro smetterò di darvi da mangiare e vi lascerò crepare nella vostra colla.

Di solito, a quel punto i secondini si dedicavano al loro passatempo preferito. Invece di calare le ceste con il cibo, bersagliavano i prigionieri con ossa, pane e brandelli di carne, prendendo la mira con cura. Qualche volta si divertivano anche a lanciare gli alimenti fuori portata, in modo che i detenuti fossero costretti a contorcersi in maniera ridicola per cercare di afferrare qualcosa da mettere sotto i denti. Parte dell'acqua, poi, veniva direttamente vuotata sui crani e sui dorsi di chi stava in basso.

Quel giorno, invece, le ceste furono calate con regolarità. Feliciano ne afferrò una e porse a Ulysses, voltato dall'altra parte e ancora intento a imprecare, una delle gamelle che conteneva. Fissò la propria, conquistata cosí facilmente, quasi con meraviglia. – Sí, fuori deve stare succedendo qualcosa di veramente grave, – mormorò.

Un attimo dopo i secondini risollevarono le ceste e si allontanarono in fretta lungo la passerella. Il pozzo ricadde nel buio e nel gelo. Le urla si trasformarono in sussurri, poi si spensero del tutto. L'ultimo a risuonare ancora un poco fu l'ululato distorto e lacerante di Tancredo, cupo come un singhiozzo.

4.

La squadra degli Eliminatori di Erbacce strisciò tra le case addossate alla collina senza fare rumore, diretta alla luce che brillava fioca in alto, dietro i cumuli di spazzatura. Chagas regolò il binocolo a infrarossi, poi sussurrò ai compagni piú vicini: – Sí, sono bambini. Tre o quattro anni i piú piccoli, dodici-tredici i piú grandi. Non hanno sentinelle, solo cani.

Tra gli Eliminatori di Erbacce corse un mormorio di soddisfazione. La Camera di Commercio di San Paolo pagava 1000 cruzeiros la testa di un bambino sotto i sei anni, 800 quella di un ragazzino. Attorno al falò acceso tra le baracche era radunato un gruzzolo consistente.

Olavo Cuadros si lasciò sopravanzare dal resto del gruppo. Tradire i camerati lo turbava un poco. Era diventato Eliminatore di Erbacce quando ancora apparteneva alla polizia, e uccidere bambini non gli sembrava affatto immorale. Quelle piccole canaglie, quando non si stordivano fiutando sacchetti di colla, rubavano tutto ciò che potevano e infastidivano i passanti. Lasciarle crescere avrebbe significato generare una nuova leva di criminali, come se in giro non ce ne fossero già abbastanza.

No, non era per quello che ora, nel mirino, stava inquadrando le nuche di Chagas e dei suoi compagni. Era solo e unicamente per via di Tancredo. Come lui aveva nelle vene sangue Kayovà, solo che Tancredo ne aveva molto di piú. E piú puro. Quando l'intera tribú dei

Kayovà si era data la morte, quale estrema protesta contro l'invasione del proprio territorio, a San Paolo Tancredo aveva preso un fucile da caccia, si era piazzato di fronte a un commissariato e aveva sparato su tutti i poliziotti che gli capitavano a tiro. Olavo, che apparteneva ancora alla polizia, non aveva potuto apprezzare quel gesto. Ne aveva però comprese le motivazioni. E, tramite un paio di secondini, si era tenuto in contatto con Tancredo anche dopo che questi era stato portato a Sepultura e immerso nell'Ectoplasma.

– Bene, non c'è pericolo, – sussurrò Chagas. – Ricordate di non colpirli alla testa –. Dal gruppo degli Eliminatori scoccò la luce rossa dei puntatori. Una bambina vestita di stracci, accoccolata accanto a un cane molto piú grosso di lei, rimirò stupita il punto vermiglio che le si era disegnato sul petto. Un attimo dopo, un proiettile 7,65 le attraversò con violenza i polmoni.

I cani scattarono verso gli aggressori, ma bastarono due raffiche a falciarli. Alcuni bambini cercarono di fuggire e vennero raggiunti in corsa. I piú, però, rimasero in piedi dove si trovavano, contemplando il gioco delle scie rosse con una sorta di incantato stupore.

La morte, però, per loro non venne. Il cranio di Chagas si sfasciò come un melone, perforato da almeno tre proiettili. Jorge, che gli era accanto, fu colpito alla schiena e cadde in avanti. Quando gli Eliminatori capirono la provenienza dei colpi e si girarono per reagire era ormai troppo tardi. Il Famas G2 impugnato da Olavo era un'arma potente, capace di demolire a raffiche un autocarro. Dopo pochi secondi non si udirono altri spari.

Olavo esaurí il caricatore, poi lo sostituí con calma. I bambini ancora in vita erano fuggiti. Un cane guaiva disperatamente. La luna illuminava i corpi dei sei Eliminatori abbattuti, distesi tra l'immondizia. Regolò il fuoco sul tiro singolo e sparò a ciascuno un inutile colpo di grazia. Centinaia, forse migliaia di miserabili, rintanati nelle loro baracche, dovevano avere udito la sparatoria. Nessuno osò mettere il naso fuori. Quanto alla polizia, si teneva accuratamente alla larga da quella *favela*.

– E ora, al lavoro, – mormorò Olavo tra sé.

Ridiscese la collina puntando il fucile contro le rare finestrelle che punteggiavano le case in legno e lamiera. Il chiarore lunare era sufficiente a permettergli di camminare con passo spedito, in un silenzio di tomba rotto solo da guaiti lontani. Raggiunse il furgone con cui erano arrivati, troppo largo per inerpicarsi lungo i viottoli pietrosi ricavati tra le baracche. Aprí lo sportello posteriore ed emise un grugnito di soddisfazione. Ciò che cercava sporgeva da sotto un sedile. Tancredo sarebbe stato contento. Richiuse lo sportello e camminò fino alla cabina. Gettò dentro il fucile e si mise alla guida.

5.

Dormire nell'Ectoplasma sembrava impossibile, eppure ci si doveva riuscire. Non c'era che un modo: piegarsi in avanti arcuando il dorso e poggiare la testa sugli avambracci. All'inizio, per Feliciano, era stata una tortura intollerabile. Oltre alla posa grottesca, il gelo che regnava nel pozzo, e che manteneva solida la colla cianoacrilica, faceva dolorare le ossa oltre ogni capacità di sopportazione. Ma poi, col passare delle settimane e dei mesi, si raggiungeva il grado di insensibilità necessario a dimenticare il supplizio.

Quella notte, però, non dormiva nessuno. Le orecchie di centoquindici uomini senza speranza, in maggioranza neri, erano tese a cogliere qualunque rumore provenisse dall'esterno. A un certo punto parve risuonare una raffica soffocata, poi una seconda. Ma come esserne certi? Le pareti del pozzo erano spesse, e ogni suono giungeva deformato. Salvo quando i secondini aprivano i portelli e percorrevano la passerella.

Si udí la voce flebile di Moisès. – Secondo me Tancredo è riuscito a farsi sentire.

– Sembrava un semplice grido, – osservò Apolònio.

– No, era un canto Kayovà. Anche se non hanno capito le parole, quelli di fuori ne conoscono il significato.

Ancora una volta Feliciano ammirò l'astuzia di Moisès. Era stato il vecchio a incitare i compagni a urlare e bestemmiare, nell'unico momento in cui i suoni provenienti dal pozzo erano udibili all'esterno. I secondini lasciavano fare. A loro non importava che si sapesse del pozzo e delle sofferenze dei suoi occupanti. Sepultura non era stato costruito solo per essere un carcere sicuro, ma anche e soprattutto per fungere da deterrente. Ogni rivoluzionario, ogni rapinatore brasiliano era consapevole del fatto che l'Ectoplasma attendeva vorace le sue gambe. Quanto alle organizzazioni umanitarie, il governo se ne faceva beffa. Già dopo la rivolta del 1992 aveva parlato di soli otto morti, quando le foto e le testimonianze attestavano un numero di vittime dieci volte superiore. Del resto, alla comunità internazionale faceva comodo che il governo del Brasile rimanesse quello che era, per cui non andava tanto per il sottile. Massacri di indios amazzonici, battute di caccia contro bambini randagi, torture e detenzioni arbitrarie ufficialmente non esistevano. Se qualcuno si indignava per le urla che sei volte al giorno uscivano da Sepultura, non trovava canali internazionali disposti a recepire la sua protesta. La questione dei diritti umani poteva essere sollevata solo nei confronti degli Stati che perturbavano l'assetto mondiale.

La grande trovata di Moisès era stata di rendere abituale il coro delle grida, per farvi scivolare in mezzo, di tanto in tanto, messaggi destinati ad ascoltatori esterni. Grazie a un paio di secondini amici, o almeno non ostili, sapeva che fuori qualcuno in ascolto c'era. I carcerieri non potevano trasmettere direttamente i messaggi: erano costantemente scortati da qualche ufficiale del presidio, per non parlare del capo guardiano Marcheràn, sempre sul chi vive. Solo quando attorno al carcere si produceva qualche evento straordinario, e i soldati erano costretti a sorvegliare gli spalti, la comunicazione con i secondini era possibile. Ma, in tanti anni, ciò era avvenuto non piú di sette od otto volte.

– Qualcuno di voi conosce la tortura dello «squaglio»? – chiese Moisès, con voce morbida.

Non ci fu bisogno di risposta. Tutti gli uomini immersi nell'Ectoplasma furono scossi da un brivido di raccapriccio. Sapevano bene cos'era lo «squaglio», forse il piú atroce supplizio mai concepito. Nelle vene del prigioniero veniva iniettato un polimero chiamato fenilalanina, sensibile alla pressione, assieme al fosfato ATP, che aumentava la temperatura corporea. Poco dopo, i tessuti muscolari si distendevano oltre il pensabile, per poi contrarsi con altrettanta rapidità. Il torturato vedeva le proprie membra allungarsi d'improvviso, poi ridursi a moncherini, quindi dilatarsi di nuovo. La sofferenza era inimmaginabile. Quando il polimero raggiungeva il cervello, lo trasformava in una poltiglia pulsante. Ma prima il carnefice in divisa aveva avuto il tempo di promettere al prigioniero un antidoto, se avesse confessato. Molti, resi isterici dal terrore, urlavano tutto ciò che sapevano. Poi i carcerieri si incaricavano di seppellire i loro corpi ridotti a una massa gibbosa di muscoli stirati. Naturalmente, il governo brasiliano si guardava bene dal fare uso diretto di un simile abominio. Ma non c'era pattuglia di Eliminatori di Erbacce che non portasse con sé qualche fiala di fenilalanina-ATP, da usare sui ribelli e sui delinquenti sequestrati. Ciò sebbene il commercio del polimero fosse rigorosamente proibito e sanzionato con pene severe.

Feliciano dovette deglutire ripetutamente, prima di poter parlare. – Che cazzo c'entra lo «squaglio»? Se avessero voluto provarlo su di noi lo avrebbero già fatto.

Moisès ridacchiò nell'oscurità. – Lo «squaglio» agisce sull'elastina. Ti dice niente?

6.

Acquattati oltre il filo spinato, dietro le carcasse arrugginite di alcune auto, gli uomini in tuta mimetica spararono ancora qualche raffica contro le mura imponenti e compatte di Sepultura. Dall'alto del carcere, una mitragliatrice Browning 50 rispose al fuoco con una raffica di proiettili traccianti-perforanti, striando la notte di sottili raggi giallo-arancione.

La distanza era troppa per i fucili d'assalto del commando. Fernando Cuadros ne era ben cosciente. Si asciugò il sudore col dorso della mano, impiastricciandolo di nerofumo, e guardò l'orologio. Ancora cinque minuti, non di piú, e l'esercito sarebbe piombato su loro come un avvoltoio. Spiò la notte, incerto se ordinare la ritirata. La sciabolata di un faro gli permise di cogliere una sagoma che correva piegata tra gli scheletri delle auto, tentando di sottrarsi al piombo delle Browning. Tirò un enorme sospiro di sollievo.

Quando suo fratello fu a pochi passi scattò dal proprio nascondiglio e lo costrinse a gettarsi a terra. Gli cadde a fianco. – Olavo, pezzo di idiota! Qui tra qualche minuto ci massacrano!

L'altro schiuse le labbra dure in un sorriso. – Avete fatto un buon lavoro. Anch'io. Ho la roba.

– La notizia mi consola. Adesso come speri di portarla dentro?

– Sono affari miei –. Olavo fece un gesto impaziente, indicando il buio tutto attorno. – Adesso sparite. Dio benedica la vostra cazzo di rivoluzione.

Fernando gli lanciò un'occhiata severa, poi scattò in piedi. – Via, via! – gridò agli uomini, agitando l'M16. Prima di tuffarsi nelle tenebre toccò il fianco del fratello con la punta dello stivale. – Ti ho fatto un grosso favore. Prima o poi ti chiederò di ricambiarlo.

– Sperando che ci sia un «poi», – borbottò Olavo. Ma ormai non aveva piú interlocutori.

Da Sepultura giunsero altre raffiche, che sforacchiarono i telai sfondati delle auto. Olavo rimase ventre al suolo con le braccia attorno al capo, per ripararsi dalle schegge di vetro e di metallo. Pochi secondi dopo, la canna di un Galil gli premette la spina dorsale, proprio in mezzo alle scapole. – Be', almeno ne abbiamo preso uno, – esclamò una voce a un tempo rabbiosa ed esultante.

Era il momento. Invece di girarsi, Olavo premette la faccia nel terreno. – Non sono chi pensate, – disse, controllando il timbro in modo che suonasse pacato. – Sono un Eliminatore di Erbacce, autorizzato dalla Camera di Commercio di San Paolo. Ho con me i documenti.

– Ma sentilo! – replicò la voce, rivolgendosi a compagni invisibili. Si udiva lo scalpiccio dei passi di gente che accorreva. – Che cazzo ci facevi, qui?

– Ho udito sparare e ho pensato di venire a darvi una mano. Tutto qua –. Adesso Olavo girò un poco il viso, con cautela. – Rientra nei doveri degli Eliminatori.

La canna del Galil si ritrasse, ma di poco. – Dici di avere delle carte. Fammele vedere –. Il tono del soldato, di cui Olavo riusciva a vedere solo gli anfibi, grondava diffidenza.

Olavo portò la mano alla tasca posteriore dei pantaloni e ne estrasse la licenza. La porse all'indietro il piú lentamente possibile. Se la sentí strappare di mano.

Trascorse un tempo che gli parve interminabile. Poi il soldato disse, senza nascondere la propria delusione: – Va bene, è tutto in regola. Alzati e tieniti a disposizione –. Gettò al suolo la licenza e si allontanò.

Quando Olavo fu in piedi, vide che l'intero deposito di rottami era invaso dai militari, intenti a esaminare silenziosamente ogni veicolo. Dagli spalti di Sepultura saettavano fasci di luce, che illuminavano a giorno la spianata e le *favelas* lontane. Non si sparava piú.

Si guardò attorno. Da un autocarro stavano scendendo degli uomini in abito civile, molti dei quali vestiti sommariamente. Alcuni imprecavano, altri si avviavano torvi verso il carcere. Raggiunse uno di questi, un giovane magro, dai lineamenti scavati. – Salve, Leonel, – gli disse.

L'interpellato gli lanciò un'occhiata furente. – Avevo finito il mio turno di guardia meno di tre ore fa. Mi hanno costretto a saltare giú dal letto e a vestirmi in fretta e furia –. Poi, come se solo in quel momento si fosse accorto che qualcosa non quadrava, domandò: – Ma tu cosa diavolo ci fai? Hanno mobilitato anche gli Eliminatori?

Invece di rispondere, Olavo frugò nel giaccone mimetico e gli porse un involto. – È per stanotte, – annunciò categorico. – Vedi di fare la tua parte.

– Per stanotte? – Il giovane sembrò sbalordito. – Ma come faccio a entrare da solo nel pozzo? Non si può, senza scorta.

– La scorta è tutta sugli spalti. Forse anche i secondini dell'altro turno. Stanotte o mai piú.

Leonel aprí la bocca come per protestare, ma poi afferrò l'involto e lo fece sparire in fretta sotto la camicia. – Allora l'attacco era combinato... – mormorò.

– Non sono affari tuoi –. L'espressione di Olavo si addolcí un poco. Batté il palmo della destra sulla spalla del giovane. – Vai, e fai il tuo dovere. Buona fortuna –. Si allontanò quasi di corsa.

7.

Nel pozzo nessuno parlava. Feliciano tentava di vincere il gelo stringendo le braccia attorno al torso nudo, e intanto rifletteva sulle parole di Moisès. Sí, l'Ectoplasma era fatto anche di elastina, ma questo che c'entrava con lo «squaglio»? Erano tutti consapevoli del fatto che la colla diveniva un prolungamento della pelle e si confondeva con le sue molecole. Non a caso, quando un detenuto moriva veniva estratto dal pozzo con l'ausilio di macchinari complicati, che tagliavano la colla cianoacrilica tutto attorno al suo corpo e prelevavano l'intero blocco. La procedura di immersione, poi, durava ore. Possibile che esistesse un modo per sciogliere la colla senza incidere la carne? No, non era possibile. Eppure, la frase gettata là da Moisès aveva riacceso in Feliciano una speranza mai sopita; quella stessa speranza che gli aveva permesso di sopravvivere per tre anni al piú infernale dei supplizi. Tuttavia non osava fare altre domande. Era come se reggesse tra le mani l'esile fiammella di un mozzicone di candela, e temesse che il suo stesso respiro la potesse spegnere.

Quello stato d'animo doveva essere condiviso da tutti i detenuti, perché il silenzio era generale. Di conseguenza, l'aprirsi in alto di una porticina e l'apparizione della sagoma di un secondino sulla passerella furono accolti da un sussulto collettivo.

Feliciano lo riconobbe. Si chiamava Leonel, e già in passato aveva fatto da tramite tra Tancredo e i misteriosi amici che il mezzo indigeno aveva all'esterno.

L'uomo si portò al centro della passerella e guardò in basso. – Tancredo, mi senti? Ho della roba per te.

– Parla con Moisès, – replicò Tancredo dall'oscurità. – È lui il capo.

– Io non ho tempo da perdere, – protestò il secondino. Osservò il buio sotto i suoi piedi. – Moisès, sei sveglio?

– Sí. Sono delle fiale?

– Esattamente.

– Allora aprile una alla volta, e versa il contenuto sull'Ectoplasma. Ma bada di non bagnare nessuno di noi, e di non toccare il liquido con le dita.

– Eh, quante storie, – piagnucolò Leonel. Feliciano lo vide armeggiare con qualcosa che teneva in mano, poi accendere una torcia elettrica. Il cono di luce frugò tra i torsi, fino a trovare uno spazio libero. Dall'alto cadde una pioggerella sottile. L'Ectoplasma sfrigolò.

– E adesso cosa devo fare? – chiese Leonel, quando ebbe vuotato l'ultima fiala.

– Andartene in fretta –. La voce solitamente pacata di Moisès ora sembrava incrinata da un filo d'ansia. – Da questo momento potrebbe accadere di tutto. Fuori stanno combattendo?

– No. C'è stato un attacco, ma era una finta.

– Va' pure, e ringrazia Olavo da parte nostra –. Moisès fece una pausa, poi aggiunse: – Grazie anche a te.

Leonel spense la torcia e raggiunse la porticina illuminata. Il pozzo ripiombò nel buio. D'improvviso, Feliciano avvertí un'ondata di calore avvolgergli le gambe che credeva insensibili. Lanciò un urlo di gioia. Altre grida di esultanza echeggiarono contro le pareti del pozzo.

– Calma, ragazzi –. La voce di Moisès si levò tanto fredda da smorzare ogni entusiasmo. – Non crediate che possiamo liberarci cosí facilmente dall'Ectoplasma. Ormai è carne della nostra carne.

– Io però mi sento di nuovo le gambe! – esclamò Apolònio.

– Pura illusione –. Adesso il tono di Moisès era glaciale. – Quello che tu senti è proprio l'Ectoplasma. Lo «squaglio» non scioglie la colla. Solo, la rende viva.

– Viva? – gridò Feliciano, sentendo entrargli in corpo un terrore peggiore di tutti quelli provati fino a quel momento. – Che cosa vuoi dire?

– Non è facile da spiegare. Lo «squaglio» riesce a trasformare l'energia termica, cioè il calore, in movimento. In pratica, stira o contrae le molecole che compongono fibre della consistenza della carne, come la colla che ci stringe le gambe.

– Insomma, possiamo liberarci da questa merda? – chiese Feliciano, esasperato.

Ci fu un lungo silenzio, poi Moisès scandí: – No. Però possiamo farla muovere. Perché tra poco l'Ectoplasma sarà una vera estensione del nostro corpo, obbediente ai nostri nervi.

Un'angoscia palpabile calò sui detenuti, sconvolti al punto di non riuscire a parlare. Dopo un poco, per reazione, Tancredo scoppiò in una risata sinistra e gorgogliante, che fece rimbombare le pareti del pozzo. – Bel risultato! – gridò. – Non potremo camminare mai piú, però riusciremo a spostare una massa di colla!

Si udirono bestemmie, urla indignate, esclamazioni sbigottite. Moisès attese che il clamore si attenuasse, quindi domandò, cautamente sornione: – Secondo voi i serpenti camminano?

Ancora una volta Feliciano fu invaso da una paura piú gelida delle pareti del pozzo. Chiuse gli occhi e rabbrividí.

8.

Olavo fermò la Land Rover di fronte a una casupola foderata in lamiera, un po' piú grande delle altre baracche che componevano la *favela* abbarbicata alla collina. Scese e lanciò uno sguardo alla sommità di Sepultura, visibile a grande distanza grazie ai fari che continuavano a falciare la notte. Da quella parte tutto era silenzioso. Nascose il Famas sotto un sedile, richiuse lo sportello e bussò all'uscio della bicocca: un colpo isolato, due in successione, un nuovo colpo isolato.

La porta si aprí all'istante, rivelando due occhi grandi e marroni in un viso scurissimo. – Ti serve qualcosa, fratello? – chiese una voce imperiosa e diffidente.

– Sapevate della mia visita. Fammi entrare –. Olavo spinse il battente e penetrò nell'unica stanza dell'edificio, scostando l'anfitrione con malgarbo.

La luce era tanto intensa che dovette battere piú volte le palpebre per adattare la vista. Scorse una quindicina di uomini e donne, tutti con la pelle piú scura della sua, seduti su seggiole addossate alle pareti. In un angolo, una specie di altarino su un mucchietto di terra reggeva una statua addobbata di rosso e di nero, circondata da vasi e pentole da cui emergevano dei piccoli tridenti. Dai muri pendevano raffigurazioni grossolane di Santa Barbara, San Gerolamo, Sant'Antonio e San Spedito.

Olavo si portò di fronte a un vecchio magro, con un collare di pietre multicolori, sprofondato in una poltrona dallo schienale altissimo. – Sei il Babalaò, non è vero?

L'uomo lo fissò senza amicizia. – Sí, e io so chi sei tu. Tuo fratello Fernando è stato qua un'ora fa. Se non fosse per lui, non ti avrei mai fatto entrare. Tu sei posseduto dai *kiumba*, gli spiriti malvagi.

Olavo alzò le spalle. – Può anche darsi. Io non so nulla del *candomblé*...

– Umbanda, – lo corresse il vecchio con voce severa. – Il *candomblé* è solo una danza.

– Appunto. Come vedi non so niente dei vostri riti. Però si dice che funzionino –. Gli occhi di Olavo corsero per la stanza. Trasalí quando vide, di fianco alla porta, una specie di mummia canuta piegata in due su un tappeto di candeline accese. Doveva essere il *Preto Velho*, l'effigie del primo schiavo tradotto in Brasile dall'Africa. Olavo ne aveva sentito parlare, ma non poté impedirsi di rabbrividire. Molto piú temibile era però l'odio non dissimulato della gente adunata in quella stanza, penetrante come una morsa di ghiaccio.

Cercò di parlare con disinvoltura. – Forse sai già quello che vi chiedo.

– Sí. Tu vuoi che evochiamo gli *egúm*, gli spiriti dei morti. È molto pericoloso. Piú di quanto tu possa immaginare.

– Non mi interessano dei morti qualsiasi, – obiettò Olavo, alzando i palmi delle mani. – Quelli che ti chiedo di richiamare sono degli spiriti buoni, gli *orisha*. E non voglio che si manifestino qui, ma in un altro luogo.

Il Babalaò accentuò la durezza dello sguardo. – Non ti capisco. Dove vorresti che scendessero, questi spiriti?

Olavo si sentí molto ridicolo. Indicò la finestra e parlò in fretta, come per vincere l'imbarazzo. – Dentro Sepultura. È possibile?

Le pupille del vecchio ebbero uno scintillio. Invece di rispondere mormorò: – Hai detto tu stesso che non credi nell'Umbanda. Inoltre il tuo animo è impuro: sappiamo tutti che sei un assassino di bambini. Vieni in questo *terreiro* e ci chiedi qualcosa di difficilissimo. La mia domanda è: perché dovremmo farlo?

Nella stanza corse un bisbiglio collerico. Olavo si accorse di stare sudando copiosamente, e non certo per il caldo. Inghiottí la poca saliva che aveva in bocca. – Non è per me, – disse rauco. – Dentro Sepultura c'è gente che crede nel vostro culto. Gente che soffre. Sono loro a chiedervi di evocare gli *egúm*. Io sono un semplice portavoce.

– Evocare gli *egúm*, – ripeté il vecchio, tormentando le pietre del collare. – Ma quali *egúm*? Per chiamare uno spirito, *egúm* o *orisha* che sia, dobbiamo saperne il nome.

– Il nome è Kayovà. Ti dice qualcosa?

Il sacerdote trasalí. – La tribú che si diede la morte?

– Precisamente. Sono loro che ti chiedo di evocare. Dentro Sepultura.

Ci fu un nuovo mormorio. Il vecchio tacque per qualche secondo, fissando Olavo con occhi vacui. Poi sussurrò: – I Kayovà non praticavano l'Umbanda. Perché non ti sei rivolto a uno dei loro sacerdoti?

– Perché non ce ne sono piú. Tutti i loro *pai* sono morti –. Olavo scosse le spalle infastidito. – Io non mi intendo di queste cose, ma mio fratello dice che la vostra religione non è poi cosí diversa da quella dei Kayovà. Il loro dio Ñaneramõipapà somigliava al vostro Oshala, i loro *ayvukuê* ai vostri *egúm*.

– Sí, può darsi –. Il vecchio indicò l'effigie vestita di rosso e nero e il mucchio di terra irto di tridenti. – Penso che ti abbiano detto che questo *terreiro* è consacrato a *compadre* Exú. Sai di chi si tratta?

– L'equivalente del diavolo dei cristiani. Non è cosí?

Il Babalaò scosse il capo con foga. – Niente affatto, quelle sono balle! Exú è buono ma capriccioso. Va facilmente in collera, combina scherzi, spinge la gente a litigare. Non sempre ma molto spesso. Questo per dirti che chiamare gli *egúm* tramite lui può avere risultati imprevedibili. Ti avevano informato?

– Sí. Sono preparato a tutto.

– Allora non resta che cominciare –. Il vecchio scattò in piedi, mentre i tamburi iniziavano a rullare. Levò le braccia. – *Laroyé Exú!* – urlò a pieni polmoni.

– *Laroyé Exú!* – ripeterono i presenti, alzandosi rumorosamente dalle sedie. Si alzò un coro sgraziato:

– *Exú Tiriri de Umbanda!*
Mora na encruzilhada
E chegada a sua hora
No romper da madrugada!

Il suono dei tamburi divenne un palpito ossessivo.

9.

Feliciano sentí il calore alle gambe aumentare. Gli venne quasi istintivo muovere le ginocchia. Non ci fu risultato, però gli parve che l'Ectoplasma che aveva attorno si incurvasse un poco. Ma al buio era impossibile esserne certo.

– Provate a ordinare alla colla qualche movimento! – gridò Moisès, insolitamente eccitato. – L'Ectoplasma adesso è un semiconduttore, come il corpo umano. Gli impulsi elettrici del vostro cervello possono attraversarlo da cima a fondo!

Wilson Carneiro, un trafficante di Bahia rinchiuso a Sepultura da un anno e mezzo, lanciò un'imprecazione. – Vuoi stare zitto, vecchio scemo? Sai dove me la ficco la tua scienza? – Stava per spiegarlo quando cambiò improvvisamente di tono. – Ehi, ma è vero! Riesco a spostare questa roba!

– Anch'io! – La voce di Ulysses era resa chioccia dallo sbalordimento e dalla paura. – Se cerco di muovere le gambe l'Ectoplasma si gonfia!

Le esclamazioni di sorpresa si susseguirono, fino a riempire il pozzo. Passando le mani sulla superficie della colla, Feliciano, ansioso e inorridito, si accorse che la temperatura era aumentata e diventata simile a quella corporea. In effetti, se tentava di spostare gli arti inferiori e visualizzava mentalmente l'azione, l'Ectoplasma fremeva e si increspava, formando una specie di onda. Fece per comunicare agli altri la sua scoperta, ma in quel momento nel cervello gli esplose la visione di uomini seminudi seduti a circolo davanti a basse capanne di paglia e legno, intenti a percuotere tamburi. Fu questione di un attimo, poi l'immagine svaní, lasciandogli però il ritmo dei tamburi nelle orecchie. Rimase a bocca aperta, mentre il sangue gli si gelava nelle vene.

– Cosa diavolo sta succedendo? – piagnucolò Miro, senza accorgersi di emettere una sorta di miagolio acutissimo. – Mi sembra di vedere...

La voce di Moisès lo interruppe, secca e imperiosa. – Non preoccuparti di quello che vedi. Immagina di saltare. Tutti quanti immaginate di saltare, e di raggiungere la passerella. Forza!

Feliciano obbedí meccanicamente. Si trovò a galleggiare su una gobba dell'Ectoplasma, proiettata a velocità folle verso la passerella. L'impeto lo spinse indietro, quasi spezzandogli la schiena. Vide a pochi metri le assicelle che costituivano la base del ponte, illuminate dalla porticina che Leoncl, andandosene, aveva lasciato socchiusa. Annaspò cercando un appiglio, ma ricadde verso il fondo del pozzo, trascinato dall'Ectoplasma che si contraeva.

Si ritrovò sbattuto nella posizione di partenza, con la colonna vertebrale che gli doleva atrocemente. Cercò di radunare i pensieri, ma di nuovo l'immagine degli uomini che suonavano i tamburi si impadroní della sua mente. Questa volta il quadro era piú dettagliato. La tribú, disposta a circolo, guardava in direzione della foresta, come se stesse per scaturirne qualcosa di impensabile: un'apparizione tanto attesa quanto temuta. Il *pai* danzava frenetico, sollevando spruzzi di sabbia con i piedi nudi... Ma che cos'era un *pai*?

– Proviamoci ancora, – comandò Moisès, ansante. – Questa volta urlate tutti assieme, e cercate di afferrarvi alla passerella. Vedrete, l'Ectoplasma obbedirà.

Feliciano uscí dal suo stato trasognato. Di fronte a lui Ulysses, appena visibile nell'ombra, si torceva tutto. Gridava qualcosa di incomprensibile: – *Ao boboi! Ao Boboi!*

Un'assurda consapevolezza si impadroní di Feliciano. Exú aveva aperto i cancelli, e Oshumare, il serpente arcobaleno, stava entrando in loro. Era questo che la tribú aspettava, mentre fissava ansiosa la foresta? *Ma a chi diavolo appartenevano quei pensieri?*

Si concentrò sull'idea del salto. Di nuovo, si trovò proiettato verso l'alto, trascinato dall'onda dell'Ectoplasma che cresceva gigantesca. Urlò a squarciagola, come gli altri cento corpi prigionieri della colla. Quando ebbe la passerella all'altezza degli occhi protese le mani aperte per afferrarla, e anche per ripararsi dall'impatto. Batté i palmi contro il corrimano metallico e vi si abbarbicò. Fece per sollevare le gambe, ma invece fu l'Ectoplasma a reagire. Scivolò oltre il corrimano, risucchiò le assicelle nei suoi grumi e corse lungo il ponte sospeso trasportando i torsi urlanti.

Quando vide la porticina a pochi metri, Feliciano fu certo che si sarebbe schiantato contro il muro. Invece il fiume di colla, quasi avvertisse il suo timore, si restrinse quel tanto che bastava a lui, a Ulysses e a tutti gli altri per passare indenni. Slittarono uno dopo l'altro attraverso gli stipiti; poi l'Ectoplasma si dilatò, fino a riempire per metà un corridoio irto di tubi e illuminato da fredde lampade al neon.

Feliciano ebbe la precisa consapevolezza che sarebbe morto. Ma tra i frammenti di pensiero che si accalcavano nella sua mente non era piú il terrore a prevalere: era una sanguigna volontà di vendetta. Questo era il sentimento che provavano anche gli altri membri della sua tribú mentre, accovacciati in circolo, salutavano con i tamburi l'orrida apparizione schizzata fuori dalla foresta.

Tribú? Quale tribú? Feliciano fissò le pareti gelide attraverso cui stava scivolando e desiderò che fossero sgretolate e travolte da una forza sovrumana. Obbediente, l'Ectoplasma si dilatò ancora.

10.

Olavo aveva seguito con una sorta di annoiato disgusto i passaggi della cerimonia, e la danza ridicola a cui si erano abbandonati il Babalaò e i suoi seguaci. Un'improvvisa apparizione, però, lo costrinse a trasalire. Un giovane mulatto era balzato in mezzo alla sala, agitando furiosamente il corpo allampanato. Aveva il capo cinto da una coroncina, mentre un mantello rosso e nero gli pendeva dalle spalle esili. Una collana con pietre dello stesso colore gli ballava sul petto. Con la destra reggeva un tridente, che faceva volteggiare con agilità.

– *Laroyé Exú! Laroyé Exú!* – scandirono i presenti. Alcuni di essi, impegnati in una ginnastica epilettica e scomposta, si gettarono a terra e batterono con violenza la fronte sulle pietre, apparentemente senza riportarne alcun danno.

Il giovane che impersonava Exú si accostò a una delle pentole che contenevano le offerte. Ne sfilò un sigaro, lo accese alla fiamma di una candela, lo ficcò tra i denti e ne trasse alcune ampie boccate. Poi, stretto il forcone sotto l'ascella, raccolse una bottiglia del liquore chiamato *pemba*. Tenne il sigaro con la sinistra e versò in bocca un sorso dell'intruglio. Lo sputò sulle pentole e rovesciò le candele. Tutto l'altare prese fuoco.

I tre uomini che percuotevano i tamburi ora ne traevano sonorità cupe e furibonde, che poco avevano di umano. Affascinato, Olavo vide il Babalaò sgambettare verso il falso Exú e porgergli un coltellaccio. Una donna dalle pupille rivoltate avanzò porgendo un gallo vivo, preso da chissà dove. Il mulatto bevve un altro sorso di *pemba*, poi posò la bottiglia e, con una coltellata, aprí nel collo dell'animale uno squarcio crudele. Il sangue irrorò le immagini sacre appese al muro.

– *Ao Boboi! Ao Boboi!* – gridò un ragazzo, battendo una collana di pietre gialle sull'effigie di San Bartolomeo. Il mulatto annuí. Avvicinò il corpo del gallo ancora vivo al ritratto e ne fece sprizzare altro sangue. Il profilo stravolto del santo scorticato si macchiò di rosso.

Olavo, rapito dallo spettacolo e frastornato dal battito delirante dei tamburi, fu riportato a un'effimera consapevolezza da una stretta sul braccio. Era il Babalaò, con le pupille tanto dilatate da invadere completamente la cornea. Sentí il suo alito sul viso, mentre il vecchio gli ansimava all'orecchio: – Ce l'abbiamo fatta! Exú ha fatto passare gli *egúm* che volevi. E con loro è sceso Oshumare, il dio serpente. Adesso sono una cosa sola!

Smarrito, Olavo cercò con gli occhi, oltre la finestra senza vetri, la sagoma imponente di Sepultura. – E poi che cosa accadrà? – chiese turbato.

Il Babalaò scoppiò in una risata cattiva. – Chiedilo ai loro nemici! – Raccolse da terra la bottiglia di *pemba* irrorata di sangue e la portò alle labbra.

11.

Feliciano vide le pareti del corridoio incrinarsi sotto la pressione della nuova carne di cui il suo corpo era un'esile appendice. Ma l'Ectoplasma continuava la sua corsa, e gli uomini urlanti che trasportava sembravano gli pseudopodi di un bruco colossale.

Curiosamente, tra le folate di terrore che devastavano il cervello di Feliciano, faceva capolino un distorto senso di fierezza. Il nome collettivo dei miserabili scagliati fuori dal pozzo, a fare tutt'uno con la sostanza che li aveva imprigionati, era Oṣhumare; ma lui sapeva che il nome vero era un altro: Ñaneramõipapà, proteiforme vendicatore dei popoli vinti e violentati.

Non si chiedeva nemmeno piú da dove venisse quella consapevolezza. Le tenebre che si erano abbattute sulla sua mente gli suggerivano solo idee vaghe di forza e di riscatto, prima della morte inevitabile. A tratti si sentiva sorprendentemente felice di fare tutt'uno, anche nella carne, con i suoi compagni di pena. Assieme costituivano un'entità cui nulla poteva resistere.

Vide i riflessi di quell'assurda potenza quando, percorsi chissà quanti corridoi e lasciati alle spalle mura sgretolate e soffitti in procinto di cadere, il serpente che cementava colla e uomini raggiunse gli spalti di Sepultura. Gli occhi sbarrati di soldati e secondini rivelarono un orrore tanto subitaneo e tanto intenso da tradursi subito in pazzia. Vi fu chi tentò di ruotare le Browning sul loro cavalletto, cercando di puntarle sul mostro luccicante vomitato dalle viscere del carcere;

altri annasparono scomposti alla ricerca di fucili e pistole. Furono tutti travolti dal crollo fragoroso della parete orientale della costruzione.

Allorché l'Ectoplasma si proiettò oltre i bastioni, in una spaventosa cascata di materia organica e inorganica, Feliciano capí che la sua ora era venuta. Un attimo prima che l'urto gli recidesse la colonna vertebrale, riuscí ad afferrare le grosse dita di Ulysses, calde e vibranti. Poi si abbandonò alla morte. Le ultime immagini che gli balenarono nella mente furono quelle di una tribú compatta, in piedi a protendere le lance contro chi cercava di distruggerla. Una divinità innominabile, acquattata nella foresta, benediceva quella guerra sacrosanta.

12.

Olavo vide il getto di colla erompere da Sepultura, come un pitone affamato e gigantesco avido di preda. Sotto l'urto, le pareti del carcere si sgretolarono, incise in tutta la loro ampiezza da fessure profonde. Da ognuna di quelle ferite scaturí altra materia viscida, che si disperse in rivoli lungo la piana.

Per qualche secondo sembrò che la struttura dell'edificio reggesse; poi si afflosciò su se stessa, sollevando una colonna di detriti. Il rettile rabbioso e fremente proseguí la sua corsa in direzione di San Paolo.

Nel *terreiro* adesso i tamburi tacevano. Il Babalaò si versò in gola un nuovo sorso di *pemba*. – Oshumare stanotte è scatenato, – mormorò con voce arrochita dall'alcol. – Nessuno lo potrà fermare.

Olavo alzò le spalle. – Sciocchezze. All'aria aperta la colla tornerà a solidificarsi. Vedi? Ha già smesso di fluire.

Il vecchio scrutò il buio rimpicciolendo gli occhi. – Vuoi dire che è stato tutto inutile? – chiese dopo un poco, tossicchiando piano.

– Inutile? No. Almeno abbiamo un carcere in meno –. Olavo si avviò alla porta. Mentre spalancava il battente tornò a girarsi verso il Babalaò. – Ti sembra poco?

Senza attendere risposta uscí dalla baracca. Si allontanò nel freddo pungente di una notte ormai al suo termine.

Metallica

1. *Dai corrente*

La notte sopra Algiers era solcata dalle scie incandescenti dei missili, lanciati a grappoli dalle batterie semoventi nascoste nelle paludi e tra le rovine di New Orleans. A completare la fantasmagoria, ogni cinque minuti apparivano i tracciati multicolori dei Cruise scagliati dalla portaerei *Aryan Defender*, ormeggiata al largo delle isole Chandeleur.

Il frastuono era cosí intenso e costante che Brett Robinson aveva smesso da un pezzo di curarsene. Aggrappato con la destra alla fiancata della lancia che sfrecciava velocissima sulla fanghiglia, con la sinistra si sforzava di tenere alto il faro che squarciava l'oscurità davanti a loro. Il clima afoso e umidiccio, unito allo sforzo, gli aveva inzuppato la divisa verde, rendendo invisibile la grande croce nera dell'Armata del Cristo Guerriero.

D'un tratto Frank Torrisi, che scrutava il fango di fianco a lui, gridò: – Attenzione! Ammasso di bestiacce a sinistra!

In fondo alla lancia, Al Bridges diede un colpo secco alla barra del timone, gettando l'imbarcazione in una brusca virata. Non aveva però considerato che altre due lance del Ku Klux Klan correvano a poppa, e che le esplosioni impedivano che il grido si propagasse. L'impatto fu evitato di misura, ma un'ondata di melma investí i klansmen, facendoli sbandare pericolosamente.

– Che vi salta in mente, idioti? – urlò furibondo Max Richter, infangato dalla testa ai piedi.

– A sinistra! – rispose Torrisi, portando le mani alla bocca a mo' di megafono. – Un ammasso!

Le altre lance che stavano sopraggiungendo intuirono la manovra e piegarono diligentemente a tribordo. Ciò però rallentò l'andatura dell'intera flottiglia.

– Accidenti, non possiamo andare cosí piano! – esclamò Robinson, preoccupato. Cercò attraverso la notte il viso di Bridges. – Dai tutto il gas che puoi! Siamo in ritardo!

La lancia si impennò rombando, poi riprese a filare sulla fanghiglia trascinando le altre in una corsa pazza. L'ammasso adesso era ben visibile. – Mio Dio! – mormorò Torrisi. – Ma come fanno a comandare agli alligatori?

Robinson lo sentí e alzò le spalle. Vedeva anche lui il cumulo ripugnante di corpi scagliosi, intenti a strisciare gli uni sugli altri fino a formare una piccola collina. – Non lo so e non me ne frega niente. Quando li avremo arrostiti finiranno anche queste magie.

Il braccio con cui reggeva il faro cominciava a dolergli. Lo abbassò lentamente, attento a mantenere fisso il fascio di luce che scandagliava la palude. In quel momento uno stormo di missili sorvolò basso le loro teste, con un sibilo acuto. Robinson posò con cautela il faro sulla connessione della chiglia e alzò un attimo il capo. Le esplosioni rendevano visibili le gigantesche strutture d'acciaio piezoelettrico costruite dagli assediati, protese verso il cielo come dita di una mano titanica che stringesse Algiers nel suo palmo. La maggior parte dei missili si schiantava contro quelle barriere, sprigionando formidabili cascate di scintille e di frammenti incandescenti. La perizia dei negri nel dominare l'anima del metallo, cosí come dominavano quella degli alligatori, aveva forgiato torri sensibili agli stimoli quanto la pelle umana, e capaci di percepire dallo spostamento d'aria la traiettoria dei Cruise, piegandosi istantaneamente a intercettarla. Ma adesso quel gioco stava per finire.

– Sarà meglio cominciare a pensare al cavo, – gridò Phil Tanner, dal centro della lancia.

– Sí, – confermò Bridges, dal fondo. – Ormai siamo vicini!

Torrisi cercò di raddrizzarsi, ma l'impeto della corsa lo fece ruzzolare fino alla piattaforma che reggeva il cannoncino. Si rialzò imprecando, mentre Tanner cercava di allungargli l'estremità del cavo facendola passare sull'affusto.

Robinson spiò la scena con la coda dell'occhio. – Rallenta un poco! – urlò a Bridges. – Non riescono a stare in piedi!

Il rombo del motore calò di intensità. La lancia del Klan si avvicinò, poi tutte le altre. Su ciascuna i soldati stavano affannandosi ad armare i cannoncini.

Una nuova folata di missili passò fischiando. Robinson vide distintamente le dita d'acciaio, ora vicinissime, che si contraevano preparandosi all'impatto. Non poteva credere che fosse stato un negro a progettare l'acciaio STZ, sullo schema del titanato-zirconato di piombo. Nessun negro poteva essere cosí intelligente. Di sicuro uno di loro aveva rubato la formula a qualche collega ariano, e poi l'aveva passata ai compari.

Spruzzi altissimi si sgranarono davanti alla prua, accompagnati da sibili striduli. Un cecchino, nascosto tra gli alberi, sparava loro addosso.

Abbassò la testa, coprendosi dietro il faro. – Ci hanno individuati! Sbrigatevi, là dietro!

Vide Richter puntare l'M16 contro la vegetazione e lasciar partire alcune raffiche. Poi, stranamente, il klansman volse l'arma verso la distesa di fanghiglia, continuando a sparare.

Robinson inclinò leggermente il faro e capí la causa di quel comportamento. La superficie della palude, in un'ansa poco distante, si era fatta granulosa, assumendo una colorazione verdastra. Non era possibile ingannarsi: sotto il pelo dell'acqua, centinaia e centinaia di alligatori stavano nuotando rapidi nella loro direzione.

– Presto! – gridò con quanto fiato aveva in gola. – Lanciate il cavo! Tra pochi istanti dovremo virare!

Per fortuna Torrisi aveva completato il caricamento e inserito l'arpione. Si udí un'esplosione, e il cavo fendette l'aria in direzione dei boschi, sferzando l'oscurità. Anche i cannoncini delle altre imbarcazioni spararono nello stesso tempo. Gli arpioni si immersero tra i rami lontani, mentre i cavi si intrecciavano in una grande ragnatela a maglie larghe. In quel momento, decine di lance stavano eseguendo la stessa operazione in altri angoli della palude.

Un urto violento fece sobbalzare la chiglia. Robinson vide due fauci dai denti aguzzi spalancarsi oltre il bordo della lancia. Puntò direttamente il faro sugli occhi gialli e malefici dell'alligatore che, accecato, si gettò all'indietro. Ma già la palude tutto intorno ribolliva di code e di scaglie.

– Vira! Vira! – urlò a Bridges. L'ordine era superfluo. Il timoniere aveva respinto da sé la barra, e stava aumentando i giri del motore. Un muro di melma schiumosa nascose per un attimo la carica degli alligatori, mentre la lancia eseguiva uno stretto semicerchio. Tutte le altre imbarcazioni imitarono la manovra.

Ancora qualche sussulto, poi la flottiglia iniziò una fuga velocissima tra i miasmi della laguna, quasi volando sulla superficie del fango. Robinson aveva temuto che i cavi fossero d'impaccio, ma erano tanto pesanti che, via via che si svolgevano, si inabissavano immediatamente e si posavano sul fondale. Il grande argano appeso alto sulla poppa vorticava spruzzando scintille.

A un paio di chilometri dalla città le lance frenarono la loro corsa. Robinson si alzò in piedi, reggendo il faro quasi incandescente sotto il braccio, e proiettò il raggio verso l'alto. I motori delle imbarcazioni tossicchiarono e si spensero.

Richter si sporse nella sua direzione. – È questo il punto? – gridò, cercando di tenersi in equilibrio.

Robinson tentò di rispondere, ma il frastuono di uno sciame di missili che sfrecciava in alto coprí la sua voce. Allora si limitò a puntare il fascio di luce sul grosso tubo nero che usciva dalla vegetazione e si immergeva nella melma.

Tutti gli equipaggi capirono. Gli argani furono sganciati dai supporti e lasciati cadere nella fanghiglia, tra spruzzi altissimi e nerastri. Le lance oscillarono, mentre i cavi si attorcigliavano al tubo teso sotto la superficie.

Tanner abbandonò il cannoncino a cui si era tenuto aggrappato fino a quel momento e caracollò verso la prua, tendendo il walkie-talkie. Robinson lo afferrò e ricadde a sedere. Lo strinse contro la bocca. – Steven? – disse nel microfono. Aggiustò l'antenna e ripeté: – Steven?

Dall'apparecchio uscí una voce gracchiante. I lineamenti duri di Robinson si distesero. – Ce l'abbiamo fatta, Steven. Il piano di Mallory è riuscito –. Si schiarí la gola. – Sí... Sí, nessun problema. Puoi dare corrente. Hai capito? Dai corrente!

Pochi minuti dopo, mentre le lance si allontanavano, quello specchio di palude si illuminò di una luce interna. L'enorme tubo nero che usciva dagli alberi era diventato rosso fuoco.

2. *I quattro cavalieri*

Gli zoccoli dei quattro cavalli, da quando erano cessate le esplosioni e le florescenze dei tracciati nel cielo, risuonavano sul selciato delle vie deserte di Algiers con una cadenza nitida e surreale. Sanyika guardò preoccupato, attraverso la visiera dell'elmetto, i fratelli che gli cavalcavano al fianco. Erano inquieti quanto lui, e sussultavano al minimo rumore.

Si accorse di sudare. La corazza di acciaio STZ non era pesante, ma impacciava i gesti e, a lungo andare, toglieva il respiro. Per di piú, ogni volta che si passava accanto a un campo magnetico – un frigorifero, un televisore, un palo della luce – il metallo aveva delle leggere contrazioni talora molto sgradevoli. La capacità di rigenerarsi, e di ispessirsi all'avvicinarsi di un proiettile, rendeva però trascurabili quei fastidi, rispetto ai vantaggi.

– Ecco una che ha avuto il fatto suo, – grugní Ali Yussif, puntando il dito. Indicava il corpo ancora fumante di una donna, di traverso alla strada. La metà inferiore del corpo era carbonizzata. Probabilmente si trattava di una ragazza sorpresa a camminare senza velo.

– Schifosa baldracca, – commentò Muhammad Abdullah, che cavalcava rasente al marciapiede, cercando di scansare i cumuli di rifiuti. – È gente come lei che ha portato a questo paese l'anemia falciforme.

Sanyika ricordò quella stessa strada ingombra di cadaveri dalle vene spaventosamente gonfie, ai tempi della «morte rossa». Quanto tempo era passato? Un anno e mezzo, forse due, ma sembrava un'eternità. La guerra scatenata dai razzisti, che accusavano la gente di colore di avere contaminato il paese, aveva enormemente dilatato la nozione del tempo. Pareva che tutti stessero combattendo da sempre, e che dovessero combattere ancora per secoli.

Kashif, che veniva dietro col suo cavallo bardato di cuoio e corazzato d'acciaio, emise un grugnito di malcontento. – Se continueremo ad ammazzare le nostre donne, invece dei bianchi, ci fotteremo da soli.

Ali Yussif si girò a lanciargli un'occhiataccia. Sanyika temette che stesse per replicare, rinverdendo la polemica sempre latente tra Nazione dell'Islam e Movimento Neoafrikano. Malgrado l'accordo tra i capi, i militanti delle due fazioni seguitavano a odiarsi, e facevano ben poco per nasconderlo. Fortunatamente, un acuto stridore proveniente dall'alto prevenne la schermaglia.

– Cos'è questo rumore? – chiese Muhammad Abdullah, allarmato. – Sembra venire dalla torre là in fondo.

Lo sguardo di Sanyika corse alla mole contorta di acciaio piezoelettrico che dominava il sobborgo dalla parte delle paludi. – Forse stanno per arrivare altri missili, e il metallo si prepara.

Muhammad Abdullah scosse il capo coperto dal casco. – No, fratello. Non senti? Sembra un gemito.

In effetti era un suono ignoto, simile a un cupo pigolio. Ali Yussif fissò per un poco la torre, poi scosse la sinistra che stringeva l'AKM in un gesto esortativo. – Su, ci sarà chi se ne occupa. Noi dobbiamo solo completare la ronda.

Svoltarono a destra, passando sotto l'insegna fracassata del ristorante *The Point*, un tempo rinomato. Un mendicante cieco era seduto sul cofano di una Cadillac, forse abbandonata dal proprietario quando la Repubblica Islamica di Nuova Afrika aveva requisito tutta la benzina. Il cieco, udendo il rumore degli zoccoli, agitò il bastone che stringeva in mano. – Ehi, gentiluomini, non avreste un goccio per un povero vecchio?

Sanyika trasalí. – Taci, idiota! – gli gridò, furioso. – Non sai che l'alcol è proibito? Una frase del genere può costarti la pelle!

– E tu chi sei, la Morte o la Carestia? – chiese il cieco, per nulla intimidito. L'allusione era ai nomignoli – Morte, Guerra, Carestia e Peste – che la gente affibbiava ai membri delle ronde a cavallo. Non erano soprannomi casuali: dei quattro, uno era un tiratore scelto; poi c'erano un sottufficiale del Frutto dell'Islam, un addetto alla sussistenza e un infermiere, a coprire ogni aspetto della vita quotidiana durante l'assedio.

– Dovrei ucciderlo, – disse Ali Yussif, senza astio. Era una semplice constatazione.

– Tu sei senz'altro la Morte, – commentò il cieco con un sorriso. – Risparmiati la fatica. Non senti come urla il metallo? – Agitò il bastone verso la torre sulle paludi. – Tra meno di un'ora qui sarà un cimitero.

– Maledetto disfattista! – Ali Yussif premette il grilletto dell'AKM. Non smise di sparare finché il vecchio non fu caduto dal cofano in una pozza di sangue. – Pezzo di merda, – aggiunse.

Kashif alzò l'avambraccio coperto d'acciaio e guardò l'orologio, alla luce della vecchia insegna del *Possum Lounge*. – Andiamo, è già tardi –. Poi, alzando il capo: – Però quel vecchio aveva ragione. C'è un rumore strano.

In effetti, il silenzio era incrinato da un cigolio leggero, costante e singhiozzante come un lamento. Sotto la luce della luna, sembrava che la torre si stesse muovendo adagio, turbata da un dolore via via piú intenso.

Sanyika calciò di piatto i fianchi coperti di cuoio del cavallo, costringendolo a un passo piú rapido. – Non dobbiamo preoccuparci. La barriera metallica è impenetrabile.

– A meno che non venga indebolita da un campo elettrico, – obiettò Muhammad Abdullah.

– Sciocchezze. Nessuno potrebbe creare un campo tanto vasto. Dovrebbe riempire di fili la palude. E se ci provano con gli elicotteri, per noi è un tiro al piccione.

Imboccarono una strada ingombra di macerie, invasa dal lezzo intollerabile delle fognature scoppiate. Una sola luce era accesa, sulla terrazza al secondo piano di una palazzina in stile coloniale. Una di quelle vecchie case che avevano rappresentato la caratteristica di New Orleans, quando Algiers era ancora collegata alla città dal traghetto per Canal Street.

– Andiamo a vedere, – propose Kashif.

Sanyika alzò le spalle. – Ma no. È una perdita di tempo. Qualcuno sarà morto di anemia e avrà lasciato la luce accesa.

Muhammad Abdullah, che era l'ufficiale medico del gruppo, passò avanti e tirò le briglie. – La legge proibisce di accendere le luci durante un attacco. Inoltre, se c'è un focolaio d'epidemia lo dobbiamo sapere. Diamo un'occhiata.

– D'accordo, fratello, – rispose Sanyika, di malavoglia.

Muhammad Abdullah e Kashif scesero da cavallo e gli porsero le redini. Sotto il portico girarono attorno a una sedia a dondolo inclinata su un lato e bussarono alla porta. Si udí un leggero tramestio, poi il battente si aprí e comparve una donna obesa coperta dal velo. La piccola parte del viso che mostrava era color dell'ebano.

– *Mon Dieu! Les quatre chevaliers!* – esclamò, visibilmente spaventata.

– Niente paura, è solo un controllo, – mormorò Kashif, in tono niente affatto rassicurante. – Perché tieni la luce accesa?

– *Y a mon fils là-haut. Il est malade.*

Muhammad Abdullah scansò la donna e gettò uno sguardo all'interno. – Malato? E che cos'ha?

– *Il a été blessé en combat. Il lui faut du repos.*

Muhammad Abdullah fece un cenno ad Ali Yussif. – Vieni, c'è del lavoro per te. Nascondono un disertore.

La grassona lanciò un grido e tentò di bloccare la porta col proprio corpo. Ali Yussif scese di sella e attese che Muhammad Abdullah scaraventasse la donna di lato. Poi sparí nell'ingresso col fucile spianato, urlando: – Sono dell'esercito! Non cercate di resistere!

Sanyika udí un trambusto ai piani superiori, poi un giovane smilzo apparve sulla terrazza. Tentò di correre, reggendo le brache del pigiama. Kashif saltò in strada, prese la mira e lasciò partire una raffica. Il giovane fece ancora due passi, trascinato dallo slancio, poi si abbatté rumorosamente. Un filo di sangue colò tra le assi.

La donna alzò le braccia al viso ed emise un grido prolungato. Muhammad Abdullah non le badò. – Fratello, controlla che non ce ne siano altri! – urlò nell'atrio.

– Per Allah! – rispose dall'alto Ali Yussif. – Quassú è pieno di alligatori!

In quel momento tutto si colorò di rosso. La torre che sovrastava le paludi era d'improvviso divenuta incandescente, e si torceva frenetica. Un suono acuto, distorto e convulso, riempí la notte, subito coperto dalle sirene. Un minuto dopo nugoli di missili caddero su Algiers, infiorandola di nubi di fuoco.

3. *Il respiro del motore*

La colonna di blindati 8x8 Law, armati di mitragliere da 25 mm, correva sull'asfalto incrinato della statale in direzione della città che bruciava. Una delle cinque enormi torri d'acciaio STZ che proteggevano Algiers era ripiegata su se stessa, e sfrigolava nella notte disegnando contro l'oscurità un arco vermiglio. I lanci di missili si susseguivano, dalle postazioni mobili disseminate tra le paludi. Ma ormai la parola era alle forze di terra.

Dal ciglio della strada, Robinson vide sfrecciare una jeep Hummer, che zigzagava tra i blindati cercando di superare la colonna. Era il veicolo che gli serviva. Si portò in mezzo alla via, costringendo l'autista a una secca frenata, e poi a una deviazione brusca per spostarsi sul ciglio della strada.

Squadrò l'uomo al volante. Indossava la divisa verde della Milizia Cristiana del Wisconsin ed era gonfio di collera. Lo anticipò. – Sono un ufficiale, come vedi. Devi darmi un passaggio. A me e ai miei amici.

Il collo dell'uomo si inturgidí. – Se credi di potermi dare ordi... – Si interruppe a metà della parola. Aveva avvertito il gelo della canna dell'M16 in pugno a Frank Torrisi contro la tempia destra.

Robinson sogghignò. – Non fare storie. Adesso scendi lentamente, e tieni le mani bene in vista. Questo veicolo è requisito.

L'uomo tentò di articolare una protesta, ma dalla gola gli uscí solo un verso rauco. Mentre scivolava fuori dell'automezzo, Torrisi, Bridges e Tanner, imbrattati di fango dai piedi al collo, spalancarono l'altro sportello laterale e i due posteriori trascinando i loro zaini pieni di carabattole. Robinson aspettò che avessero preso posto, poi si mise alla guida.

– E adesso sparisci, – disse al miliziano, rimasto immobile a due passi di distanza. – Questa guerra è per i soldati veri, non per i clown.

Mise in moto e puntò verso la colonna, costringendo l'uomo a scostarsi con un balzo. Adesso stavano transitando dei carri M-1 A-1 Abrams, massicci e veloci. Si inserí di forza tra due cingolati, costringendoli a una leggera sbandata. Un attimo dopo, la Hummer divorava l'asfalto sconnesso in direzione di Algiers.

– Che macchina! – esclamò Robinson estatico, abbandonandosi contro lo schienale. – Sembra che il motore respiri.

Tanner, seduto al suo fianco, indicò l'arco incandescente che avevano di fronte. – Invece quella ferraglia ha smesso di respirare –. Fece una risatina. – Quando i negri hanno fatto vivere il metallo, non hanno messo in conto che potesse anche morire.

– Non si tratta di vita o di morte, – commentò Bridges, dal sedile posteriore. – I negri non sanno cosa sia un concetto astratto. Hanno solo capito che certe leghe reagiscono ai campi elettrici, e hanno costruito un metallo piú reattivo degli altri.

– Per me hanno semplicemente fregato la formula, – disse Robinson, esponendo una convinzione radicata. – Prima di perdere New Orleans giravano a cavallo, come nel medioevo. Non sanno niente di tecnologia.

– Giravano a cavallo perché non avevano piú benzina. Lo fanno anche adesso.

– Balle. È che sono primitivi. Una via di mezzo tra gli animali e i bambini. Per questo riescono a comunicare con gli alligatori. Nessun uomo evoluto ci riuscirebbe.

La notte era tagliata da lame di luce, che spazzavano l'asfalto davanti ai convogli indicando la traiettoria. Robinson era eccitato. Quel motore potente, che faceva saettare il veicolo ogni volta che sfiorava l'acceleratore, lo stava conducendo verso l'antico profumo del sangue. In fondo non era male che gli Stati Uniti fossero andati in pezzi. La battaglia per la vita si era enormemente semplificata. Da un lato i negri, feroci e belluini, portatori di un'oscena malattia del sangue. Dall'altro gli ariani come lui, guerrieri nati, tragici portabandiera dei valori bianchi e cristiani. A lato, una marmaglia né maschio né femmina, che odiava la guerra ma non sapeva muovere un dito per fermarla. In fondo odiava piú questa piccola gente, rintanata nei propri buchi e intenta a fingere ogni giorno che nulla fosse cambiato, dei demoni neri che aspettavano il suo piombo oltre le gigantesche dita di metallo. La guerra era un grande spettacolo offerto gratis alla folla dei pigmei. L'orrore che suscitava in chi si credeva estraneo era il pegno estorto in cambio del biglietto non pagato.

A un miglio da Algiers la colonna si fermò. Dal borgo cominciavano a piovere colpi di mortaio, imprecisi e sporadici. Quarantacinque minuti di bombardamento ininterrotto, con i missili che si susseguivano a ondate ogni pochi secondi, dovevano avere messo fuori uso quasi tutte le postazioni di artiglieria dei negri. Robinson se li immaginava, rintanati nelle cantine e nelle fogne, mentre i depositi di munizioni esplodevano uno dopo l'altro e il napalm lessava chi non si era nascosto abbastanza in fretta.

– Cosa diavolo aspettiamo? – brontolò Torrisi, molto nervoso.

– Stai calmo, – ridacchiò Bridges. – Hai paura che scappino?

Una squadriglia di elicotteri volò bassa, sollevando nubi di polvere. Robinson, che tamburellava sul volante, si spazientí. – Non restate con le mani in mano, – abbaiò, senza rivolgersi a nessuno in particolare. – Uno di voi esca e si metta alla mitragliera.

– Vado io, capo, – disse Tanner. Stava per scendere, quando ritirò in fretta il piede che aveva già posato al suolo. – Guardate! Ecco cosa stavamo aspettando!

L'intera linea dell'orizzonte si era di colpo incendiata, creando su Algiers un cielo di fiamme. Fu questione di pochi istanti, poi il fuoco sospeso si estinse. Ma anche a quella distanza l'aria si era arroventata.

– Le bombe *fuel air*, – mormorò Robinson. – Era dai tempi dell'Irak che non ne vedevo!

– Vogliono proprio che non troviamo un solo negro vivo, – commentò Bridges, impressionato. – Chi si trovava sotto la nuvola di aerosol adesso si chiede dove sia finito l'ossigeno.

– No, non si chiede piú niente –. Robinson tese l'orecchio al frastuono distante dei motori che si avviavano. – Ecco, si riparte. Phil, vai a quella maledetta mitragliera!

Tanner ubbidí. Poco dopo la Hummer si rimetteva in moto con un sobbalzo. L'imminenza dell'ingresso in Algiers sembrava avere ringalluzzito l'intera colonna. Seduti sulle cupole degli Abrams i miliziani cantavano, ridevano, agitavano le armi in direzione delle prime case ormai vicinissime. Alcuni buontemponi di The Order avevano issato sulla cabina di un camion un fantoccio di tela nera, e tentavano di dargli fuoco a rischio di incendiare il telone. Un carrista della Gospel Army, a cavalcioni sul cannone del suo carro, fendeva l'aria con un machete, come se stesse facendo a pezzi un nemico invisibile.

Concentrato nella guida, Robinson lanciò appena un'occhiata alla base dell'enorme torre piegata su se stessa. Il metallo incandescente rosseggiava e fumava, come se fosse la porta d'accesso a un girone infermale. Quello che da lontano era parso uno sfrigolio ora suonava piuttosto come un monotono ronfare, incrinato da strane sonorità. Era di sicuro prodotto dalla superficie lucida della struttura, attraversata da scintillanti nervature mobili come vermi d'acciaio.

Il convoglio schizzò tra due ali di catapecchie che bruciavano, tenendosi distante dalle loro pareti di fiamma. Tutto attorno si vedevano i segni di una difesa progettata, che la pioggia di missili aveva reso vana. I cingoli degli Abrams travolgevano e frantumavano cavalli di frisia, barricate erette con materiali d'accatto, contrafforti improvvisati. Quello che era stato il piú malfamato sobborgo di New Orleans era ridotto a fuoco e rovine.

Poi, dalle parti di Bechtel Park, qualcosa bloccò la colonna, costringendola a frenare la corsa. Robinson dovette premere di scatto sul pedale, per evitare la collisione col mezzo che lo precedeva. Il muso della Hummer si mise di traverso, il motore ansimò e tacque.

– Cosa succede, adesso? – chiese con un'imprecazione.

Lasciò il volante e scese, imitato dai compagni. Guardò Tanner, che sul tetto si teneva abbarbicato alla mitragliera. – Vedi qualcosa?

– No, ma mi sembra che là in fondo i carri stiano facendo retromarcia.

– Retromarcia? Sei impazzito?

Un elicottero si abbassò, sferzando la colonna col suo faro. Un uomo passò accanto a loro gridando, poi un altro. Erano senza armi e urlavano a squarciagola, facendo segni con le braccia.

– Cosa diavolo stanno dicendo? – chiese Robinson, stupito.

Torrisi si portò al suo fianco, la fronte aggrottata. – Non ho capito bene, – bisbigliò, – ma direi che parlano di alligatori.

4. *Saltare nel fuoco*

Muhammad Abdullah fu il primo a udire i rintocchi della campana, nelle viscere della casa che bruciava. – Sentite anche voi? – chiese. – Sembra il segnale.

Ali Yussif stava spiando la larga botola da cui si erano calati nell'umidità della cantina. Temeva che da un momento all'altro la violenza dell'incendio che divampava di sopra travolgesse le assi e rovesciasse su loro una pioggia di tizzoni. – Cos'hai detto? – borbottò.

– La campana ci sta chiamando. Ascolta!

– È vero, – confermò Sanyika. Da un'ora, coperto di sudore, perlustrava ogni angolo del sotterraneo in cui avevano trovato rifugio durante il bombardamento. Camminò sicuro verso la grande griglia che si apriva in un angolo, e che emanava ricorrenti folate di fumo oleoso, subito disperse dallo sfiatatoio scavato fino al bordo del marciapiede sovrastante. – Viene da qui.

Kashif scosse il capo. – Allora non possiamo fare nulla. Lí sotto c'è solo fuoco.

– Eppure non c'è altra scelta, – disse Sanyika. – O ci ricongiungiamo ai nostri, o finiremo arrostiti in questo forno. Tra poco la baracca ci crollerà in testa.

L'acciaio STZ della corazza ebbe un fremito leggero, come se condividesse la sua paura. Quando la grande torre di ferraglia era crollata, lasciando via libera ai missili scagliati da Babilonia, il metallo che portava addosso aveva reagito con scricchiolii veementi, trasmettendogli sensazioni di dolore. Anche durante la fuga precipitosa dalla casa che stavano perquisendo, alla ricerca dell'ossigeno che mancava, la corazza aveva continuato a emettere suoni striduli e soffocati. Adesso sembrava rianimarsi.

Passò le dita sulle nervature dell'acciaio, gonfie di sensori. – Forse faremmo meglio a toglierci questa roba. Impaccia i movimenti.

Muhammad Abdullah fece segno di no. – Può ripararci dalle ustioni, almeno per un poco. Se dobbiamo saltare nel fuoco, è meglio avere qualcosa addosso.

Sanyika allungò la mano verso la griglia, ma la ritrasse di scatto. – Scotta maledettamente.

– Aspetta –. Kashif raccolse il manico di una vanga, abbandonato tra vecchie cassette, e ne fece passare l'estremità tra le sbarre della grata. Poi fece leva con tutte le forze. La griglia cadde fragorosamente di lato, liberando una nube di fumo e un fetore pestilenziale.

Sanyika attese che il fumo si sollevasse e si curvò sull'apertura. Tra le esalazioni si vedevano scintille e lingue di fiamma. – Che Allah abbia pietà di noi. Credo che cadremo in un braciere ardente.

– Qui sotto passano le fogne, – replicò Muhammad Abdullah, con voce un po' insicura. – Saltando dovremmo finire in acqua.

In quel momento i rintocchi della campana giunsero nitidi dal sottosuolo, superando il rombo del gas che usciva dalle condutture sfondate e si trasformava in vampata.

– Basta, ci chiamano –. Sanyika raccolse l'M16. – Vado prima io.

Si portò sull'orlo della voragine e saltò a piedi pari.

Nell'arco di frazioni di secondo una nube di vapore rovente gli artigliò la faccia, poi gli parve che ogni millimetro di pelle scoperta fosse divenuta una maschera di dolore. Ma fu una tortura brevissima. Cadde in un fiume di liquame fetido e gelato, mosso da una corrente impetuosa. Si lasciò trascinare per un lungo tratto, mentre il ricordo del bruciore inumano di poco prima si dissipava. Il fondo era sotto i suoi talloni. Quando si sentí affondare, con un colpo secco si riportò a galla e cercò a tentoni la riva. Si aggrappò a un marciapiede d'asfalto e si trascinò sul bordo.

Si ritrovò in un buio compatto, squarciato solo da lontane fiammate. Udí i compagni avvicinarsi urlando. Forse aveva urlato anche lui, in quella breve calata all'inferno; ora, però, non avvertiva alcun dolore. L'esplosione di una vampa di fuoco gli permise di scorgere Kashif che cercava di issarsi sulla banchina. Corse da quella parte e lo afferrò per la corazza, aiutandolo a portarsi all'asciutto. Altri incendi mostrarono Muhammad Abdullah e Ali Yussif che, fradici, tentavano di rimettersi in equilibrio sul bordo della cloaca. I tocchi di campana erano tanto forti da far vibrare le volte.

I miasmi che provenivano dal fiume melmoso gli strozzavano il respiro in gola. Trovò la forza per gridare: – Ci siete tutti?

Gli risposero tre grugniti, di cui uno vicino, e due perduti nel buio della galleria. Deglutí a fatica e aggiunse: – Teniamoci rasente alle pareti. La campana non dev'essere distante.

Iniziò a camminare sulla pietra scivolosa, rabbrividendo ogni volta che la sua mano incontrava, sul muro, qualcosa di mobile o di molliccio. Era stanco, ma non tanto da sentirsi piegare le gambe. Anche il cuore, massaggiato dalla carezza del metallo piezoelettrico, rallentava gradualmente i propri battiti.

Non fu un percorso lungo. D'improvviso la galleria svoltò, dando accesso a un collettore dalla grande cupola. Sui quattro ponticelli che si intersecavano al centro era raccolta una piccola folla di uomini armati, illuminati dalla fiamma che scaturiva da un tubo del gas spezzato, pendente a ridosso del soffitto. C'erano membri del Frutto dell'Islam e guerrieri di Nuova Afrika, nazionalisti senza affiliazione e delinquenti da strada col fazzoletto azzurro dell'Internazionale Crip. Le sorelle non erano numerose, e si tenevano addossate alle pareti umide delle sala, sudando sotto il velo. Tutti mostravano sugli abiti e sui volti i segni delle traversie che avevano dovuto affrontare per raggiungere quel luogo.

Sulla piattaforma centrale, un *mullah* che stringeva un batacchio percuoteva con regolarità una piccola campana pendente da un gancio. Accanto a lui, Sanyika riconobbe in un uomo robusto, dalla lunga veste di seta nera come il viso: il molto onorevole reverendo John Muhammad. Era una presenza che consolava: unico scampato alla strage di Detroit, aveva diretto la resistenza a New Orleans con pugno di ferro. Fino al giorno in cui, rifiutando la resa, aveva guidato la ritirata affannosa dei combattenti superstiti lungo Canal Street, sotto i bombardamenti dei razzisti, fino ai traghetti per Algiers Point.

Fu John Muhammad che, dopo un tempo che parve interminabile, fermò il braccio del *mullah* e arrestò i rintocchi. Tutti tacquero. Si udiva solo lo scrosciare dell'acqua nera sotto i ponticelli, e il rombo del fuoco sulle loro teste.

Il reverendo posò uno sguardo intenso sulle schiere assiepate intorno, come se riconoscesse ciascuno dei presenti e ne avvertisse le sofferenze. Poi alzò le mani e tuonò: – *As-Salaikum-Salaam!*

Gli rispose un potente urlo collettivo: – *Wa-Alaikum-Salaam!*

Soddisfatto della risposta, John Muhammad incrociò le braccia e tacque per qualche istante. Sanyika provava una certa emozione, che gli faceva dimenticare la sporcizia che aveva addosso, gli abiti bagnati e il sudore che gli scendeva a rivoli dalla fronte, quasi accecandolo. In quel momento anche la corazza aveva cessato di fremere, come se trattenesse il fiato.

– In nome di Allah, clemente e misericordioso, – esordí infine il reverendo. – Fratelli e sorelle, vi ringrazio di essere accorsi al richiamo della campana. So che non deve essere stato facile. Sopra di noi un'orda di diavoli bianchi ci sta cercando, pronta a uccidere vecchi e bambini come ha fatto a Detroit, ad Atlanta, qui a New Orleans e dovunque un fratello ha avuto il coraggio di difendere la sua casa e il suo popolo. Sappiamo che è gente spietata, che ha incendiato il cielo e soffocato centinaia di noi, forse migliaia. Ma sappiamo anche che è destinata alla sconfitta.

John Muhammad dovette cogliere nell'uditorio qualche segno di perplessità. Si infervorò: – Il Corano non dice forse che la bevanda degli infedeli sarà l'acqua corrotta, come quella che scorre ai nostri piedi? Essi dovranno inghiottirla goccia a goccia, e passerà a fatica per le loro gole. Non cogliete la profezia? C'è un animale che vive nell'acqua corrotta, un animale che non divora cibo che non sia imputridito. Terribile come gli angeli Monker e Nakir, ci ha difesi finora e piú volte ha arrestato la marcia dei diavoli bianchi. Adesso è il momento di scatenarlo.

L'allusione agli alligatori diede a Sanyika un brivido. Gli tornò alla mente quando, poche ore prima, Kashif, il duro Kashif, era fuggito sconvolto dalla casa in cui avevano ucciso il disertore, misteriosamente popolata di rettili. Anche se combattevano al loro fianco, per un motivo che solo Allah conosceva, gli alligatori ispiravano un terrore che non si riusciva a dominare.

– Sí, l'alligatore, – proseguí John Muhammad. – La fredda macchina di morte che Allah ci ha concesso. Purtroppo, da quando siamo scesi in questo inferno, ne abbiamo perso il controllo. C'è uno solo di noi che parla il linguaggio degli alligatori, che comanda i loro passi, che apre e chiude le loro fauci. Non è qui, è rimasto in città. Si chiama La Croix, Elija Bichara La Croix. Nessuno di voi lo conosce?

– Io lo conosco! – esclamò un neoafrikano dalla carnagione olivastra. – Abitava vicino a me, con la figlia. Ospitava un nipote ferito, forse un disertore. Dev'essere per quello che non è sceso nelle fogne.

Kashif si accostò a Sanyika. – Quella casa! – gli bisbigliò. – Su una sedia a dondolo, in mezzo agli alligatori, c'era un uomo anziano. Doveva essere lui!

– Fratel La Croix va ritrovato! – continuò John Muhammad. – Se lo scovano, i diavoli bianchi lo uccideranno come un cane, e perderemo la nostra arma piú potente. Tu, – disse, indicando il giovane dal viso olivastro. – Ti senti di andare a cercarlo e portarlo qua?

– Ci andrei volentieri, fratello John, ma sono ferito a una gamba –. Il giovane sollevò un bastone. – Temo che non andrei lontano.

– Vado io! – gridò Kashif, alzando il braccio che impugnava l'M16. – So dov'è la casa. Cercherò di raggiungerla.

John Muhammad fissò su di lui uno sguardo pensoso. – Tu chi sei, fratello?

– Mi chiamo Kashif. Ero la Guerra tra i cavalieri di ronda, prima del bombardamento.

– Gli altri tre sono con te? Intendo la Morte, la Peste e la Carestia.

– Sí, sono con me. Sani e salvi –. Sanyika trasalí, e immaginò che i suoi compagni facessero altrettanto.

Il reverendo annuí. – Ho deciso, andrete voi quattro. Conducete qua fratel La Croix. Siate prudenti, ma non abbiate paura –. Alzò il timbro di voce fino a incrinarlo. – C'è una parte di me in ciascuno di voi. Nessuno turberà la vostra missione. Sarà come se vi conducessi per mano attraverso la terra. Come se Allah vi conducesse per mano –. Fece una pausa, poi sussurrò: – Perché dobbiamo vincere. È Allah in persona che ce lo ordina.

5. *Frustata*

Gli alligatori si erano ammonticchiati gli uni sugli altri, formando una pigra montagna limacciosa. Quando i carri in posizione avanzata aprirono il fuoco, Robinson avvertí un'inspiegabile eccitazione. I proiettili che si immergevano in quella carne vivente, gli zampilli di sangue, le esplosioni di tessuti e di scaglie frustavano i suoi nervi con scariche di adrenalina di intensità quasi intollerabile, facendogli desiderare uno sfogo. Capiva confusamente i motivi della violenza che sentiva montare dentro. Stava assistendo a una sintesi di quella guerra. Un nemico incomprensibile, spaventoso, completamente alieno, che ispirava paura e ripugnanza; l'azione salutare del fuoco su quelle carni infette nutrite di putrefazione; la consapevolezza di battersi per una razza contro un'altra razza, un'altra biologia che non aveva alcun diritto all'esistenza. C'era qualcosa di magnificamente chirurgico, in quel cannoneggiamento.

La mostruosa alleanza tra negri e alligatori dimostrava che il reverendo Mallory, nel bandire quella guerra, aveva colto nel giusto. Era tempo di separazioni, radicali e definitive. Un secolo di convivenza tra le razze aveva prodotto ideologie bastarde e piagnone, cancellato il rispetto dei ruoli e il timor di Dio, propagato malattie innominabili. Il crollo degli Stati Uniti, dopo l'epidemia di anemia falciforme, era stato solo l'atto finale di una commistione contronatura. Al nord facessero quello che volevano. Il sud aveva le idee chiare: occorreva recuperare l'identità, il sangue, i valori bianchi e cristiani. Anche a costo di un bagno di sangue.

– Ci siamo, – disse Tanner, dal tetto della Hummer. – Rimetti in moto.

Robinson non se lo fece ripetere. Saltò sul sedile e girò la chiavetta, senza nemmeno accertarsi se Bridges e Torrisi avessero richiuso gli sportelli. Incollò il muso della jeep al retro del blindato che li precedeva, come per spingerlo avanti. La colonna si mosse, sguazzando tra il sangue e le frattaglie dello sbarramento di alligatori squarciato.

Robinson si sporse dal finestrino. – Fai qualcosa! – urlò a Tanner. – Spara su quelle case!

Da tutto il convoglio partivano colpi isolati contro le facciate scure delle abitazioni, apparentemente abbandonate. Schegge di vetro e frammenti di mattoni schizzavano fragorosamente verso il centro della via, luccicando sotto i fari degli elicotteri che tagliavano la notte. Tanner lasciò partire una raffica che incrinò la colonna di un porticato, facendo scricchiolare la terrazza di un hotel deserto. Era chiaro a tutti che quel fuoco era inutile, visto che i nemici erano sparsi ovunque, racchiusi nelle loro ridicole corazze. Ma bisognava pur fare qualcosa.

D'un tratto la radio del veicolo prese a gracchiare. Robinson sobbalzò: non aveva nemmeno considerato che ce ne fosse una. Riconobbe la voce calda e paterna di Mallory. – *Bravi, ragazzi, state facendo il vostro dovere. Raggiungete il* Point. *Da lí vi sparpaglierete a piedi, secondo le istruzioni che i vostri ufficiali vi hanno già dato. Siate inflessibili come una schiera di arcangeli. Nessun figlio di Satana deve sfuggire alla nostra giustizia. Chi si è ribellato all'ordine voluto da Dio conoscerà la stessa fine delle città di Ai, di Asor, di Lebna e di Lachis, quando la furia di Giosuè si scatenò sui loro abitanti...*

– Di quali istruzioni parla? – chiese Bridges a Robinson. – Il comando te ne ha date?

– Be', sí. Ma in pratica è una sola. Bisogna trovare... Ah, ecco, lo sta dicendo lui.

– *...trovate l'oscuro Signore del Metallo!* – La voce di Mallory si era un poco incrinata, come se l'indignazione stesse avendo la meglio sulla sua naturale bonomia. – *Trovate il dio fantasma, lo stregone nero che fa vivere l'acciaio e comanda agli alligatori! Il patto tra i negri e Satana ha in lui il suo strumento. È qui, nascosto in qualche catapecchia, rintanato in una cantina. Prima di darsi al diavolo e chiamarsi Legione si chiamava La Croix, Ezra Washington La Croix. Per la squadra che lo scoverà ci sarà un premio, e la gloria di avere schiacciato il corno piú odioso della Bestia. La Croix, ricordate, La Croix...*

– Dev'essere quello che ha fregato la formula dell'acciaio piezoelettrico, – borbottò Robinson.

Bridges annuí. – Lui di sicuro. Ma dove diavolo lo andiamo a cercare?

– Mmm, se è davvero lui dev'essere molto vecchio. E i vecchi abitano in case vecchie –. Con una sterzata improvvisa, Robinson accostò la Hummer al marciapiede. – È inutile arrivare al *Point*. Là saremmo una folla a frugare in giro. Cominciamo da qui, è pieno di bicocche decrepite.

– Giusto, – approvò Torrisi, aprendo lo sportello e raccogliendo l'M16. Sul marciapiede inserí il caricatore con uno scatto. Gli altri lo imitarono. Tanner scese agilmente dal tetto e scrutò l'imboccatura buia di alcuni vicoletti. – Da dove cominciamo?

Robinson alzò le spalle. – Da dove ci pare. Seguitemi.

Non aveva superiori a cui chiedere il permesso. Come gli altri corpi franchi, l'Armata del Cristo Guerriero era un'accozzaglia di piccole bande federate tra loro, e tenute assieme piú dai colori della divisa che da precisi legami organizzativi. Solo le Milizie regionali, i Minutemen e il gruppo ex clandestino The Order avevano una struttura grosso modo militare. Ma di Ku Klux Klan ce n'erano almeno una ventina, e l'Armata del Cristo Guerriero, l'Esercito Occidentale di Liberazione, la Legione del Sangue e altri gruppi simili erano semplici schegge dell'Aryan Brotherhood che un tempo aveva unito i detenuti bianchi per reati comuni.

Al reverendo Mallory c'era voluto del bello e del buono per addestrare alle armi pesanti nuclei tanto rissosi, farli obbedire a un comando unificato e costruire su essi l'embrione della nuova Confederazione degli Stati Americani. L'indisciplina continuava a serpeggiare, e fuori delle grandi azioni di guerra ogni banda tendeva a eleggere i propri ufficiali – come era accaduto con Robinson, veterano del Golfo – e a fare di testa propria.

Il vicolo ingombro di detriti e cadaveri con le mani alla gola che avevano imboccato sfociava in una strada larga, illuminata dall'incendio di un grappolo di edifici. Una fila di case era rimasta intatta, anche se l'asfalto di fronte era solcato da enormi crepe, ribollenti di fanghiglia.

– Scommetto che là dentro c'è qualcuno vivo, – osservò Torrisi. – Sono le sole case ad avere la porta sbarrata. Dalle altre la gente è scappata senza perdere tempo a chiudere.

– Giusto, – mormorò Robinson, che sentiva l'adrenalina tornare a fluire. – Andiamo, ma con cautela.

Si disposero in fila indiana e scivolarono sotto i porticati, scansando le assi sconnesse e un corpo appoggiato a un idrante che vomitava acqua sporca. Il rombo dei motori era un'eco ormai distante, punteggiata di tanto in tanto da raffiche ed esplosioni isolate. Il rumore dominante era quello delle travi che si schiantavano nei palazzi in fiamme, accompagnato dal periodico fragore dei crolli; ma si udiva anche un crepitio soffocato e continuo, che sembrava provenire dalle torri d'acciaio rimaste a presidiare il cielo. Non era però il momento di occuparsi di quel brusio.

Raggiunta la prima casa in buono stato, Bridges tastò con precauzione la maniglia della porta, tenendosi di lato. Era chiusa. Allora passò oltre e spiò attraverso i vetri di una finestra. – Tutto buio, – commentò. – Ma non mi fregano. Qui c'è ancora qualcuno, magari in cantina.

– Credo anch'io –. Robinson sollevò l'M16 e sparò qualche raffica contro la serratura, sollevando una pioggia di schegge. Poi si addossò allo stipite, mentre il battente si spalancava. Puntò l'arma verso l'oscurità e lasciò partire un paio di colpi.

– Venite –. Si insinuò nell'atrio, badando bene a non inquadrare la propria sagoma nel rettangolo luminoso dell'ingresso. Tanner, che gli era le spalle, accese una torcia elettrica e fece saettare il fascio di luce sulle pareti. Mobili di serie, tappezzeria stinta, una pendola pretenziosa del tutto fuori posto. Era di sicuro una casa di negri.

Robinson osservò il balconcino del piano superiore, ma subito portò lo sguardo sull'uscio che si apriva alla base delle scale. Fece un sogghigno. – Sono lí sotto che trattengono il fiato. Ci giurerei.

Attese i compagni, poi colpí l'uscio con un calcio potente. La serratura schizzò via, il battente si inclinò. Un secondo calcio liberò il passaggio. Una scalinata di legno scendeva perdendosi nel buio. Le travi divelte rotolarono fragorosamente fino in basso.

– Uscite con le mani alzate! – urlò Robinson. – Non vi torceremo un capello!

Nessuna risposta. Si udí solo uno scricchiolio debolissimo, che si spense all'istante. Robinson sospirò. Fece un cenno a Tanner. – Vado avanti io. Tu seguimi tenendo alta la torcia.

Scese con cautela i gradini, badando a evitare le travi dell'uscio sfondato. Giunto a metà della scala tirò il grilletto. La cantina rimbombò. Quando l'eco dei colpi si spense, una voce strozzata dal terrore gridò: – Non sparate, siamo solo donne e vecchi!

Subito dopo, il fascio della torcia illuminò cinque visi neri angosciati, che battevano gli occhi sotto la luce troppo intensa. C'erano tre donne con i capelli grigi e il viso velato, e due uomini di età indefinibile, dall'apparenza decrepita. Avevano volti e capelli incrostati di sporcizia e ragnatele, segno che dovevano trovarsi lí da ore, se non da giorni. La cantina sigillata li aveva messi al riparo dalle bombe aerosol.

– Tutti i giovani se ne sono andati, *m'sieurs*, – disse una delle donne, con voce singhiozzante. – I maschi per fare la guerra, le femmine per non essere linciate. Qui ci siamo solo noi, poveri vecchi che non c'entriamo nulla.

– Non esiste nessuno che non c'entri nulla, – osservò seccamente Robinson. Poi, sforzandosi di addolcire un poco la voce: – Non cerchiamo voi, cerchiamo La Croix. Ezra Washington La Croix. Ditemi dove si nasconde e vi lasceremo in pace.

– Non lo conosciamo, – disse la donna, un po' troppo in fretta.

Robinson la studiò con calma. L'allarme che lesse nei suoi occhi non era solo paura. – Sí che lo conosci. Hai un minuto per dirmi dov'è. Poi morirete tutti.

Gli occhi della donna, malgrado le lacrime, si indurirono. Un movimento del velo rivelò una deglutizione faticosa: sapeva di non poter mentire. Dopo qualche istante mormorò: – Non sappiamo dov'è La Croix. Per trovarlo dovete seguire gli alligatori. Papà La Croix sta con gli alligatori.

– Che cosa vuoi dire?

La donna abbassò lo sguardo. Uno degli uomini fece un passo avanti, con un'inaspettata aria di sfida. *Trouvez-le vous mêmes, papa La Croix!* – gridò con voce acuta ma ferma. – E state attenti, perché potrebbe essere lui a trovare voi!

Tanner colpí il viso dell'uomo con la cinghia di cuoio del fucile, producendo uno schiocco secco. Robinson, anch'egli furente, alzò la canna dell'M16. – Bada, vecchio, che noi siamo qua per uccidere e mutilare! Non capisci cosa ti aspetta?

L'uomo si asciugò il sangue che gli colava dalle labbra col dorso della mano. – Noi non abbiamo niente da perdere. *Foutez-nous la paix*!

Robinson inspirò ed espirò a fondo, come se si sentisse affaticato, poi guardò i compagni. – Va bene. Ammazziamoli tutti.

6. *Il dio fantasma*

Tutto attorno risuonò un grido prolungato, tanto acuto da lacerare i timpani. Sanyika, Kashif, Ali Yussif e Muhammad Abdullah smisero di strisciare tra i cadaveri abbandonati sul marciapiede e trattennero il fiato. Il grido si ripeté, questa volta piú distante.

– Strano, – mormorò Sanyika, continuando a rimanere immobile. – Sembra venire dall'alto, dalle torri.

– È il metallo che grida, – rispose Kashif, come se dicesse un'ovvietà. – Le torri si parlano.

– Direi piuttosto che piangono. Del resto ne hanno motivo –. Sanyika riprese a strisciare, tenendo lo sguardo fisso sulla sagoma imponente dell'Abrams che chiudeva la strada. I compagni lo imitarono.

Era da mezz'ora che si muovevano a quel modo, alternando l'avanzata radente al suolo, tra i corpi riversi, a brevi tratti di corsa nei punti piú sicuri. I nemici erano dappertutto. A due riprese avevano udito a pochi passi da loro lo scalpiccio delle pattuglie che frugavano le case, correndo sistematicamente da una all'altra. Piú volte, poi, l'asfalto aveva vibrato al passaggio dei cingolati, lanciati a pazza velocità sulle strade sconnesse.

L'immane fiammata dell'aerosol era stata terribilmente efficace. Chi si trovava all'aperto, nelle strade centrali di Algiers, era morto ansimando per la mancanza d'aria. Ora quel tappeto di salme e di carcasse di animali favoriva la loro lenta avanzata in direzione della zona piú periferica, dove doveva trovarsi il vecchio circondato dagli alligatori. Ammesso che fosse sopravvissuto.

Il motore dell'Abrams rombò, e il carro armato si mise in movimento, scomparendo dietro un caseggiato. Sanyika tese le orecchie. Nessuna pattuglia pareva essere nei paraggi. – Bene, possiamo di nuovo correre, – disse concitato.

Nell'alzarsi appoggiò senza volere la destra sul petto di uno dei morti. Sentí che la corazza fremeva e si contraeva, come se il metallo avesse continuato a vivere di vita propria, indipendente da quella di chi la indossava. Ritrasse subito la mano e si rimise in piedi.

Corsero fino al fondo della via, poi si nascosero sotto un porticato rimasto miracolosamente in equilibrio. Sanyika accostò il viso a quello di Kashif. – Dovremmo quasi esserci.

– Sí, la strada è questa. Ma la casa era in fondo, purché ci sia ancora.

– Andiamo.

Scattarono in avanti e svoltarono l'angolo, immettendosi nella traversa. Il buio non era totale. Edifici isolati seguitavano a bruciare lentamente, e gli elicotteri, che si muovevano a nugoli alcuni caseggiati piú in là, di tanto in tanto proiettavano su quella zona obliqui fasci luminosi.

Notarono subito l'assenza di cadaveri. Lí l'incendio dell'aerosol non aveva prodotto effetti. Del resto essi stessi, solo poche ore prima, erano riusciti a fuggire da quell'area senza danni, anche se con i polmoni doloranti e la gola serrata. Bombe e missili avevano però squarciato l'asfalto, e una fanghiglia scura usciva gorgogliando da innumerevoli crepe, adagiandosi lentamente sul letto della strada come un fiume oleoso.

Sanyika osservò la direzione in cui era scomparso il carro armato. – Non c'è anima viva. Possiamo andare.

Stava per scendere dal marciapiede quando Muhammad Abdullah lo afferrò per il braccio, facendo palpitare la corazza. – Fermo! – gridò il compagno. – Non vedi?

A Sanyika ci volle qualche secondo per capire quello che l'altro gli stava indicando. Poi, quando il fascio di luce proiettato da un elicottero lontano sfiorò il selciato davanti ai suoi piedi, fu scosso da un brivido incontrollabile. Tra il fango ribollente che usciva da una fenditura si agitavano zampe e scaglie, in lotta per districarsi tra le lastre spezzate. Un secondo raggio aumentò il suo terrore. Lungo tutta la strada avanzavano oscillando corpi allungati e limacciosi di rettili, dalle code puntute che battevano la melma con meccanica furia, traendone uno sciacquio soffocato.

In quel momento le torri distanti emisero nuovamente il loro grido acuto, e sembrarono torcersi e allungarsi contro il cielo notturno. Sanyika cercò di dimenticare il sudore che gli stava imperlando la fronte. – Dobbiamo tornare indietro, – disse con voce roca. – Qui l'inferno si sta riversando sulla terra.

Kashif scosse il capo. – No, non possiamo tornare senza La Croix. A quanto pare è la nostra ultima speranza.

– Del resto è meglio morire qua che sepolti in una fogna, – aggiunse Ali Yussif.

Sanyika tacque brevemente, poi disse: – Va bene. Teniamoci sul marciapiede. Se una di quelle bestiacce si avvicina, puntate agli occhi.

Si incamminarono rasente ai muri e ai porticati, con i nervi a fior di pelle. La marcia lenta degli alligatori, che qualche sprazzo di luce rivelava di tanto in tanto, sembrava un flusso, come se dei tronchi stessero scivolando sulla mota che sgorgava dal sottosuolo. A un certo punto si udí un rombo violento, proveniente dal cielo. La cima di una delle torri parve sgretolarsi, e lastre d'acciaio furono proiettate tutto attorno. Un elicottero, con le ali tranciate da uno di quei frammenti, roteò pazzamente, facendo danzare la luce del suo faro contro la notte.

– Anche il metallo sta combattendo la sua battaglia, – osservò cupamente Ali Yussif.

Muhammad Abdullah puntò il braccio. – Ecco la casa! La riconosco!

La palazzina coloniale sembrava intatta. Dal terrazzo del piano superiore pendeva ancora il corpo del ragazzo ucciso, davanti a una veranda fiocamente illuminata.

Kashif fece per scendere dal marciapiede, ma ritrasse in fretta il piede. – Per Allah, come facciamo a passare? – gridò. Un bagliore riflesso dalla vetrina a specchio di un barbiere, rimasta chissà come illesa, svelò il motivo del suo orrore. Al centro della strada il selciato era interamente coperto da corpi affusolati di rettili, stretti l'uno accanto all'altro come una palizzata di scaglie e di creste adagiata al suolo. Si sarebbe detto che tutti gli alligatori stessero convergendo su quel punto, sguazzando nelle colate di fango che scaturivano dal suolo sventrato, da cui si levavano sottili vapori. Intanto, le torri si sgretolavano lentamente una dopo l'altra, devastate da fragorose esplosioni interne, e giganteschi frammenti d'acciaio precipitavano sibilando su uomini e cose. L'aria era scossa da una vibrazione cupa e frenetica, non si sapeva se prodotta dalle strutture piezoelettriche in disfacimento o dal richiamo tribale dei rettili che scivolavano e annaspavano lungo la via.

Sanyika, terrorizzato, si addossò alla facciata incrinata del *Possum Lounge*. I compagni lo imitarono, puntando contro la notte armi che sapevano vane. Le corazze che aderivano ai loro corpi si increspavano e fremevano, in preda a un'eccitazione misteriosa. Nessuno avrebbe detto che quei quattro uomini spaventati avessero portato i nomi minacciosi di Morte, Peste, Guerra e Carestia.

D'un tratto la veranda al piano superiore della villetta di fronte si aprí. La debole luce che ne scaturiva disegnò il profilo di un uomo segaligno, che pareva indossare un frac e – dettaglio stravagante – una bombetta. Col frastuono assordante che squassava quell'inferno, fu curioso che la sua vocetta potesse pervenire nitida ai quattro cavalieri: – *Venez, venez, mes amis*. Penso io ai coccodrilli. Non abbiate paura.

Le vibrazioni dell'aria cambiarono improvvisamente frequenza. Gli occhi sbalorditi di Sanyika videro un movimento convulso al centro della strada, poi la massa compatta degli alligatori si aprí nel mezzo, formando lentamente un corridoio fangoso.

– Magia! – esclamò Muhammad Abdullah con voce isterica. – Questa è magia nera!

– *Venez, venez, mes amis!* – ripeté dalla terrazza l'uomo con la bombetta, riuscendo di nuovo a superare ogni altro rumore.

Sanyika tentò di scuotersi dal terrore che lo paralizzava. Scese dal marciapiede, affondando una scarpa nel fango; poi mosse un altro passo. Udí alle proprie spalle Kashif mormorare: – È lui! Il vecchio che stava in quella stanza, con gli alligatori intorno!

Sanyika continuò a camminare, ringraziando il buio che non gli permetteva di scorgere altro che la sagoma dei rettili immobili ai lati. Raggiunse il porticato e guardò i compagni. Ali Yussif e Muhammad Abdullah erano con lui, pallidi e stravolti. Kashif, invece, era rimasto immobile al centro della via, come se la mota gli avesse afferrato i piedi. Faceva sforzi convulsi per riuscire a districare le gambe.

Dall'alto scese la voce dell'uomo con la bombetta, questa volta freddissima. – Tu no, *mon ami*. Hai ucciso mio nipote e fatto fuggire mia figlia. Credi che me ne sia dimenticato?

Kashif lanciò un grido. – È la corazza! La corazza non si muove! Mi...

Il resto della frase si perse nell'esplodere di versi simili a muggiti e nello sciacquio di code che battevano il fango. Sanyika riuscí a vedere chiostre di denti aguzzi che si spalancavano, poi la massa dei rettili che si chiudeva su Kashif, facendolo cadere. Ma le tenebre sommersero la scena.

Rimasero per qualche minuto a contemplare la strada buia, senza sapere cosa dire o fare. Poi sulla porta della palazzina comparve l'uomo con la bombetta. Sanyika non pensò nemmeno a sollevare il fucile. Si limitò a fissare attonito il viso sottile e rugoso sormontato da quel copricapo ridicolo, intonato a un'altrettanto ridicola marsina rossa. L'angoscia inesprimibile che provava si attenuò un poco sotto lo sguardo di due occhi tondi e nerissimi, animati da una folle vivacità.

– Elija Bichara La Croix? – riuscí ad articolare.

Il vecchio alzò le spalle con irritazione. – Non voglio quei nomi musulmani. Io mi chiamo Ezra Washington La Croix.

– Ma è proibito portare nomi non voluti da Allah! – protestò Sanyika, senza accorgersi di quanto fosse futile, in quel momento, una simile obiezione.

– Poveri stupidi, – replicò il vecchio senza acredine. – Credete di essere piú africani invocando Allah, e non sapete che Allah era il dio dei mercanti che vendevano i vostri antenati ai bianchi. Guardate –. Spalancò i battenti e armeggiò contro la parete. Le luci si accesero, illuminando l'atrio. Al muro era appesa una specie di stola rossa, ornata con triangoli, riccioli e asterischi disegnati rozzamente.

– Che cos'è? – chiese Ali Yussif, che aveva la pelle d'oca.

Il vecchio contemplò la stola come se fosse un'opera d'arte. – Non potete riconoscerlo, ve lo hanno fatto dimenticare. Ma dentro di voi, da qualche parte, vive ancora. È Ogou Ferraille, il piú potente di tutti i *loa*. Il dio fantasma che fa vivere il metallo –. Fece un gesto imperioso. – Piegate le ginocchia. È tempo che vi sottomettiate al vero dio!

7. *Nessun rimorso*

Robinson afferrò Torrisi per la spalla. – La guerra moderna è guerra contro i civili. In Balcania come qua. Per cui esiste un solo comandamento: nessun rimorso.

Torrisi, molto pallido, annuí. Era però evidente che stava tentando di trattenere il vomito che gli affiorava alla gola. Del resto, anche Bridges e Tanner, e persino lo stesso Robinson, erano scossi. Avevano lasciato la cantina simile a un mattatoio. Con la differenza che in un mattatoio non si vedevano capelli bianchi imbrattati di sangue, né si udivano suppliche strazianti spegnersi in un rantolo.

– Nessun rimorso, – ripeté Robinson, come se volesse rassicurare anche se stesso. – Venite, abbiamo interi isolati da perquisire.

Ritornare sulla via fu come passare da incubo a incubo. Le gigantesche torri che racchiudevano Algiers stridevano e si dimenavano come serpenti d'acciaio, scagliando attorno lastre scintillanti. Gli elicotteri si stavano ritirando precipitosamente dal centro del sobborgo, puntando a casaccio i propri fari come torce elettriche nelle mani di un ubriaco. Un carro armato imboccò la via sbandando paurosamente, con una scheggia di dimensioni ciclopiche conficcata nella cupola, e si schiantò contro le pareti in rovina di un edificio, finendo sepolto da una pioggia di mattoni. Lunghe lame di fuoco schizzarono dalle macerie. Si vedevano gruppi di miliziani fuggire trafelati. Robinson ne afferrò uno per la manica della giacca. – Che cosa sta succedendo?

– Di tutto. Dal cielo piove ferraglia, il suolo si spacca e ne escono alligatori. Scappate anche voi, finché siete in tempo!

Il miliziano cercò di divincolare il braccio, ma Robinson lo trattenne. – C'è ordine di ritirata?

– No. Quel pazzo di Mallory insiste a dire che dobbiamo trovare La Croix. Be', per quel che mi riguarda se lo troverà da solo –. Strappò il braccio dalla stretta e corse via.

Robinson si riaccostò ai compagni. – Io non sono disposto a disertare, – disse risoluto. – Ma con quello che sta capitando, non possiamo continuare a cercare casa per casa.

– Cosa proponi? – chiese Bridges.

– Di tornare alla jeep e cercare di ricongiungerci al grosso. È anche l'unico modo di conoscere gli ordini.

– Va bene.

Attraversarono di corsa la strada e si infilarono nel vicolo percorso all'andata, usando la torcia per scansare i cadaveri di uomini e animali. La Hummer era al suo posto, ma inclinata in avanti. Un tratto di asfalto si era infossato, forse colpito da uno dei proiettili di metallo che seguitavano a cadere, e sembrava aver messo allo scoperto una polla di fanghiglia ribollente, che si perdeva nel buio. Vibrazioni basse e insistenti scuotevano la notte.

– Vado sul tetto? – domandò Tanner.

– No, – rispose Robinson. – Non sono nemmeno sicuro di riuscire a mettere in moto.

Salí alla guida e girò la chiavetta. Per fortuna il motore rispose subito. Afferrò la leva del cambio e innestò la retromarcia. Sulle prime le ruote posteriori girarono a vuoto, poi la jeep ebbe un sobbalzo e scattò indietro. Bridges, Tanner e Torrisi presero posto.

In quel momento dalla radio, rimasta accesa, uscí la voce del reverendo Mallory, questa volta angosciata: – *Mantenete la calma! Mantenete la calma! Tra breve le bombe aerosol faranno piazza pulita degli ultimi nemici di Cristo e delle bestiacce che l'inferno ci sta scatenando contro. Ma prima bisogna trovare La Croix! È lui la causa di tutto questo! Trovate La Croix!*

– Fa presto a dirlo, – borbottò Robinson. – Dove diavolo lo cerchiamo, in questo putiferio?

Accese i fari e guidò a passo d'uomo, contornando la cavità che si era aperta nell'asfalto. Rabbrividí scorgendo la testa di un alligatore che annaspava cercando di emergere dal fango, ma preferí non farne parola agli altri. La spinta a fuggire era tanto forte in lui stesso che non sapeva se avrebbe potuto far fronte alla volontà dei compagni.

Percorse pochi isolati, evitando altre fenditure, poi diventò impossibile far finta di nulla. Il blindato sfiorava zampe e schiene di decine, forse centinaia di alligatori che dondolavano in marcia lungo il letto della via, spandendo una scia di melma. Bridges, seduto al suo fianco, gli toccò il braccio. – Torniamo indietro, – disse con voce incrinata dalla paura. – Non senti questo rumore? È Satana in persona che sta per uscire dalla terra!

Dal suolo sembrava infatti provenire un suono sordo e costante, analogo alle vibrazioni emanate dalle torri. Robinson scosse il capo. – Non hai mai visto un branco di coccodrilli? È cosí che comunicano, quando sono in gruppo.

– Peggio ancora! – esclamò Torrisi. – Capo, Al ha ragione. Se proseguiamo andiamo incontro alla morte. Non vedi che stiamo procedendo nella stessa direzione degli alligatori?

Robinson fu sul punto di lasciarsi convincere. Del resto piú avanti, sotto l'insegna pencolante di un locale chiamato *Possum Lounge*, la luce dei fari mostrava una concentrazione impressionante di rettili, come se quel punto fosse una sorta di luogo di raduno. Arrestò il blindato e si girò verso i compagni. – Siete proprio decisi?

Torrisi e Bridges annuirono. Tanner, invece, non rispose. Puntò un dito. – Là c'è una casa illuminata.

Robinson guardò in quella direzione. Era vero. Una palazzina in stile coloniale aveva, al secondo piano, una luce accesa dietro una veranda. Altra luce usciva dalla porta spalancata. Si sarebbe detto che gli alligatori fossero attratti da quel bagliore, perché stavano formando davanti alla soglia uno di quegli ammassi mobili e raccapricciantі già visti durante la corsa sulla palude.

– Ricordate cosa ha detto quella vecchia negra? – continuò Tanner. – Se volete trovare La Croix seguite gli alligatori. Bene, sembra che tutte le bestiacce della terra stiano convergendo su quella bicocca.

Dalla radio uscí la voce di Mallory, sempre piú turbata: – *Quarantacinque minuti! Tra quarantacinque minuti saremo pronti a lanciare l'aerosol. Non perdete tempo, figli miei! La Croix va scovato prima, o i servi di Satana continueranno la loro guerra per chissà quanto. Datevi da fare, cercate, frugate, senza lasciarvi spaventare! Avete ancora quarantacinque minuti.*

Robinson spense la radio con un gesto irritato. – Credo anch'io che lo stregone sia là dentro. Ma con tutti quei coccodrilli è impossibile passare.

Torrisi, seduto dietro, si sporse tra i sedili anteriori. – Non potremmo cercare di entrare dal retro? Girare attorno all'isolato e poi...

– Sí che potremmo –. Robinson rimise in moto e fece arretrare il blindato fin sul marciapiede, poi girò il muso dalla parte da cui provenivano i rettili. La fanghiglia montante schizzava sotto le ruote, mentre svoltava in una strada ingombra di rifiuti. Il tragitto era accidentato dai numerosi cadaveri, ma non c'erano alligatori. Dal cielo ora piovevano minuscoli frammenti metallici, che tintinnavano sul cruscotto.

Svoltò di nuovo. La palazzina coloniale sembrava accessibile attraverso l'intercapedine tra due alti edifici in parte crollati. Spense il motore di fronte all'imboccatura. – Controllate le armi, – disse, raccogliendo il proprio M16. – Questa volta dovremo sparare.

Bridges frugò in una sacca e gli porse alcuni caricatori. – Non è una novità, – brontolò. – È una vita che spariamo.

– Questa volta è per vincere –. Robinson guardò

Torrisi. – E tu ricorda. Nessun rimorso, nessun pentimento. Nessuna compassione per gli indifesi. Tutti siamo indifesi. Capito?

– Capito.

Scesero con le armi in pugno, mentre all'orizzonte, dalla parte del fiume, la piú alta delle torri d'acciaio si contorceva e scagliava frammenti di metallo contro la notte, come se fosse tormentata da una lebbra devastante e dolorosa.

8. *Cerca e distruggi*

– Non preoccupatevi per loro, – disse il vecchio La Croix, indicando i piccoli alligatori che sonnecchiavano immobili di traverso all'uscita sulla veranda, sotto il letto e ai piedi di un divano a fiori gialli. – Sono del tutto indifferenti alla vostra presenza.

Sanyika deglutí. Si stava chiedendo se tutto ciò fosse reale, o se Satana lo avesse già trascinato all'inferno senza farlo passare per l'esperienza della morte. Ormai non provava nemmeno piú terrore. Nell'incubo che stava vivendo il terrore pareva essere la condizione normale.

Il vecchio si chinò a raccogliere un voluminoso sacchetto di carta, nascosto dietro un comò in stile francese. Quando si raddrizzò, puntò il dito sui suoi tre ospiti. – Non crediate che io dimentichi cosa avete fatto a mio nipote. Il vostro amico che ho dato ai *bakas* alligatori ha tirato il grilletto, ma voi tutti siete complici –. La sua voce suonò roca e carica di minaccia. Poi, però, con la mano libera fece un gesto di indifferenza. – Rassicuratevi, non ce l'ho con voi. Sulla terra regnano il *Baron Samedi* e il *Baron Cimetière*. Tutti fanno la guerra a tutti, in ogni parte del mondo. Nessuno riconosce piú l'altro come simile. L'assassinio di mio nipote è stato solo un episodio di una tragedia piú grande.

Muhammad Abdullah, pallido quanto gli altri, cercò di protestare. – Era un disertore.

– Certo che lo era. Ai vostri occhi, non c'è colpa piú grave che rifiutare di partecipare al macello generale. È tipico di tutte le guerre insensate.

Mentre parlava, La Croix aveva affondato la mano nel sacchetto, e ne aveva tratto un pugno di farina. Ora la stava spargendo sul tappeto scolorito al centro della stanza, lasciandone filtrare un filo tra le dita chiuse.

Sanyika si sforzò di vincere la confusione in cui era immerso, e di riportare la conversazione a una parvenza di normalità. – John Muhammad dice che solo tu puoi salvarci. Dalle tue parole capisco che non vuoi farlo.

– E chi te l'ha detto? – La Croix interruppe lo spargimento della farina e si raddrizzò. – Ora che i demoni si sono scatenati, non resta che scegliere quello meno perverso. Io ho già scelto il demone con la pelle nera come la mia. Sono mesi che combatto per voi.

– Combatti per noi? In che modo?

– Col metallo. John Muhammad non ti ha detto che le torri sono opera mia? Sono io che ho spiegato come costruirle, anche se chi le fa vivere è Ogou Ferraille. Adesso fammi finire il suo *vévé*, o non potremo evocarlo –. La Croix riprese a spargere farina, lasciandola cadere in complicati ghirigori.

Sanyika, ancora confuso, si ricordò della battaglia ancora in corso all'esterno. Attraverso i vetri, tintinnanti per le vibrazioni, si vedevano le torri scuotersi e squamarsi, facendo piovere su Algiers una doccia di metallo. Gli elicotteri degli invasori erano scomparsi dal cielo del sobborgo, e stavano sfrecciando in squadriglie verso New Orleans. Ogni tanto, tra le case si alzava una salva di proiettili traccianti o di missili terraterra diretti contro le strutture d'acciaio. Ma era una reazione sterile e disperata. L'esercito dei bianchi stava sorprendentemente avendo la peggio.

Ciò non lo consolò piú di tanto. – Credevo che tu fossi uno scienziato, – osservò, tanto per dire qualcosa. – Invece sembri uno stregone voodoo.

– *Vodoun*. Il termine esatto è *Vodoun* –. Il vecchio contemplò con palese soddisfazione il disegno che aveva tracciato con la farina. Era identico a quello riprodotto sulla stola rossa, al piano inferiore. – Certo che ero uno scienziato. E anche uno dei migliori. Il piú grande scienziato negro d'America, piacesse o no ai miei colleghi bianchi –. Gettò lontano il sacchetto semivuoto e si accostò ad Ali Yussif. Picchiò con le nocche sporche di farina sulla corazza del giovane. – Vedete questo? È opera mia. Acciaio titanato-zinconato, STZ. Il miglior attuatore mai inventato.

– Attuatore? – chiese Sanyika.

– Si chiamano attuatori i materiali metallici capaci di reagire a un campo elettrico o magnetico, – spiegò La Croix, recuperando qualcosa di un lessico scientifico che un tempo doveva essergli familiare. – In pratica, cristalli in grado di dilatarsi o di contrarsi, ma arricchiti da strati di sensori al quarzo che ampliano la gamma di percezioni a cui reagire. Era già stato fatto col piombo. Io ho applicato il principio alle leghe di ferro e carbonio, cioè all'acciaio. Il risultato lo conoscete voi stessi.

– Ma allora cosa c'entra Ogou non-so-cosa?

Prima di rispondere, La Croix frugò ai piedi del letto, vicino alla coda di un alligatore. Si risollevò stringendo una bottiglia. – Ogou Ferraille, o anche Ogou Fer. Be', all'inizio non c'entrava niente –. Raggiunse il tappetino, stando attento a non calpestare la farina, e presentò la bottiglia ai quattro lati della stanza. – Ma quando vidi che era possibile creare un metallo vivo e senziente, sensibile quanto l'epidermide umana, mi dissi che ero andato oltre i confini della cosiddetta scienza. E cosa c'era oltre quei confini? Vita, cioè spirito –. Versò un poco d'acqua sul pavimento, a tre riprese. – La scienza tradizionale non aveva capito niente. Le cosiddette grandi religioni nemmeno. Quella cristiana, degli schiavisti, ha sempre distinto corpo e anima. Lo stesso quella che voi professate, la religione dei mercanti di schiavi. Invece la religione degli schiavi, il *Vodoun,* non aveva mai fatto distinzione tra materia e spirito. Anche la materia ha il suo *loa*, che per il metallo si chiama Ogou Ferraille.

Sanyika, che stava riprendendo la padronanza di se stesso, cominciava a spazientirsi. – Insomma, sei disposto ad aiutarci o no?

– Cosa credi che stia facendo? – chiese La Croix, molto serio. Posò la bottiglia sul piano del comò, poi aprí un cassetto e ne trasse una lunga spada tutta arrugginita. Alzò gli occhi al soffitto e gridò: – *Papa Legba, ouvri barrié pou nou passer!*

– Magia, – borbottò Muhammad Abdullah, disgustato. Si accostò a Sanyika e gli toccò la spalla. – Quel vecchio è pazzo. È meglio che ce ne andiamo.

– E dove? Non possiamo tornare senza di lui.

La Croix stava eseguendo con la spada una specie di saluto a ognuna delle quattro pareti. – Ecco, – disse poi. – Legba ha aperto il cancello, e Ogou Ferraille sta per arrivare. Però non ho del *mangé* da offrirgli. Lui vuole del sangue fresco. Non credo che si accontenti del *mangé sec*.

– Offrigli uno dei tuoi alligatori, – propose Ali Yussif in tono canzonatorio.

Il vecchio lo guardò con severità. – Gli alligatori sono *bakas*, incarnazioni di spiriti. Sarebbero malvagi, ma adesso hanno un buon padrone.

– Allora è vero, – mormorò Sanyika, affascinato. – Sei tu che li guidi.

– No, non io! È il metallo, l'acciaio STZ delle torri –. La Croix tornò a presentare la spada ai quattro lati della stanza. Sembrava aspettare qualcosa. – Quando credevo ancora nelle superstizioni scientifiche, un collega mi disse che i coccodrilli comunicano con gli altri del branco emettendo una specie di vibrazione, della stessa frequenza di quella del quarzo. Da parte mia scoprii anche che l'alligatore americano ha nelle creste dorsali carbonio e selenio. I cristalli di carbonio e selenio, quando assumono una disposizione a reticolo, fungono da superconduttori organici. Producono cioè l'effetto Meissner: generano campi magnetici interni e rifrangono quelli esterni. E un attuatore quale l'acciaio STZ è sensibile ai campi magnetici, come i vostri nemici hanno dimostrato di sapere.

La Croix trasalí, come se avesse udito un rumore sospetto. Poi alzò le spalle e proseguí. – Ma tutte queste sono sciocchezze. Lo spirito del metallo può comunicare con ciò che gli somiglia. Ora, nessun animale assomiglia a qualcosa di metallico quanto un alligatore. Per questo reagiscono assieme agli attacchi esterni.

Il rumore si ripeté, e questa volta fu udito da tutti. Sanyika sollevò il fucile, ma non abbastanza in fretta. Una raffica sparata da un bianco, apparso sulla porta, gli lacerò la gola, quasi troncandogli la testa. Muhammad Abdullah e Ali Yussif furono falciati prima ancora di capire cosa stesse avvenendo, e ruzzolarono al capo opposto della stanza in un mare di sangue.

Il vecchio rimase impietrito al centro del tappetino, fissando impotente i quattro bianchi con la croce sul petto che avanzavano con precauzione, tenendo d'occhio gli alligatori.

– Sei La Croix? – chiese Robinson, inserendo un nuovo caricatore nell'M16.

– Sí.

– Ti stavamo cercando, negro.

– Perché?

– Per distruggerti.

Il dito di Robinson si contrasse sul grilletto. La Croix lasciò cadere la spada e si piegò, tenendosi il ventre. Cadde carponi sulla farina, scompigliando il disegno.

Tanner gli si accostò per finirlo. Il vecchio alzò il viso, ma non guardò lui, bensí il soffitto. Dalla bocca insanguinata gli uscí un'implorazione rauca: – *Viens, viens, Ogou Ferraille! Maintenant y a ton mangé loa!*

Tanner gli sparò un colpo alla nuca, e il sangue impregnò la farina. In quel momento si udí un rombo possente, e gli alligatori drizzarono la testa di scatto.

– Via, via! – gridò Robinson dalla porta. – Tra poco verrà lanciato l'aerosol! Dobbiamo allontanarci subito!

Il rombo si ripeté.

9. *Milizia di metallo*

L'ultima, grande vampata riempí un cielo che aveva già i colori dell'alba. Dalle file degli assedianti si levò un corale grido di giubilo.

Robinson, fuori di sé dall'entusiasmo, afferrò per le spalle Bridges e Torrisi e li strinse in un abbraccio scherzoso. Tanner si uní al gruppo, rischiando di far finire tutti a gambe all'aria.

– Niente piú negri, ragazzi, ci pensate? – gridò poco lontano Richter. Assieme ad altri giovani del Ku Klux Klan, stava montando su un camion una grande croce intrisa di pece. Intendevano darle fuoco nel centro di Algiers riconquistata.

– Soprattutto, niente piú alligatori, – rispose Robinson. – Laggiú non è rimasta viva nemmeno una mosca.

I primi veicoli si erano già messi in moto in direzione del sobborgo, questa volta in ordine sparso. Sfrecciò un gruppo di motociclisti, che sulle giubbe di cuoio esibivano un teschio con le ali e la scritta BUFFALO WHITE FURIES, M. C. Passarono alcune jeep cariche di miliziani del Tennessee, chiaramente ubriachi. Sfilò a piedi un plotone di militanti di The Order, per una volta privi del cappuccio nero e con facce meno tirate del solito. Poi il suolo tremò sotto i cingoli di due Abrams, con uomini dell'Armata del Cristo Guerriero aggrappati alle torrette e a cavalcioni sui cannoni. Vedendo i commilitoni fermi sul ciglio della strada, li salutarono rumorosamente.

Tanner rispose al saluto, poi commentò: – È un peccato che non abbiamo potuto portare a Mallory la prova che siamo stati noi a uccidere La Croix. Saremmo gli eroi del giorno.

– Non avevamo tempo, – rispose Robinson. – Ma cosa importa? Sappiamo dov'è il cadavere. La festa è solo rimandata.

Torrisi aprí lo sportello della Hummer. – Andiamo, allora, prima che lo trovi qualcun altro.

La jeep era tutta imbrattata di fango e ammaccata in piú punti, ma rispondeva ancora bene ai comandi. Questa volta la corsa verso Algiers fu piacevole e priva di tensione. La grande torre inclinata era ancora al suo posto; le altre, invece, erano ridotte a mozziconi, dopo avere cosparso l'abitato della loro ferraglia.

Il chiarore dell'alba cresceva di minuto in minuto. – Sono stanco morto, – si lamentò Tanner. – Da quanto tempo è che non dormiamo?

– Io ho perso il conto, – rispose Robinson. – Dopo che avremo portato a Mallory la carcassa di La Croix, ci sceglieremo una casa qualunque e dormiremo per un giorno intero.

– Ammesso che ci siano ancora case intatte, – osservò Bridges.

In effetti, sembrava che l'intero West Bank di New Orleans fosse stato devastato da un immane terremoto. Le facciate ancora integre si contavano sulle dita, di interi edifici era rimasta solo l'intelaiatura in cemento armato. Piú ci si avvicinava ad Algiers, piú le corsie della statale si riducevano a un viottolo accidentato tra colossali cumuli di macerie.

Fu solo all'altezza di Bechtel Park che gli effetti dell'aerosol divennero visibili. Tra la fanghiglia che continuava a scaturire dalle fenditure dell'asfalto galleggiavano le carcasse di centinaia di alligatori, talora ribaltati sul dorso e col ventre all'aria. In mezzo a loro, la mota trasportava pigramente corpi senza vita di soldati neri, rivestiti delle loro assurde corazze.

La marcia della Hummer, in mezzo a tutto quel fango, si fece difficile. Le ruote erano però abbastanza elevate dal suolo da consentirle di camminare, sia pure a bassa andatura.

– Guardate, ecco dov'erano rintanati! Nelle fognature! – esclamò Bridges. Indicava una griglia divelta sull'orlo di un marciapiede, e una cavità in cui il fiume melmoso si riversava con uno scroscio leggero. Alla griglia erano avvinghiati i cadaveri di due negri, che probabilmente erano morti mentre cercavano disperatamente un po' d'aria uscendo dal sottosuolo.

– Le fognature? Il posto adatto a loro, – commentò Robinson con una smorfia. Lanciò un'occhiata ai due corpi. – Ehi, non vi sembra che stiano pulsando?

Tanner sporse la testa dal finestrino, poi disse: – Sí, è vero. Ci sarà qualche corrente sotterranea che li fa muovere. Ma piú morti di cosí non potrebbero essere.

I conquistatori della città stavano radunandosi sotto la statua di tale Rosa Freeman Keller, che una targa presentava come benefattrice, restauratrice di Algiers Point e combattente per l'eguaglianza razziale. Qualcuno le aveva staccato la testa e dipinto in rosso, di traverso al petto, la parola «puttana». Potevano essere stati i combattenti di ognuna delle due parti.

– Qui rischiamo di restare imbottigliati, – disse Robinson, osservando i soldati che saltavano euforici dai carri e si divertivano a sguazzare nella fanghiglia, scaricando le armi contro la statua e gli edifici in rovina. – Meglio allontanarci subito e cercare la casa del vecchio.

Innestò la retromarcia, a rischio di travolgere due motociclisti ubriachi che gli erano dietro, e svoltò in una strada laterale. Anche lí carcasse di alligatori giacevano rivoltate, con qualcosa, nella loro rigidità, che ricordava il rigor mortis di certi insetti. Ma, percorso un breve tratto della via, fu un evento piú convenzionale, eppure inaspettato, che colpí l'attenzione di Robinson. Era un rumore, una sorta di battito regolare, fragoroso e irritante, che sembrava provenire dai tetti delle case.

Rallentò, incollò la fronte al parabrezza e guardò in su. – Ehi, date un'occhiata a quella grondaia!

Gli altri sporsero la testa dai finestrini. Un palazzo

era crollato per metà, lasciando pencolare un lungo segmento di grondaia arrugginita. Quel pezzo di latta stava ora battendo l'aria, producendo clangori metallici ogni volta che colpiva il rudere da cui era sorretto. Facendo scorrere lo sguardo, si scopriva la causa di quel martellio. Una lastra di acciaio piezoelettrico, certo scagliata da una delle torri, si era incastrata tra il tetto e la grondaia e vibrava furiosamente, come l'ala di una farfalla di metallo tenuta prigioniera.

– Quella roba continua a vivere, – mormorò Robinson. – Non è bastato far fuori lo stregone –. Accelerò, mentre si sentiva invadere da un nervosismo crescente.

Una cinquantina di metri piú oltre, una nuova sorpresa confermò le sue inquietudini.

– Guardate quello! – esclamò Tanner. – È ancora vivo!

Indicava il corpo di un soldato nero, che si torceva violentemente sul bordo della strada, come in preda a convulsioni. Robinson cercò con la sinistra l'M16, mentre con la destra accostava al marciapiede.

Scese per primo dalla Hummer, col cuore che gli batteva forte, ma non appena fu vicino al soldato si girò verso gli altri scuotendo il capo. – No, è morto. È quell'accidente di corazza che lo fa saltare.

La luce fredda del primo mattino permetteva infatti di scorgere le pupille girate all'indietro del negro, i lineamenti cianotici, la lingua estroflessa. Non c'era dubbio, era stato strozzato dalla mancanza d'ossigeno, dopo un'agonia breve e dolorosa. Però la corazza che indossava si espandeva e si contraeva, specie in prossimità delle giunture, al ritmo di un respiro ignoto. Cosí gomiti e ginocchia scattavano come bracci meccanici, costringendo il cadavere a un assurdo balletto.

– Questa è la cosa piú orrenda che abbia mai visto, – bisbigliò Torrisi.

Robinson lo squadrò con una severità rancorosa. – Sono fenomeni scientifici, – disse seccamente. – Metallo e sensori continuano a reagire ai campi elettrici. Nient'altro.

– Ma dove sono i campi elettrici? – obiettò Bridges, pallido come un cencio.

Robinson non rispose. Tornò alla jeep e fece cenno ai compagni di seguirlo. Il cammino proseguí lungo vie sgombre di fango, ma colme di detriti d'ogni sorta. Dovunque fossero presenti i frammenti piovuti dalle torri, le loro vibrazioni si comunicavano agli altri oggetti di metallo, producendo cacofonie scombinate e furiose.

– Come si chiamava quel bar? – chiese Robinson, cercando di dominare l'ansia che lo pervadeva. – Intendo quel posto di fronte alla casa del vecchio, con l'insegna ancora accesa.

– Mi pare *Possum Lounge,* – rispose Tanner.

– Eccolo laggiú.

L'avvicinamento alla meta non fu facile. Intanto la via era invasa dal fango, e dalle carcasse di un numero impressionante di alligatori. Poi, sul marciapiede, un paio di cadaveri umani sembravano impegnati nello stesso balletto del soldato nero di poco prima. Uno di essi, a furia di scuotersi, si era persino messo in ginocchio, e correva una corsa pazza sulle rotule.

– Quelle dannate corazze, – grugní Torrisi. Prese la mira attraverso il finestrino e falciò la sagoma con una raffica. Il cadavere cadde riverso, ma continuò a contorcersi.

– Coraggio, siamo arrivati, – disse Robinson con un sospiro.

Fermò la Hummer ai bordi di un ammasso di carogne di alligatori. I quattro scesero dalla jeep senza curarsi della fanghiglia che lambiva l'altezza dei loro stivali. L'aria echeggiava di clangori metallici vicini e lontani, quasi che ogni tubatura, ogni grondaia, ogni cancellata di Algiers stesse dimenandosi per liberarsi dalla pietra o dal legno. Solo la palazzina coloniale sembrava immune da quel caos, e resisteva impavida con i suoi vetri intatti e la sua veranda superiore ancora illuminata.

– Tutto questo non è normale, – sussurrò Bridges, senza accorgersi di dire una banalità.

– Ti dico che lo è, – replicò Robinson, quasi con ferocia.

Mosse qualche passo verso la palazzina, ma uno spettacolo di una follia inusitata lo costrinse a indietreggiare. Da un viottolo laterale era improvvisamente sbucato un cavallo coperto di cuoio e di metallo. L'animale era chiaramente morto, e i suoi occhi spalancati sembravano persi in chissà quale incubo. Ma le ginocchiere d'acciaio cigolavano e si contraevano, costringendo le zampe rigide a un trotto barcollante. Altri zoccoli lontani percuotevano il selciato in qualche punto tra le macerie.

– Basta, andiamocene! – urlò Bridges.

Robinson, sconvolto, non fece resistenza. Con la coda dell'occhio aveva visto apparire sulla porta della palazzina il negro a cui aveva quasi staccato la testa, costretto dalle contrazioni della corazza a una marcia grottesca. Corse alla jeep e girò la chiavetta con dita che gli tremavano. I compagni saltarono sul veicolo, che ripartí con una sgommata. Un secondo negro era intanto apparso sull'uscio, coperto di sangue fino alle caviglie.

Robinson guidò senza parlare, schivando gli alligatori e le fenditure del terreno. I due morti visti sul marciapiede pochi minuti prima adesso erano in posizione eretta, e muovevano passi incerti scuotendo le braccia.

Fendette le strade e la fanghiglia premendo a fondo l'acceleratore, senza curarsi delle sbandate e dei sussulti. Solo quando fu in vista dell'assembramento attorno alla statua ebbe l'idea di accendere la radio con un colpo secco del pollice. Subito si udí la voce di Mallory, ansiosa ma risoluta: – *...pensare a un fenomeno soprannaturale. No, è un errore. L'acciaio piezoelettrico, tramite i suoi sensori, reagisce pulsando a possibili aggressioni. Questo dà l'idea di un moto consapevole, ma non lo è. Mantenete saldi i ranghi. Abbiamo già disposto i cavi per generare un campo magnetico. Tra breve sarà tutto finito.*

Robinson, sudato e febbrile, notò subito che i vincitori avevano interrotto la loro festa, e stavano arretrando di fronte a qualcosa. Fermò la jeep. – Teniamoci uniti, – disse con voce afona.

Appena messo piede a terra, si avvide che mantenere l'impegno era impossibile. C'erano gruppi di miliziani che fuggivano urlando, altri che indietreggiavano spingendosi l'un l'altro. Pochi riuscivano a sparare qualche colpo, con mira tanto incerta da rischiare di ferire i loro stessi compagni. Il rumore delle raffiche non si udiva, tanto era forte il clangore proveniente dalle case.

Prima di essere schiacciato contro lo sportello della jeep, Robinson riuscí a vedere ciò che provocava tanto terrore. Oltre la statua, al di là dei carri armati abbandonati dagli equipaggi, stavano avanzando centinaia e centinaia di uomini neri, ordinati in ranghi compatti. Malgrado il fragore sincrono che producevano con i tacchi sull'asfalto, non c'era in essi traccia di vita: alcuni avevano la testa reclinata sul petto, altri non avevano nemmeno piú la faccia, e sembravano grumi semoventi di carne, sangue e ossa. Ma le corazze che imprigionavano quelle salme erano vive, e trascinavano a forza gli arti irrigiditi, pulsando e cigolando.

– *Non fuggite!* – gridò dall'abitacolo la voce di Mallory. – *Stiamo per attivare il campo magnetico! ...Ecco, ora!*

Un lampo zigzagante attraversò il cielo, sommergendo ogni suono col proprio crepitio. Dalla schiera dei cadaveri si alzò un gemito prolungato, acutissimo. Robinson vide confusamente le corazze gonfiarsi e irrigidirsi, per poi cadere rumorosamente al suolo con i corpi che contenevano.

Scese di colpo un silenzio profondo, innaturale. I miliziani arrestarono la loro fuga, trattenendo il fiato. Poi quella calma fu violata da un rumore di zoccoli. Dal fondo della piazza fecero la loro comparsa quattro cavalieri coperti d'acciaio, su cavalli bardati di cuoio e metallo. Gli uni e gli altri avevano occhi spenti, lingue penzolanti, bocche piene di sangue. Avanzarono per un poco verso la statua, poi rovinarono a terra con fragore di ferraglia.

Solo allora dalla folla dei miliziani si alzò un conato di esultanza, subito interrotto dallo strano spettacolo che aveva luogo nel cielo. La saetta che lo attraversava si era divisa in segmenti attorcigliati, formando una specie di ricamo sfrigolante fatto di asterischi, triangoli, ghirigori di fuoco.

Robinson non si era accorto che Bridges si era portato di fianco a lui. Ne raccolse distrattamente le parole: – Di', ma non è lo stesso disegno fatto con la farina che era nella casa del vecchio?

Non ebbe il tempo di rispondere, perché il groviglio di lampi vorticò e scomparve nella luce del mattino. Dopo un istante di incertezza, dalle gole dei vincitori tornarono a prorompere urla di gioia.

La radio gracchiò e si udí di nuovo Mallory, euforico e solenne. Questa volta la sua voce fu amplificata da decine di altoparlanti: – *...contiene un insegnamento. Anche un'esperienza sconvolgente come quella che abbiamo appena vissuto. Per combattere Satana e la sua turpitudine dobbiamo diventare anche noi metallo. Soldati di ferro e acciaio, armati della fede e consapevoli di combattere dalla parte del Signore. Vere e proprie macchine da guerra, spietate come lo erano Giosuè, Mosè e Davide con i loro nemici. Perché la nostra vittoria schiuderà le porte di un nuovo mondo...*

– Un mondo di metallo, – borbottò fra sé Robinson. Si asciugò il sudore dalla fronte, poi prese Bridges sottobraccio. Si avviò con lui verso Tanner e Torrisi, che si stavano avvicinando. – Forza, – esortò, con un pallido sorriso. – Andiamo anche noi a sbronzarci.

Venom
(epilogo)

La galea di Ramon de Senesterra si allontanò a colpi di remi dal porto di Barcellona, circonfusa dai raggi del sole riflessi dalle onde marine. La piccola folla che si era assiepata sul molo, composta in gran parte da parenti dei rematori e dei marinai, smise di lanciare grida di saluto e si disperse. Eymerich, ritto a distanza, a braccia incrociate, in una guardiola semicircolare eretta dove i bastioni facevano angolo, sollevò il cappuccio nero foderato di bianco e scese la corta scaletta di pietra che portava alla strada.

Vide padre Vidal venirgli incontro, con un sorriso allegro sul viso imberbe. – Complimenti, *magister!* – gli gridò il giovane frate. – In città non si parla che di voi!

Eymerich aggrottò le sopracciglia. – Non amo affatto che si parli di me. Barcellona è superficiale e pettegola come una femmina. Non vedo l'ora di essere di nuovo a Saragozza.

Sui tratti glabri di padre Vidal si disegnò una smorfia di delusione. – Davvero ve ne andate cosí presto? Avrei tante cose da imparare da voi...

– Da me o da un altro, di sicuro avete molte cose da imparare. Per esempio, non ho affatto approvato...

D'improvviso Eymerich lanciò un grido soffocato. Una farfalla multicolore gli si era posata sulla spalla, e batteva le ali. L'inquisitore si ingobbí e agitò scompostamente il braccio, finché l'insetto non riprese il volo.

Padre Vidal era sbalordito. – Ma *magister*, è solo una farfalla! Guardate quanto è bella!

Eymerich si raddrizzò e si ricompose, anche se un po' a fatica. Continuò a seguire con occhio segretamente allarmato le circonvoluzioni dell'insetto, che planava sulle mura del bastione. – E che cos'è una farfalla? È un verme con le ali, – sentenziò secco. – La sua bellezza apparente cela un corpo ripugnante. Come accade con le eresie.

Il giovane frate era perplesso, ma cercò di non darlo a vedere. Cambiò argomento. – Non ero sulla galea, ma mi hanno riferito ciò che avete detto. È strano, il vostro giudizio di condanna sembrava riferito anche ai secoli futuri. Come se poteste operare fuori del tempo.

Eymerich era molto infastidito dalla petulanza del giovane, però l'ultima frase lo colpí. – È la regola di cui siamo portatori che è fuori del tempo, – disse grave. – Per questo non ci sono limiti alla giurisdizione del Santo Uffizio. Né geografici né temporali.

– Francamente stento a comprendervi.

Eymerich attese a rispondere. La farfalla era tornata e gli si era posata su una manica. Questa volta l'inquisitore non la scacciò. Sollevò lentamente il braccio e, d'improvviso, le soffiò con forza sulle ali. I colori brillanti scomparvero in una minuscola nuvoletta polverosa. L'insetto subito si levò in volo.

– Guardate, – disse l'inquisitore, sardonico. – Forse ora capirete qual è la nostra missione. Cancellare i colori del verme. E, cosí facendo, deciderne il destino.

Ancora piú perplesso, padre Vidal si sporse oltre il bastione, fissando la creaturina. L'insetto volteggiò un poco, ma si vedeva che non riusciva a reggersi. Qualche istante dopo smise di volare e cadde in acqua.

– Oh! – mormorò il giovane.

Sul viso austero di Eymerich apparve il ghigno che in lui teneva il posto di un sorriso.

Appendice

Vita di Nicolas Eymerich
di Valerio Evangelisti

> Nel cuore della storia dell'Inquisizione, un personaggio – un domenicano, beninteso – costruisce la *summa* della logica pontificia. Tutto ciò che gli preesiste in tema di Inquisizione converge nella sua opera. Tutto ciò che è posteriore vi trova radice.
>
> *Louis Sala-Molins*

Nicolas (Nicolau in catalano) Eymerich nasce a Gerona nel 1320, figlio di doña Luz e di *mossen* Ramon Eymerich, appartenenti alla piccola nobiltà locale. Si hanno scarsissime notizie sulla sua infanzia e sulla sua adolescenza. Figlio unico, nulla parrebbe indirizzarlo alla condizione religiosa, se non un'intensa vocazione. Prende i voti il 4 agosto 1334.

Lo ritroviamo studente domenicano, sotto la guida di padre Dalmazio Moneri, nelle scuole di Tolosa e di Salamanca, poi a Saragozza, dove trascorrerà gran parte della propria vita. È qui che viene notato da padre Agustín Torrelles, inquisitore generale del regno d'Aragona, e da Nicolau Rossell, suo braccio destro per la Catalogna. Entra a far parte del Tribunale dell'Inquisizione, per il quale istruisce importanti processi, tra cui quello contro il francescano spiritualista Juan de Pera Tallada, condannato alla reclusione a vita.

Nel 1348 Eymerich si ammala di peste, ma riesce a sopravvivere al contagio che sta decimando l'Europa grazie a un'incredibile forza di volontà. Nel 1352, alla morte di padre Agustín Torrelles, ne prende il posto, vincendo le riserve delle autorità di Saragozza con un audace colpo di mano. È di questo periodo la sua lotta contro le streghe votate al culto di Diana, narrata nel primo volume della biografia ufficiale di Eymerich (*Eymerich I: Nicolas Eymerich, inquisitore*).

Il successo, replicato l'anno successivo con la vittoria a Barcellona contro il sinistro demonolatra Astruch da Biena (*Venom*, racconto compreso in questa raccolta), procura a Eymerich la benevolenza di re Pietro IV il Cerimonioso.

Nel 1354 questi chiede all'inquisitore di accompagnarlo nella spedizione in Sardegna contro Mariano, giudice di Arborea, che si è ribellato alla corona aragonese. È per merito di Eymerich se Alghero cade, e se viene cancellato il culto immorale del *Sardus Pater* praticato nella grotta di Nettuno (*Eymerich IV: Il mistero dell'inquisitore Eymerich*). Questa volta, però, il re non è per nulla soddisfatto dell'operato del domenicano. È l'inizio di un'ostilità tra i due che si protrarrà per gli anni a venire.

Rientrato in patria, Eymerich svolge con spietata energia la sua funzione, tanto da attirarsi le simpatie di padre Arnaud de Sancy, il terribile priore dell'Inquisizione di Carcassonne. Quando nel 1358 a Castres, nella Francia meridionale, si verificano raccapriccianti casi di vampirismo, il priore vi manda Eymerich in missione. L'inquisitore smaschera una setta dedita a riti dimenticati, e la reprime con tanta ferocia che i cronisti del tempo preferiranno non fare menzione dell'accaduto (*Eymerich III: Il corpo e il sangue di Eymerich*).

In questa occasione, Eymerich incontra quello che sarà per qualche anno il suo piú stretto collaboratore, il castigliano padre Jacinto Corona. È con padre Corona che, nel 1360, viene inviato dal papa Innocenzo VI a Figeac, dove un'orda di morti viventi scaturiti dal nulla minaccia la stipula del trattato di Brétigny, destinato nelle intenzioni a concludere la guerra poi detta dei cent'anni. Eymerich sembra sul punto di soccombere, ma alla fine ha la meglio contro un antico nemico che ha ordito il complotto, forse identificabile, per i commentatori piú fantasiosi, con l'Anticristo (*Eymerich V: Cherudek*).

Condotta a termine la missione e tornato a Saragozza, Eymerich non ha modo di riposarsi a lungo. La sua spietatezza gli ha causato molti nemici, e nel capitolo generale di Perpignano viene rimosso dalla carica, anche se la decisione non è convalidata dal pontefice. Ma le ostilità non cessano. Pietro IV d'Aragona ha ormai apertamente abbracciato la causa degli eretici beghini, che danno alle fiamme il palazzo dell'Inquisizione. Intanto, un'oscura minaccia proveniente da mondi lontani, e alimentata dalla magia islamica, costringe l'inquisitore ad addentrarsi nel regno arabo di Granada e a combattere misteriose forze celesti (*Eymerich VI: Picatrix, la scala per l'inferno*). Questa volta, in luogo di padre Corona, ha al proprio fianco l'ebreo convertito Alatzar, che riapparirà in altre avventure.

Il clima di Saragozza sta divenendo per l'inquisitore irrespirabile. Tra l'altro, Eymerich si sta adoperando per la condanna postuma della filosofia di Raimondo Lullo, cara ai regnanti d'Aragona (che nel 1369 ne incoraggiano ufficialmente l'insegnamento) ed estremamente popolare. È costretto a trasferirsi ad Avignone, ospite del papa Urbano V, suo antico protettore. Qui, indifferente all'ostilità della curia, mette mano a quel *Directorium Inquisitorum* che gli assicurerà fama imperitura.

Ma nemmeno ad Avignone la vita di Eymerich è tranquilla. Nel 1365 il pontefice lo incarica di rintracciare una comunità di catari che, sopravvissuta alle persecuzioni, si è insediata a Châtillon, nella Valle d'Aosta. L'inquisitore vi si reca in compagnia di padre Corona, e scopre nel villaggio creature mostruose e apparentemente immortali. Questa volta la sua vittoria non è piena; anzi, rischia seriamente la morte, a cui si sottrae con un espediente degno della sua astuzia (*Eymerich II: Le catene di Eymerich*).

L'inquisitore si ristabilisce a Saragozza, riordina il proprio tribunale e tiene testa come può alle insidie di Pietro IV. Sono di questo periodo alcune delle sue opere piú importanti, come il *Dialogus contra lullistas*, il saggio *Contra haereses Arnaldi de Villanova* e la biografia del proprio maestro Dalmazio Moneri. Sta intanto emergendo, quale suo principale nemico, il negromante, ebreo convertito e domenicano, Ramon de Tàrrega, contro il quale scrive il volume *Contra daemonum evocatores*. Un primo scontro con costui avviene nel 1369, quando Eymerich è chiamato a Montiel dal re di Castiglia Pietro il Crudele, assediato dal fratellastro pretendente al trono, Enrico di Trastamare. La cupa tragedia di Montiel vede Eymerich rimodellare con l'astuzia i destini della Spagna, mentre è alle prese con un segreto orrendo nascosto nelle formule della cabala ebraica (*Eymerich VII*, titolo non ancora definito).

Seguono varie vicissitudini, tra cui numerosi viaggi: in Sicilia, dove Federico IV appoggia senza remore i beghini, in Sardegna, dove infuria una nuova rivolta guidata da Eleonora d'Arborea, e nella Germania meridionale, contro la setta dei Fratelli del Libero Spirito. Accompagna il pontefice Gregorio IX a Roma, e vi si ferma dal 1376 al 1378. Al momento dello scisma d'occidente, prende posizione a favore dell'antipapa avignonese Clemente VII e istruisce il processo a carico di San Vincenzo Ferrer, già conosciuto quando questi era ragazzo, che inizialmente sostiene il papa romano Urbano VI. San Vincenzo, processato anche per avere sostenuto il pentimento di Giuda al momento del suicidio, è costretto all'abiura.

Eymerich ritorna in Aragona, dove beghini e lullisti continuano a rendergli la vita difficile. L'inquisitore reagisce con la consueta violenza, forte dell'appoggio di Avignone e del nuovo antipapa Benedetto XIII, e moltiplica i roghi di eretici. Nel 1385 è condannato all'esilio, ma riesce a tornare. Nel 1388 l'intera città di Valenza si ribella alla sua crudeltà e lo sottopone a un pubblico processo. Eymerich ne approfitta per regolare i conti col negromante Ramon de Tàrrega, e per infliggere alla cittadinanza un castigo biblico.

Ma si è spinto troppo oltre. Il letterato Jayme de Xiva, lullista convinto, viene incaricato dalle città di Valenza e Barcellona di denunciare al papa la ferocia di Eymerich. Questi perde la carica di inquisitore generale del regno, che passa a un suo nemico personale, padre Bernat Ermengaudi. Il nuovo re d'Aragona, Giovanni I, che inizialmente lo aveva protetto, gli ritira il proprio appoggio e nel 1393 lo fa esiliare. Eymerich passa i suoi ultimi anni ad Avignone a scrivere saggi e a perfezionare il proprio *Directorium*, completato fin dal 1376. Tornato a Gerona alla fine del 1397 muore, in circostanze sconosciute, il 4 gennaio 1399.

La sua tomba, nel convento di San Domenico a Gerona, reca la scritta PREDICATOR VERIDICUS, INQUISITOR INTREPIDUS ET DOCTOR EGREGIUS. Ma, misteriosamente, è vuota.

Chi voglia sapere di piú sulla vita di Eymerich, depurata, ahimé, degli aspetti piú suggestivi, può leggere i volumi II e III della monumentale opera di Henry-Charles Lea *History of the Inquisition in the Middle-Age*, recentemente ripubblicata in francese (Editions Jérôme Millon; il secondo volume contiene anche lo scritto di Eymerich *Tractatus brevis super iurisdictione inquisitorum contra infideles fidem catholicam agitantes*, a cura di Louis Sala-Molins).

Esiste anche una biografia di Eymerich scritta dallo storico catalano Emilio Grahit, *El inquisidor Fray Nicolàs Eymerich*, Gerona, 1879.

Il *Directorium Inquisitorum*, limitatamente alle parti II e III, è stato tradotto in francese da Louis Sala-Molins, sotto il patrocinio della Ecole Pratique d'Hauts Etudes della Sorbona, e pubblicato nel 1973 presso l'editore Mouton di Parigi. Nel 1983 la stessa edizione è stata tradotta in spagnolo. Discutibilissima e piena di errori una recente edizione italiana.

Indice

Metallo urlante

Stampato nel novembre 1998 per conto della Casa editrice Einaudi
presso G. Canale & C., s.p.a., Borgaro (Torino)

C.L. 15023

Einaudi Tascabili

Ultimi volumi pubblicati:

327 James, *Giro di vite* (Serie Scrittori tradotti da scrittori).
328 Borges, *Finzioni* (1935-1944) (Serie Scrittori tradotti da scrittori) (4ª ed.).
329 Radiguet, *Il diavolo in corpo* (Serie Scrittori tradotti da scrittori).
330 De Felice, *Mussolini il rivoluzionario 1883-1920*.
331 De Felice, *Mussolini il fascista*
I. *La conquista del potere 1921-1925*.
332 De Felice, *Mussolini il fascista*
II. *L'organizzazione dello stato fascista 1925-1929*.
333 Hawthorne, *La lettera scarlatta* (5ª ed.).
334 Orengo, *Dogana d'amore*.
335 Vassalli, *Il Cigno* (2ª ed.).
336 Böll, *Vai troppo spesso a Heidelberg*.
337 Maiello, *Storia del calendario*.
338 Cesare, *La guerra gallica*.
339 McEwan, *Lettera a Berlino* (2ª ed.).
340 Schneider, *Le voci del mondo* (4ª ed.).
341 De Felice, *Mussolini il duce*
I. *Gli anni del consenso 1929-1936* (2ª ed.).
342 De Felice, *Mussolini il fascista*
II. *Lo Stato totalitario 1936-1940* (2ª ed.).
343 Cervantes, *La gitanilla* (Serie bilingue).
344 Dostoevskij, *Notti bianche* (Serie bilingue) (2ª ed.).
345 N. Ginzburg, *Tutti i nostri ieri* (2ª ed.).
346 Breton, *Antologia dello humor nero*.
347 Maupassant, *Una vita* (Serie Scrittori tradotti da scrittori).
348 Pessoa, *Il marinaio* (Serie Scrittori tradotti da scrittori) (4ª ed.).
349 Stevenson, *Lo strano caso del Dr. Jekyll e del Sig. Hyde* (Serie Scrittori tradotti da scrittori).
350 London, *Il richiamo della foresta* (Serie Scrittori tradotti da scrittori).
351 Burgess, *Arancia meccanica* (6ª ed.).
352 Byatt, *Angeli e insetti*.
353 Wittkower, *Nati sotto Saturno* (2ª ed.).
354 Least Heat-Moon, *Prateria. Una mappa in profondità* (2ª ed.).
355 Soriano, *Artisti, pazzi e criminali* (2ª ed.).
356 Saramago, *L'anno della morte di Ricardo Reis* (2ª ed.).
357 Le Goff, *La nascita del Purgatorio* (2ª ed.).
358 Del Giudice, *Lo stadio di Wimbledon* (2ª ed.).
359 Flaubert, *Bouvard e Pécuchet*.
360 Pinter, *Teatro*. Vol. I (2ª ed.).
361 *Lettere al primo amore*.
362 Yehoshua, *Il signor Mani* (4ª ed.).
363 Goethe, *Le affinità elettive* (4ª ed.).
364 Maraini, *L'età del malessere* (6ª ed.).
365 Maugham, *Racconti dei Mari del Sud* (2ª ed.).
366 McCarthy, *Cavalli selvaggi* (4ª ed.).
367 Antonelli, Delogu, De Luca, *Fuori tutti* (Stile libero).
368 Kerouac, Dylan, Ginsberg, Burroughs, Ferlinghetti e altri, *Battuti & Beati. I Beat raccontati dai Beat* (Stile libero) (2ª ed.).
369 Norman X e Monique Z, *Norman e Monique. La storia segreta di un amore nato nel cyberspazio* (Stile libero).
370 Cerami, *Consigli a un giovane scrittore* (Stile libero) (6ª ed.).
371 Puig, *Il bacio della donna ragno*.
372 Purdy, *Rose e cenere*.
373 Benjamin, *Sull'hascisch* (2ª ed.).
374 Levi (Primo), *I racconti* (3ª ed.).
375 De Carlo, *Yucatan* (4ª ed.).
376 Gandhi, *Teoria e pratica della nonviolenza*.
377 Ellis, *Meno di zero* (3ª ed.).

378 Ben Jelloun, *Lo scrivano* (2ª ed.).
379 Hugo, *Notre-Dame de Paris* (4ª ed.).
380 Bardo Thödol, *Libro dei morti tibetano* (2ª ed.).
381 Mancinelli, *I tre cavalieri del Graal* (2ª ed.).
382 Roberto Benigni, *E l'alluce fu* (Stile libero) (6ª ed.).
383 Gibson, Ferret, Cadigan, Di Filippo, Sterling, Swanwick, Rucker e altri, *Cuori elettrici. Antologia essenziale del cyberpunk* (Stile libero).
384 Cortázar, *Bestiario*.
385 Frame, *Un angelo alla mia tavola* (3ª ed.).
386 L. Romano, *Le parole tra noi leggere* (3ª ed.).
387 Fenoglio, *La paga del sabato* (2ª ed.).
388 Maupassant, *Racconti di vita parigina* (2ª ed.).
389 aa.vv., *Fantasmi di Terra, Aria, Fuoco e Acqua*. A cura di Malcolm Skey.
390 Queneau, *Pierrot amico mio*.
391 Magris, *Il mito absburgico* (2ª ed.).
392 Briggs, *Fiabe popolari inglesi*.
393 Bulgakov, *Il Maestro e Margherita* (3ª ed.).
394 A. Gobetti, *Diario partigiano*.
395 De Felice, *Mussolini l'alleato 1940-43*
I. *Dalla guerra «breve» alla guerra lunga*.
396 De Felice, *Mussolini l'alleato 1940-43*
II. *Crisi e agonia del regime*.
397 James, *Racconti italiani*.
398 Lane, *I mercanti di Venezia* (2ª ed.).
399 McEwan, *Primo amore, ultimi riti. Fra le lenzuola e altri racconti* (2ª ed.).
400 aa.vv., *Gioventú cannibale* (Stile libero) (4ª ed.).
401 Verga, *I Malavoglia*.
402 O'Connor, *I veri credenti* (Stile libero) (3ª ed.).
403 Mutis, La *Neve dell'Ammiraglio* (2ª ed.).
404 De Carlo, *Treno di panna* (4ª ed.).
405 Mutis, *Ilona arriva con la pioggia* (2ª ed.).
406 Rigoni Stern, *Arboreto salvatico* (2ª ed.).
407 Poe, *I racconti*. Vol. I (Serie Scrittori tradotti da scrittori).
408 Poe, *I racconti*. Vol. II (Serie Scrittori tradotti da scrittori).
409 Poe, *I racconti*. Vol. III (Serie Scrittori tradotti da scrittori).
410 Pinter, *Teatro*. Vol. II (2ª ed.).
411 Grahame, *Il vento nei salici*.
412 Ghosh, *Le linee d'ombra*.
413 Vojnovič, *Vita e straordinarie avventure del soldato Ivan Čonkin*.
414 Cerami, *La lepre*.
415 Cantarella, *I monaci di Cluny* (2ª ed.).
416 Auster, *Moon Palace*.
417 Antelme, *La specie umana*.
418 Yehoshua, *Cinque stagioni*.
419 Mutis, *Un bel morir*.
420 Fenoglio, *La malora* (2ª ed.).
421 Gawronski, *Guida al volontariato* (Stile libero).
422 Banks, *La legge di Bone*.
423 Kafka, *Punizioni* (Serie bilingue).
424 Melville, *Benito Cereno* (Serie bilingue).
425 P. Levi, *La tregua* (2ª ed.).
426 Revelli, *Il mondo dei vinti*.
427 aa.vv., *Saggezza stellare* (Stile libero).
428 McEwan, *Cortesie per gli ospiti* (2ª ed.).
429 Grasso, *Il bastardo di Mautàna*.
430 Soriano, *Pensare con i piedi*.
431 Ben Jelloun, *Le pareti della solitudine*.
432 Albertino, *Benissimo!* (Stile libero).
433 *Il libro delle preghiere* (3ª ed.).
434 Malamud, *Uomo di Kiev*.
435 Saramago, *La zattera di pietra*.
436 N. Ginzburg, *La città e la casa* (2ª ed.).
437 De Carlo, *Uccelli da gabbia e da voliera* (3ª ed.).
438 Cooper, *Frisk* (Stile libero) (3ª ed.).
439 Barnes, *Una storia del mondo in 10 capitoli e ½*.
440 Mo Yan, *Sorgo rosso*.
441 Catullo, *Le poesie*.
442 Rigoni Stern, *Le stagioni di Giacomo*.

443 Mancinelli, *I casi del capitano Flores. Il mistero della sedia a rotelle* (2ª ed.).

444 Ammaniti, *Branchie* (Stile libero) (3ª ed.).

445 Lodoli, *Diario di un millennio che fugge*.

446 McCarthy, *Oltre il confine*.

447 Gardiner, *La civiltà egizia* (2ª ed.).

448 Voltaire, *Zadig* (Serie bilingue).

449 Poe, *The Fall of the House of Usher and other Tales* (Serie bilingue).

450 Arena, Decaro, Troisi, *La smorfia* (Stile libero).

451 Rosselli, *Socialismo liberale*.

452 Byatt, *Tre storie fantastiche*.

453 Dostoevskij, *L'adolescente*.

454 Carver, *Il mestiere di scrivere* (Stile libero) (2ª ed.).

455 Ellis, *Le regole dell'attrazione*.

456 Loy, *La bicicletta*.

457 Lucarelli, *Almost Blue* (Stile libero) (5ª ed.).

458 Pavese, *Il diavolo sulle colline*.

459 Hume, *Dialoghi sulla religione naturale*.

460 *Le mille e una notte*. Edizione a cura di Francesco Gabrieli (4 volumi in cofanetto).

461 Arguedas, *I fiumi profondi*.

462 Queneau, *La domenica della vita*.

463 Leonzio, *Il volo magico*.

464 Pazienza, *Paz* (Stile libero) (4ª ed.).

465 Musil, *L'uomo senza qualità* (2 v.).

466 Dick, *Cronache del dopobomba* (Vertigo).

467 Royle, *Smembramenti* (Vertigo).

468 Skipp-Spector, *In fondo al tunnel* (Vertigo).

469 McDonald, *Forbici vince carta vince pietra* (Vertigo).

470 Maupassant, *Racconti di vita militare*.

471 P. Levi, *La ricerca delle radici*.

472 Davidson, *La civiltà africana*.

473 Duras, *Il pomeriggio del signor Andesmas. Alle dieci e mezzo di sera, d'estate*.

474 Vargas Llosa, *La Casa Verde*.

475 Grass, *La Ratta*.

476 Yu Hua, *Torture* (Stile libero).

477 Vinci, *Dei bambini non si sa niente* (Stile libero).

478 Bobbio, *L'età dei diritti*.

479 Cortázar, *Storie di cronopios e di famas*.

480 Revelli, *Il disperso di Marburg*.

481 Faulkner, *L'urlo e il furore*.

482 McCoy, *Un bacio e addio* (Vertigo).

483 Cerami, *Fattacci* (Stile libero).

484 Dickens, *Da leggersi all'imbrunire*.

485 Auster, *L'invenzione della solitudine*.

486 Nove, *Puerto Plata Market* (Stile libero) (2ª ed.).

487 Fo, *Mistero buffo* (Stile libero) (2ª ed.).

488 Höss, *Comandante ad Auschwitz* (2ª ed.).

489 Amado, *Terre del finimondo*.

490 Benigni-Cerami, *La vita è bella* (Stile libero).

491 *Lunario dei giorni di quiete*. A cura di Guido Davico Bonino (3ª ed.).

492 Fo, *Manuale minimo dell'attore* (Stile libero).

493 O'Connor, *Cowboys & Indians* (Stile libero).

494 *L'agenda di Mr Bean* (Stile libero).

495 P. Levi, *L'altrui mestiere*.

496 Manchette, *Posizione di tiro* (Vertigo).

497 Rucher, *Su e giú per lo spazio* (Vertigo).

498 Vargas Llosa, *La città e i cani*.

499 Zoderer, *L'«italiana»*.

500 Pavese, *Le poesie*.

501 Goethe, *I dolori del giovane Werther*.

502 Yehoshua, *Un divorzio tardivo*.

503 Vassalli, *Cuore di pietra*.

504 Lucarelli, *Il giorno del lupo* (Stile libero).

505 *Quel che ho da dirvi. Autoritratto delle ragazze e dei ragazzi italiani*. A cura di Caliceti e Mozzi (Stile libero).

506 Dickens, *Grandi speranze*.
507 Boncinelli, *I nostri geni*.
508 Brecht, *I capolavori* (2 volumi).
509 Mancinelli, *I casi del capitano Flores. Killer presunto*.
510 Auster, *Trilogia di New York* (2ª ed.).
511 Saramago, *Cecità*.
512 Dumas, *I tre moschettieri*.
513 Borges, *Elogio dell'ombra*.
514 Womak, *Futuro zero* (Vertigo).
515 Landsale, *La notte del drive-in* (Vertigo).
516 Fo, *Marino libero! Marino è innocente* (Stile libero).
517 Rigoni Stern, *Uomini, boschi e api*.
518 Acitelli, *La solitudine dell'ala destra* (Stile libero).
519 Merini, *Fiore di poesia*.
520 Borges, *Manuale di zoologia fantastica*.
521 Neruda, *Confesso che ho vissuto*.
522 Stein, *La civiltà tibetana*.
523 Albanese, Santin, Serra, Solari, *Giú al Nord* (Stile libero).
524 Ovidio, *Versi e precetti d'amore*.
525 Amado, *Cacao*.
526 Queneau, *Troppo buoni con le donne*.
527 Pisón, *Strade secondarie* (Stile libero).
528 Maupassant, *Racconti di provincia*.
529 Pavese, *La bella estate*.
530 Ben Jelloun, *Lo specchio delle falene*.
531 Stancanelli, *Benzina* (Stile libero) (2ª ed.).
532 Ellin, *Specchio delle mie brame* (Vertigo).
533 Marx, *Manifesto del Partito Comunista*.
534 Del Giudice, *Atlante occidentale*.
535 Soriano, *Fútbol* (2ª ed.).
536 De Beauvoir, *A conti fatti*.
537 Vargas Llosa, *Lettere a un aspirante romanziere* (Stile libero).
538 aa.vv., *Schermi dell'incubo* (Vertigo).
539 Nove, *Superwoobinda* (Stile libero).
540 Revelli, *L'anello forte*.
541 Lermontov, *L'eroe del nostro tempo* (Serie bilingue).
542 Behn, *Oroonoko* (Serie bilingue).
543 McCarthy, *Meridiano di sangue*.
544 Proust, *La strada di Swann*.
545 Vassalli, *L'oro del mondo*.
546 Defoe, *Robinson Crusoe*.
547 Madieri, *Verde acqua. La radura*.
548 Amis, *Treno di notte*.
549 Magnus, *Lo sconosciuto* (Stile libero).
550 aa.vv., *Acidi scozzesi* (Stile libero).
551 Romano, *Tetto murato*.
552 Frank, *Diario*.
553 Pavese, *Tra donne sole*.
554 Banks, *Il dolce domani*.
555 Roncaglia, *Il jazz e il suo mondo*.
556 Turgenev, *Padri e figli*.
557 Mollica, *Romanzetto esci dal mio petto*.
558 Metraux, *Gli Inca*.
559 *Zohar. Il libro dello splendore*.
560 Auster, *Mr Vertigo*.
561 De Felice, *Mussolini l'alleato 1943-45*.
II. *La guerra civile*.
562 Robbe-Grillet, *La gelosia*.
563 Metter, *Ritratto di un secolo*.
564 Vargas Llosa, *Conversazione nella «Catedral»*.
565 Wallace, *La ragazza con i capelli strani* (Stile libero).
566 Enzensberger, *Il mago dei numeri*.
567 Roth, *Operazione Shylock*.
568 Barnes, *Amore, ecc*.
569 Zolla, *Il dio dell'ebbrezza* (Stile libero).
570 Evangelisti, *Metallo urlante* (Vertigo).